www.bbulmedia.com

www.bbulmedia.com

초판 1쇄 찍음 2016년 7월 18일
초판 1쇄 펴냄 2016년 7월 22일

지은이 | 차 선 희
펴낸이 | 정   필
펴낸곳 | **(주)뿔미디어**

기획 · 편집 | 박경희

출판등록 | 2002년 9월 11일 (제1081-1-132호)
주소 | 경기도 부천시 원미구 소향로 17, 303(두성프라자)
전화 | 032)651-6513 / 팩스 | 032)651-6094
E-mail | dahyangs@naver.com
블로그 | http://blog.naver.com/dahyangs
홈페이지 | http://bbulmedia.com

값 9,000원

ISBN 979-11-315-7279-5 03810

DAHYANG ROMANCE STORY

VIEW
:
뷰

차선희 장편 소설

c o n t e n t s

프롤로그

끝날 것 같지 않았던 여행이 끝났다. 전혀 바란 적 없던 일로 스스로가 아닌 다른 사람들로 인한 주저앉음. 첫 실패는 아팠다. 그래서 더.

하지만 역시 세월이 약이다. 막연히 여행을 생각했을 땐 말 그대로 막막했었는데, 막상 1년이라는 시간은 그의 인생에 있어 휴식 같은 시간이었다.

좋았다. 그것으로 충분히. 한은 게이트를 빠져나오며 활짝 웃었다. 이제 무언가 다시 시작할 때이다.

막 공항을 빠져나오며 한은 한 방울씩 비를 뿌리는 하늘을 올려다보았다. 톡 소리를 내며 얼굴 위로 떨어져 내리는 빗방울이 말할 수 없이 반가웠다.

"한국이라 그건가?"

한이 피식 웃으며 중얼거렸다.

"안 가!"

택시를 타기 위해 걷던 중 한 커플의 실랑이가 눈에 들어왔다. 키가 자신만큼이나 큰 남자는 여자의 가는 팔을 붙잡고 있었고, 그 남자에 의해 얼굴이 반쯤 가려진 여자는 씩씩대며 남자의 손을 뿌리치고 있었다.

"후회해. 가는 게 맞아."

"아니. 안 가는 게 맞고, 가면 후회할 거야. 그러니까 놔!"

한숨과 함께 설득하듯 하는 말에도 여자는 여전히 화가 나 있었고, 설득당하지 않을 모양으로 보였다. 여자는 남자를 쏘아보고는 매섭게 잡힌 팔을 뿌리쳤다.

"용서해 버릴까 봐 못 가는 거잖아."

"아는 척하지 마. 아무도 몰라. 어떻게 알아, 그걸?!"

여자는 차갑게 말을 뱉은 후 곧장 반대 방향으로 걸어갔다. 남자가 차갑게 돌아선 여자를 망연히 바라보았다. 한은 남자를 힐끗 쳐다보다 걸음을 옮겨 택시를 잡아탔다.

"일산으로 가 주십시오."

출발하는 택시 안에서 창밖을 내다보았다. 막 모퉁이를 도는데, 아까 그 여자가 보였다. 여자는 씩씩대며 걷다 그 자리에 우뚝 서서 머리를 흔들었다. 그러다 풀썩 그 자리에 쭈그려 앉았다.

우는 건가?

우연히 보게 된 낯선 이들의 사연이 뭐가 궁금하다고 고개까지 돌려 가며 관심을 쏟고 있는 걸까. 무릎에 얼굴을 묻은 채 여자는 시간이 멈춰 버린 듯 그렇게 가만히 있었다.

"밖에 뭐가 있습니까?"

신호 대기에 걸린 운전기사가 차를 멈추곤 룸미러를 흘끗 쳐다보며 한을 향해 물었다.

"아뇨."

돌렸던 고개를 바로 하며 한이 답하자, 운전기사의 시선이 다시금 정면을 향한다. 한은 다시 고개를 뒤로 돌렸다. 여자는 아직 그 자리에 쭈그려 앉은 채 얼굴을 묻고 있었다. 우나 보다. 차마 그 남자 앞에서는 울지 못하고 저렇게 숨어 우는 건가 보다.

"아는 분입니까? 차 돌려요?"

"아뇨. 아닙니다. 가세요."

신호가 바뀌었다. 길모퉁이에 주저앉아 몸을 웅크린 채 한껏 울음을 토해 내고 있는 것 같은 여자가 점차 시야에서 멀어지기 시작했다. 순간 한은 자신도 모르게 안쓰럽고 짠한 기분이 들었다.

얼굴도 제대로 보지 못한 낯선 여자가.

"별……."

한은 피식 웃으며 고개를 가로저었다.

놀고 있을 수만은 없어 인수하게 된 칵테일바였다. 그저 약간은 충동적으로 인수한 가게였지만 막상 현민에게서 칵테일 만드는 법을 배우는 건 무엇보다 재밌었다.

잘할 수 있을까라는 의구심과 함께 시작했던 일은 오래지 않아 재미있는 일로 바뀌었고, 계속해도 나쁘지 않을 것 같아졌다. 한은 현민과 더불어 가게에 애정을 쏟았고, 그가 애정을 쏟은 만큼 사람들의 반응은 좋아졌다.

"이게 진짜 네가 원하는 일이야?"

준이 못마땅한 얼굴로 한을 향해 물었다. 이미 시작한 일이고, 대충 제 속마음을 다 말했는데도 준은 여전히 자신이 하는 일을 못마땅해했다.

"재밌어. 그거면 충분해."

늘 같은 말만 해 대는 통에 준은 한숨만 폭 내쉬곤 앞에 놓인 술잔을 집어 들었다.

말해 뭐하나 싶었을 것이다. 한은 어릴 적부터 제가 하고 싶으면 했고, 어머니든 아버지든 또 다른 누군가든 기어이 설득하고야마는 끈질긴 녀석이었기 때문이다.

"그래. 저 하고 싶은 거 하면서 사는 거지. 냅 둬. 네가 백날 말해 봐야 저거 안 들어."

윤범이 손사래를 치며 준을 향해 말했다.

"그렇지. 저게 언제 내 말 듣기나 했냐."

준이 툴툴대며 한을 노려보았다.

"좋네."

준이 그렇게 투덜대거나 말거나 그 옆에 앉은 재영은 한이 만든 칵테일을 한 모금 마시곤 한을 향해 잔을 흔들어 보이며 제 품평을 전했다. 한이 그런 재영을 향해 피식 웃으며 의기양양한 얼굴로 턱을 치켜들었다.

"뭘 좋다고 의기양양이야?"

준이 빽 쏘아 대자,

"저 새끼가 칵테일 맛을 알기나 하냐?"

윤범이 어이없다는 듯 고개를 흔들었다.

"모스크바 뮬."

재영이 앉아 있는 쪽 끄트머리로 어느새 여자가 다가와 자리에 앉으며 주문했다. 언뜻 화장기도 없어 보이는 말간 얼굴. 느슨하게 묶인 갈색 머리칼.

후우.

한숨과 함께 여자가 멍한 표정으로 허공을 응시했다. 저런 여자를 본 적 있던가.

낯익다.

분명히 모르는 여자임에도 불구하고.

"내가 해."

잔을 닦고 있던 한이 여자 쪽으로 걸음을 옮기려는 현민의 어깨를 툭 치며 말렸다.

어디서 보았더라?

셰이커를 꺼내면서도 한은 계속해서 골몰했다. 특별히 사람에게 관심을 갖거나 하진 않았다. 그래서 누군가를 보면서 일부러 기억해 내려 골몰하는 일은 없었다. 그런데 여자를 보는 순간, 그는 자꾸만 뒷덜미를 잡아끄는 묘한 거슬림에 갑갑한 마음이 들었다.

한의 시선은 셰이커에 보드카와 라임 주스를 넣으면서도 간간히 여자를 향한 채였다.

진저비어가 어디 있더라?

얼음을 넣고 진저비어 병을 찾기 시작했다.

두 번째 칸이 아니었나? 항상 여기에 뒀던 것 같은데.

그가 현민을 힐끗 쳐다보자, 녀석이 피식 웃으며 그가 찾던 두 번째 칸 위 구석에서 진저비어를 꺼내 그에게로 건넨다.

녀석이 슬쩍 입술을 끌어 올렸다. 반짝이는 눈엔 장난이 한가득이다. 한이 이마를 찡그렸다.

분명히 어디서 보았는데.

한은 셰이커를 옅게 흔들면서 다시금 여자를 쳐다보았다.

"드세요."

한이 라임 슬라이스로 장식한 모스크바 뮬을 여자 앞으로 놓았다. 여자의 시선이 지나치듯 잠깐 그를 스쳤다. 분명히 어딘가에서 보았던 여자다.

도대체 어디서 보았던 걸까?

먹통이 된 듯 아무리 애써 보아도 떠오르지 않아 마음이 점점 더 갑갑해졌다. 대놓고 날 아냐고 물어볼 수도 없고, 참으로 답답한 노릇이었다.

"죽으면, 그때 생각해 볼게."

끈덕지게 진동하던 휴대전화를 받아 든 여자가 싸늘하게 말했다. 그리고 생각났다.

공항.

쭈그려 앉아 얼굴을 묻고 울던 여자.

그…… 여자.

한의 눈이 반짝 빛났다.

드디어 기억이 났어.

후련한 마음에 픽 웃음이 났다. 통화를 끝냈는지 탁 소리가 나
게 휴대전화를 내려놓던 여자가 고개를 들어 그런 그를 쳐다보았
다. 한은 그 시선을 피하지 않았다.

결국 집요하게 쳐다보는 그의 눈을 피한 건 그녀였다.

#1

여섯 번째던가.

아니면 일곱 번째?

바에서 한이 본 것만 아마 그랬던 것 같다.

같은 자리, 같은 칵테일, 같은 표정. 처음부터 묘하게 거슬리던 여자.

말간 얼굴이 앳됐다. 하지만 청순해 보인다기보다 뭔가 더 어른 여자 같은 느낌이 든다고 해야 되나? 뭐, 그런 느낌이 드는 여자였다. 같은 이유에선지 볼 때마다 언뜻언뜻 남자들의 시선이 스치고 있었다.

하지만 그 시선들에도 여자는 삐딱하게 기울인 고개를 움직일 생각조차 하지 않는다.

저 한 잔을 다 마시고 나면 뒤도 돌아보지 않고 나갈 테지. 그건 그녀의 패턴이다.

"한 잔 더."

주문을 받는 현민의 표정이 언뜻 의아해졌다. 여자는 늘 칵테일 한 잔이 다였기 때문이다.

무언가 일이 생긴 건가?

"아, 네."

곧 여자 앞으로 잔이 놓였다. 그리고 그 옆으로 여자의 스마트폰이 부르르 떨기를 반복했다. 여자가 힐끗 그 모양을 쳐다보다 뭔가 화가 난 듯 질끈 두 눈을 감았다 뜬다.

"말."

막상 전화를 건 상대에게선 아무런 말이 흘러나오지 않나 보다. 여자가 미간을 찌푸리며 아주 낮게 말했다. 여자는 이제 화가 난 것 같았다.

"안 가. 천 번은 말한 거 같아. 전화하지 말라는 말도."

여자가 다시 두 눈을 감고 고개를 숙였다.

짜증 나.

혼잣말로 중얼거리는 소리가 들렸다.

"끊어. 안 가. 전화하지 마."

여자는 아예 전원 버튼을 눌러 버리고, 앞에 놓인 칵테일을 깔끔하게 비워 버렸다.

"한 잔 더."

여자가 마시는 모스크바 뮬은 보드카를 베이스로 하는 칵테일인 만큼 은근히 강한 칵테일이다. 평소보다 과음하는 이유가 분명히 있을 테지만 한은 은근히 신경이 쓰이기 시작했다. 이미 약속 장소로 향해야 할 시간이건만 아직 자리를 뜨지 못하고 있지 않은가.

"한 잔만 마셔도 얼굴이 발그레해서는 나가실 때 걸음이 약간 흔들리던 거 기억하죠?"

현민이 여자를 힐끔거리며 한에게 속살거렸다. 한이 그런 현민을 쳐다보았다. 치켜 올라간 한쪽 눈썹이 왜냐고 묻는 걸 알아챈 그가 다시 한의 귀에다 작은 소리로 말했다.

"지금 저 여자분한테 꽂힌 남자가 몇 명이나 될 것 같아요?"

현민이 부러 홀 내부를 쓰윽 훑으며 한에게 물었다. 그것은 마치 녀석이 한을 놀리는 것처럼 들렸다.

"까불지?"

한이 현민을 툭 쳤다.

"눈치 하나는 끝내주니까 아무튼."

현민이 피식 웃으며 그제야 제자리로 돌아갔다. 그리고 그와 동시에 여자가 다시금 한 잔을 더 달라 말했다. 그 순간 저 멀리서 그녀에게서 시선을 떼지 못하던 남자가 자리에서 일어나 그녀를 향해 걸어오고 있는 것이 보였다.

"고민되네."

한이 버릇처럼 엄지로 아랫입술을 쓸며 중얼거렸다.

"저기……."

"꺼져."

낮지만 정확한.

흔들렸지만 단호한.

피식.

한의 입에서 옅은 소리가 흘러나왔다.

"간다. 정리 잘하고 들어가."

한이 현민의 어깨를 툭 치고는 자리를 벗어났다.

"아까부터 혼자던데……."

어느새 그녀 앞으로 다가온 남자가 여자를 향해 말했다.

"근데 어쩌라구? 비켜."

한이 막 그녀를 지나칠 때, 자리에서 일어나던 그녀가 비틀거렸다. 그리고 한은 반사적으로 그런 그녀를 붙들었다.

"괜찮아?"

사나운 거절에 남자의 얼굴이 사납게 구겨졌다.

"뭐 이딴 게 다 있어?"

별꼴 다 보겠다는 표정을 한 남자가 몸을 홱 튼 후 본래 자리로 돌아갔다. 남자의 패거리들이 키득거리며 웃기 시작했다.

"괜찮아?"

답이 없는 여자를 향해 한이 다시 한 번 물었다.

"아니. 안 괜찮아."

큭. 그녀의 뾰족한 답에 한이 소리 내어 웃었다.

"그래서 어쩌라구?"

이번엔 그녀가 그를 향해 웃는다.

뭐, 이런 자식이 다 있지?

딱 그런 얼굴이다. 그런데 이상하게 그게 기분 나쁘지가 않았다. 한이 그녀를 향해 다시 웃었다.

"일단 나가야겠어."

잡힌 손을 털어 내고 그녀가 천천히 걷기 시작했다.

비틀비틀.

흔들거리는 몸을 하고서 걷고 있었지만 왠지 쓰러질 것 같아 보이지는 않는다. 한이 다시금 현민에게 손을 들었다 놓고는 그녀를 따라가기 시작했다. 어디선가 에이, 하는 소리가 들린다. 큭.

한은 또 괜히 웃음이 났다.

"집이 어디야?"

"나한테 관심 있어?"

집이 어디냐 물었던 건데 여자에게선 전혀 의외의 물음이 흘러나왔다.

"뭐?"

"내내 지켜봤잖아. 아냐?"

삐딱하니 웃으며 그녀는 또 그렇게 물었다.

그러니까 다 알고 있었다? 재밌네.

"다 알고 있었으면서 내색 한 번 안 했어?"

"언제쯤 말을 걸어올까, 궁금했거든."

그녀가 솔직하게 털어놓았다.

"실은 나도 궁금했어. 내가 언제쯤 너한테 말을 걸까, 하고."

"어지러워."

언뜻 칭얼대는 듯 여자가 중얼댔다.

"이리 와. 집까지 데려다줄게."

한은 여자의 어깨를 감싸고 차에 태웠다. 그녀는 차에 타자마자 얼굴을 찡그리며 의자에 머리를 기댄다.

"많이 어지러워?"

"실은 술을 잘 못해."

"알아. 집, 어디야?"

"합정동."

차를 출발시켰다. 그녀는 내내 차창에 머리를 기댄 채 눈을 감고 있었다.

"이름, 말해 줄래?"

"정원. 한정원."

"한. 류한."

정원이 그의 이름을 다시 한 번 중얼거렸다. 하지만 이내 고개를 흔들다 두 눈을 질끈 감아 버린다.

"호구조사는 다음에 하자. 머리가 더 어지러워지기 시작했거든."

두 눈을 감은 채로 정원이 그를 향해 말했다.

"알았어. 입 다물게."

어느새 정원은 잠이 들었다. 기댄 머리가 콩콩 차창을 때린다. 한이 속도를 줄이기 시작했다. 그때 마침 전화벨이 울렸다. 윤범이다. 한은 난감한 얼굴로 미간을 모은 채 통화 버튼을 눌렀다.

— 야, 인마!

"미안. 급하게 일이 생겼어."

— 그럼 전화라도 해 주든가, 자식아.

"그러게. 니들끼리 해. 오늘 못 가."

— 알았어. 근데 뭔 일인데?

"그냥."

얼버무리며 차창에 머리를 기댄 채 눈을 감은 정원을 보았다.

"좋은 일."

윤범이 별 싱거운 녀석 다 보겠다는 소리를 끝으로 통화를 끊었다. 큭. 한이 다시금 웃었다.

어느새 한의 차가 정원이 알려 준 합정동 초입에까지 다다랐다.

"한정원. 정원아."

합정동 초입에 차를 세우고 한이 정원을 깨우기 시작했다. 미동도 없이 잠에 빠진 정원의 몸이 들썩였다. 하지만 그 흔들림에도 그녀는 눈을 뜨지 못했다.

"정원아. 인마."

어깨를 흔들던 손을 들어 보드라운 뺨에 대었다.

"일어나. 원아."

하지만 그 말은 한 자신이 듣기에도 힘이 없었다.

어쩐다?

한은 그리 고민스럽지 않은 고민을 한 다음, 다시금 차에 시동을 걸었다. 그리고 망설임 없이 출발했다.

✢

꿈을 꿨다. 정말 오랜만의 꿈. 아빠를 꿈에서 본 게 얼마 만이지? 꿈속에서 정원은 일곱 살이다. 그저 행복하기만 했었던. 그래서 눈을 뜨기 싫었다. 그대로 더 꿈속에 있고 싶었다. 이미 와장

창 깨어져 버린 현실로 다시 발을 담그긴 싫었다.

마지막이잖아. 후회할 거야. 후회, 하지 말자. 정원아.

후회는, 하지 않는다. 절대로.

문정화. 그 여자에겐 그런 감정의 아주 작은 조각 하나도 아까웠다.

뭐지?

스륵 가슴께까지 파고든 무언가가 자신의 가슴을 움켜쥐었다. 커다랗고 부드럽고 따뜻한. 더 자려고 했던 생각이 일순 달아났다. 정원은 번쩍 눈을 떴다. 까치집이 된 머리칼. 언뜻 자란 턱수염. 남자치고는 아찔하게 긴 속눈썹. 그리고 붉은 입술.

처음, 이 남자를 보았을 때, 막연히 생각했었던 그것이 떠올랐다.

예쁘네.

실은 나도 궁금했어. 내가 언제쯤 너한테 말을 걸까, 하고.

아무 거리낌 없이 자신을 바라보는 시선이 나쁘지 않았다. 아니. 좋았다. 사실은. 조용히 자신을 따르던 시선은 집요했지만, 질척대지 않았고, 따스하면서도 깊고 진지했다. 그래서 언젠가부터 그 시선에 마음이 움직였다.

그리고 보고 싶었다. 가끔.

그러다 자주.

"일어난 거 다 알아."

그녀의 시선에 파르르 떨리던 속눈썹을 바라보며 그에게 말했다. 남자의 입술이 곱게 휜다.

"들켰네."

남자가 피식 웃으며 중얼댔다. 하지만 그럼에도 남자는 제 가슴을 움켜쥔 손을 거두지 않았다. 정원이 그를 쏘아보았다.

"손."

"잘 잤어?"

반짝 눈을 뜬 한이 그녀를 향해 더 깊게 미소 지었다. 정말 예쁜 남자다. 욕심나게.

"류한. 손."

"아쉽네."

불퉁하니 입술을 내밀며 한이 정원의 가슴을 꽉 한 번 쥐었다 놓고는 손을 뺀다.

"잤어? 우리?"

정원이 그를 향해 물었다.

"아마도."

한이 정원의 코끝에 입술을 찍으며 답했다.

"잤다고? 진짜?"

멀어졌던 한이 다시금 그녀의 이마에 입술을 찍는다. 그러고는 다시 입술을 미끄러뜨려 코끝을 스쳐 입술을 머금었다. 달큰한 혀가 아랫입술을, 이어 윗입술을 또 핥듯 쓸었다. 그러다 더없이 자연스럽게 입술을 가르고 들어왔다.

정원은 거부하지 않았다. 좋았으니까. 너무 부드럽고, 너무 따스했으니까.

쿵쿵쿵.

심장 뛰는 소리가 바로 귓가에서 들리는 듯했다. 그것이 한의 것인지, 자신의 것인지 도통 알 수가 없었다.

"으음……."

한의 입술이 떨어지자 그녀에게서 아쉬운 듯 작은 신음이 흘러나왔다.

돌겠네.

한이 작게 투덜거렸다.

"배, 안 고파?"

한이 상체를 일으키며 그녀를 향해 물었다.

"모르겠어."

"속은 안 쓰려?"

"그것도 잘……."

모르겠다고 할 참이었다. 한이 다시금 입술에 키스하지 않았더라면.

"하고 싶어서 이래?"

또 한 번 키스를 멈춘 그를 향해 더없이 담백한 눈으로 정원이 물었다.

"잤다며."

"했다고는 안 했는데."

빙글 웃으며 그가 답했다.

"아아. 잠? 코? 잠?"

"큭. 그래. 코? 잠."

한이 개구진 표정으로 그녀의 말을 따라했다.

"난 또."

피식. 바람 빠지는 소리를 내며 정원이 어깨를 으쓱였다.

"아쉬워?"

반질반질한 눈을 빛내며 그가 통하고 튀어 올랐다.

"그 소리가 아니잖아."

"그럼?"

"했는데 기억이 안 나는 거였다면 아쉬웠겠지."

"할까? 하고 싶은데."

한이 그녀를 끌어안았다. 그의 숨결이 그녀의 목덜미에 한가득 쏟아졌다. 가슴 어딘가에서 간질간질 뭔가가 꿈틀대는 것 같았다.

"생각해 보니까 배가 고픈 것 같아."

정원이 그를 밀치고 자리에서 벌떡 일어났다.

큭. 크크. 하하하.

한이 베개에 얼굴을 묻고 소리 내어 웃기 시작했다.

"뭐. 일단은."

여전히 웃음이 잔뜩 묻은 얼굴로 그가 침대에서 일어난다.

약간 마른 듯한 몸. 거기에 적당히 잡힌 근육.

몸도 예쁘네. 저 남잔.

정원이 속으로만 중얼거려 본다.

이런 적이 없었다. 잘 알지도 못하는 사람과, 그것도 남자와 밤을 함께 보냈던 적은. 적개심이 많고, 의심 또한 많은 사람이었다. 정원은.

그런데 뭘까. 저 남자는.

한은 뭔가 다르다. 마치 오래 알아 온 사람처럼 거부감이 들지 않았다. 거부감 따위를 논할 여지도 없는 것이다. 그저 끌린다. 자꾸만 시선이 가고, 자꾸만 그의 시선을 제게로 잡아 두고 싶어진다는 거다.

"미쳤나 봐."

어느새 일어났는지 맨몸에 그레이 컬러의 파자마 바지만 걸친 채, 조리대 앞에 서서 딱딱딱 칼질을 하는 한의 뒷모습을 보며 정원이 망연히 중얼댔다.

제법 널찍한 오피스텔. 누워 있는 침대가 오롯이 한가운데 자리 잡은 오피스텔은 통유리로 된 창을 제외한 모든 벽에 책장이 커다랗게 설치되어 있었다.

그리고 빽빽하게 꽂힌 책들.

"누가 보면 교수쯤 되는 줄 알겠어. 술 파는 남자가 무슨 책이 이렇게 많은데?"

"큭. 그냥. 멋있어 보이잖아."

어깨를 으쓱이며 그가 정원을 향해 웃었다.

"멋있어 보이기는."

쌜쭉하니 흘겨보다 픽 웃어 버렸다.

"앉아. 밥해 주기엔 시간이 너무 걸려서. 샌드위치 괜찮아?"

그러면서 그는 흠흠 작은 헛기침과 함께 화제를 바꿔 버린다.

"우유 있어? 주스나."

"커피 싫어?"

커피는 그녀와 잘 맞지 않았다. 마시고 나면 꼭 속이 쓰리고는 했으니까.

"안 먹어, 커피는."

뚱하니 답했다.

"아아. 미안. 잠깐만."

그러자 한이 얼른 냉장고에서 우유를 한 잔 따르고 그녀 앞에 놓았다.

"마셔."

"응."

한은 샌드위치를 먹고 있는 정원을 물끄러미 바라보았다. 오피스텔 여기저기를 둘러보던 다갈색 눈동자가 그의 시선 앞에 오롯이 멈추었다. 깜빡깜빡 느리게 움직이던 눈이 왜냐고 묻는 듯 그의 눈에 박혀 들었다. 그는 말없이 그냥 웃었다. 설핏 미간을 구기며 머그잔을 드는 그녀를 여전히 바라보면서.

"몇 살이야?"

정원이 물었다.

"서른둘. 넌?"

다음에 하자던 호구조사를 이제야 시작하려나 보다.

"서른."

두 살이나 어리네. 한이 중얼거렸다.

"오빠라고 부를래?"

그래 놓고는 빙글거리며 묻는 것이다.

"내가 왜?"

정원이 불퉁한 얼굴로 되물었다.

오빠라고 불러 줘도 좋을 것 같은데, 아무래도 그럴 생각은 안 드나 보다. 조금 아쉬운 생각이 들었다.

"그럼?"

"한아."

느닷없는 소리에 그의 눈이 커졌다.

"응?"

"그렇게 부를라구."

개구지게 웃으며 정원이 한에게 말했다.

그래, 그럼.

"원아."

그래서 그렇게 불러 버렸다.

"뭐?"

"난 이렇게 부를라구."

입술을 늘리며 한이 부드럽게 웃기 시작했다.

눈부시다.

창을 통에 쏟아지는 햇빛 때문인지, 그저 그의 웃는 표정 때문인지는 당장은 알기 어렵겠다. 하지만 그의 웃음은 눈이 아릴 만큼 눈부셨다. 그 눈부심에 정원이 언뜻 미간을 찌푸렸다.

금세 한이 왜? 묻는다. 아니야. 답했더니, 더 먹을래? 물어 왔다.

"내가 무슨 돼지야?"

퉁명스레 소리치자 한이 큰 소리로 웃기 시작했다.

하하하하.

"무슨 일 해?"

웃음이 잦아들 즈음 한이 정원을 향해 물었다. 그의 물음에 정원이 담백하게 답했다.

"사진."

"와. 멋지네."

한이 근사하다며 너스레를 떨어 댔다. 정원이 그런 그를 향해 어깨를 으쓱였다. 대단한 일이라고 생각해 본 적 없는데, 무언가 대단한 사람이 된 듯해 기분이 좋아졌다.

"보고 싶다. 사진 찍는 거."

"그거 뭐 별거라고."

"별거 아니니까."

차분한 눈이 오롯이 그녀를 향해 맞춰 왔다.

흠흠.

갑자기 흐르게 된 정적에 정원이 얕게 헛기침을 했다. 그러자 한이 피식 소리 내어 웃었다. 정원은 그저 따라 웃어 버렸다.

한과 함께하는 낯선 아침은 무겁지 않으면서 경쾌했고, 답답하지 않으면서 편안했다. 모든 게 마음에 드는 아침이었다. 두고두고 기억날 만한.

#2

　무감하게 셔터를 눌러 대고 있는 정원을 보며 은환이 혀를 쯧 찼다.

　대체 어디서 오는 거냐고, 지난밤에는 어디서 잔 거냐고 아무리 다그쳐 보아도 정원은 답할 마음이 전혀 없어 보였다. 설마 해준과 있었던 건 아니냐고 물었다가 찌를 듯 쏘아보는 눈에 더 묻지도 못 했지만 말이다.

　"고개, 젖혀 봐. 아니. 좀 더."

　정원은 늘 저토록 무감각한 표정으로 사진을 찍었다. 한데 그에 반해 사진은 신기하게도 공을 들여 찍은 사진처럼 예술로 나오기 일쑤였다.

　정작 제 속 깊은 곳에 있는 진실된 영혼이 사진에는 오롯이 투영된다고나 할까. 그건 같은 사진작가로서 늘 부러운 구석이었다.

　이상한 녀석.

"괜찮아?"

촬영을 마치고 카메라를 정리하는 정원을 향해 물었다. 묻는 이도 듣는 이도 무슨 말인지 다 알고 있다. 정원이 그 물음에 설핏 미간을 찌푸렸다. 더 묻지 말라는 거겠지. 은환은 작게 한숨지으며 말을 돌렸다.

"아침은?"

어디서 다 큰 여자가 외박이야! 외박은!

빽 소리치고 싶은 걸 참아 가며 물었다.

"먹었어."

외박에 관한 본격적인 이야기를 시작하자는 얘긴 게 분명한데도 정원은 단답형으로 은환의 레이더를 쏙 빠져나갔다.

"어디서?"

그런다고 물러날 서은환이 아니지.

다시 물었다.

"뭐하러?"

오호라. 이건 무슨 반응이지?

간단하게 대답할 수 있는 걸 굳이 비잉 돌려 가며 감추었다. 무언가 있다는 얘기지. 이건. 은환의 눈이 궁금증을 담고 반짝거리기 시작했다.

"누구랑?"

가장 묻고 싶은 말을 드디어 했다. 정원이 곧장 답했다. 심드렁하기 그지없는 표정으로.

"뭐하게?"

알려 주고 싶지 않다는 제스처겠지.

"하여튼 재수 없는 년."

대놓고 불퉁거렸더니, 그제야 정원이 피식 소리 내어 웃었다.

"뭔 비밀이라고. 쳇."

테이블 위로 주스 한 잔을 탁 소리가 나게 놓으며 은환이 툴툴거렸다.

은환과는 10년 동안 한집에서 동고동락하며 자매처럼 지낸 친구였다. 어쩌면 지금은 그녀에게 있어서 유일한 가족과도 같은 유일한 사람. 홀로인 정원의 특성상 함께한 세월보다 더 깊이 의지하고, 나누고, 또 공유했다.

정원은 그런 은환을 물끄러미 바라보았다.

비밀이 생겼다. 한. 그 남자.

정원의 입술 끝에 미소가 맺혔다. 고개를 돌린 은환이 의아한 얼굴로 정원을 쳐다보고 있는 것도 모른 채.

뉘엿뉘엿 해가 질 즈음 해준이 스튜디오로 찾아왔다. 은환은 더 일이 없다는 핑계를 대며 규호와 은선을 데리고 스튜디오를 나가 버렸고, 이제 그 안에는 해준과 정원만이 덩그러니 남아 있었다.

"오지 말라니까."

늘 똑같은 말.

"미안."

그리고 늘 같은 대답.

지친다. 더 지칠 것도 없음에도.

"잘 보내 드렸어. 너, 걱정할까 봐."

잠시 동안 정원을 바라만 보던 해준이 얕은 한숨과 함께 정원에게 말했다.

"입 다물어. 그 여자 얘기 나한테 하지 마. 오든 가든 나랑은 상관없는 여자야. 몇 번을 더 말해야 알아들어?"

"정원아."

한숨 섞인 음성이 애잔하다. 물기 어린 두 눈만큼이나. 숨이 막힌다.

"오지 마. 네 얼굴 이렇게 보는 거 지쳐, 나."

그 말에 해준은 또 금세 원망 어린 눈빛이 되었다. 상처받는 얼굴에 미어지던 가슴은 이젠 아무런 동요도 없다. 정원이 또다시 독하게 내뱉었다.

"숨 막혀. 앞으로 나가려는데 자꾸만 발목이 잡히는 느낌이야."

서로가 상처인 관계.

더 이어 나가자면 더 아플 뿐인 관계.

그래서 끊고 싶었다. 지독하게 이어져 오는 이 인연은 정말이지 독이다. 그녀에겐.

"정원아."

"가. 저녁 약속 있어. 나 이제 곧 나가 봐야 해."

늘 그렇듯 자른다.

더 다가오지 마.

두 팔 벌려 막아선다. 그럼에도 해준은 지치지도 않는지 늘 그 자리에 서서 그녀의 이름을 불렀다. 처절하게 상처받은 얼굴을 하고서.

"약속? 누구?"

"너는 몰라도 되고, 또 모르는 사람."

단조로운 일상을 사는 정원을 모르지 않는 해준이였다. 일이 아니라면 따로 만나는 이는 극히 드물었다. 그가 모르는 사람이라.

대체 누굴까.

일 관련한 사람이었다면 그렇다고 말했을 것이다. 왠지 언짢은 느낌에 머리끝이 서늘한 기분이 들었다.

"남자."

"뭐?"

정원이 굳이 하지 않아도 될 말을 지껄인 건, 지르밟더라도 돌리고 싶은 해준의 마음 때문이었다. 사정없이 흔들리는 눈동자에 묘한 쾌감이 일었다.

떨어져 나가 줘, 그러니까. 어차피 너랑 나 진작 끝났어.

아니! 제대로 시작도 못 했었지.

미안하구나. 하지만 안 돼. 안 돼, 정원아. 제발.

그때 뒤틀려 버린 걸 굳이 왜 부여잡고 있으려 하는지 모르겠다.

그냥 끝내자 좀. 우리.

테이블 위로 부르르 스마트폰이 진동했다. 그리고 그 위로 간결하게 한 단어가 뜬다.

한.

"응."

아직도 갈피를 잡지 못하고 흔들리고 있는 해준의 눈을 똑바로 쳐다보며 정원이 통화를 시작했다.

— 여섯 시 넘었어. 30분에 만나기로 했어, 우리.

"알아. 지금 나가려던 참이니까."

— 어. 먼저 들어가 있을게. 알지? 우리 가게 앞에 거기.

"알아. 오래 안 걸려."

— 원아.

"응."

— 보고 싶어.

"나도. 나도 보고 싶어."

해준의 표정이 무섭도록 굳어졌다. 하지만 정원은 그런 해준의 표정을 간단하게 무시한 채 전화를 끊고, 차갑게 말했다.

"나가야 돼. 나와. 문 잠가야 하잖아."

"누구……야?"

흔들리는 눈. 정작 묻는 게 저이면서도 겁나 죽겠는 표정.

"뭘 또 물어. 남자랬잖아. 거짓말 아니야."

하지만 정원은 또 독하게 내뱉었다.

"더 묻지 마. 너한테 별로 하고 싶은 말 아니야. 나와 얼른."

멍한 표정으로 그저 눈만 깜빡이던 해준이 밖으로 걸어 나왔다.

"정원아."

"조심히 가. 그리고 다시 한 번 말할게. 오지 마, 여기. 부탁이 야. 서해준."

자신의 뒤로 선 채 땅에 박힌 듯 떠날 줄을 모르는 해준의 시선을 애써 무시하며 정원은 한 걸음 한 걸음을 내디뎠다.

가. 제발 오지 마.

제발 나 좀 놔.

제발.

❖

"여기!"

레스토랑에 들어서자마자 저 안쪽에서 한이 손을 흔든다. 기분이 좋아졌다. 제가 언제 오나 출입문만 쳐다보고 있었던 것 같으니까. 웃었더니, 대번에 그의 얼굴이 환해졌다.

"일은?"

"내가 일은 또 기가 막히게 해. 다들 깜짝 놀라. 실력이 그냥 죽여주니까."

덤덤한 얼굴로 하는 말에 한이 또 하하하 웃는다. 경쾌하고 시원한 음성. 좋다. 너무. 답답했던 마음이 어느새 산뜻하게 사라지는 것 같았다.

"피곤하지 않았어?"

"피곤할 게 뭐 있어? 술 마시고 그냥 잤는데?"

"서운했구나?"

큭. 또 소리 내어 웃는다. 웃는 게 헤픈 남자였나 보다.

"뭐가?"

"곱게 재워서."

"뭐래."

불퉁하니 중얼거리자, 또 하하하 웃는다.

"되게 헤프구나, 너?"

"뭐?"

"뭘 그렇게 웃어 대?"

"와아. 살다 처음 들어 그런 말."

"웃기시네."

찌릿 눈을 흘겼다. 그러자 배고프다. 밥 먹자 한다. 고개를 끄덕이자, 한이 종업원을 향해 손짓했다. 다정하게 정원에게 메뉴에 대해 묻고 조곤조곤 종업원을 향해 주문을 마친 한은 어느새 또 정원을 향해 미소 지었다.

"번호는 또 언제 저장해 놨어?"

"밤에. 너 잘 때."

"설마 내 전화기 훔쳐봤어?"

"고민하긴 했는데. 안 했어."

"어떻게 믿어?"

"그냥 믿어. 나 되게 신뢰감 쩌는 남자거든."

제 가슴을 팡팡 두드리며 정말 자신 있게도 말한다. 어쩌면 저렇게 반짝거릴까. 괜스레 한번 찔러 보고 싶게 까맣고 반짝이는 두 눈이 오롯이 자신을 향해 있는 것이 좋아 왠지 가슴이 두근거리기 시작했다. 뭔가 생경한 그 느낌에 정원은 괜히 여린 속살을 잘근잘근 깨물었다.

"무슨 짓일까?"

"응?"

"깨물지 말라고. 정작 그러고 싶은 건 난데."

짐짓 엄하게 인상을 쓰며 한이 정원을 향해 말했다. 흠흠. 괜히 쑥스러운 마음이 들어 헛기침을 해댔다.

"겨우 발 하나 담갔을 뿐인데, 미치겠어."

알 수 없는 소리를 중얼거린 그는 막 테이블 위로 세팅되는 접시들에 입을 닫았다.

"먹자. 나 되게 배고팠어."

"응."

"많이 먹어. 너 되게 말랐더라."

"마른 여자 싫어?"

"아니."

"근데?"

"아무래도 좋아, 너라면. 그래도 기왕이면 튼튼하면 좋겠어. 안 아프고."

"입에 발린 소리는."

소리 나게 혀를 쯧 차면서 말했지만, 은근 기분이 좋아졌다. 정원의 입술이 부드럽게 늘어졌다.

"데려다줄게."

"괜찮아. 지하철 타면 금방이야."

"데려다준다고."

무슨 실랑이할 거리나 되냐 말이다. 이게. 자못 인상을 써 대며 지하철을 타고 집에 가겠다는 그녀를 만류하고 나선 그다.

"이게 화낼 일이야?"

"그러니까. 이게 무슨 실랑이할 거리나 돼?"

"알았어. 데려다줘. 참 별……."

새침하게 눈을 흘기며 정원이 먼저 그의 차에 올라탔다.

"오늘은 가게 안 올 거지?"

차에 시동을 막 걸면서 한이 정원을 향해 물었다. 흠흠. 헛기침과 함께 그같이 묻는 한의 얼굴은 조금 상기된 표정이었다.

"같이 사는 녀석이 제법 잔소리쟁이야. 어제도 외박했다고 얼마나 쪼아 댔는지 몰라."

"안 오겠다는 거네."

같이 있고 싶었다. 내내. 계속. 계속. 그래서 부러 더 단호하게 그의 말을 잘랐다. 자꾸만 다가가게 되는 게 겁이 날 만큼 무서워서. 이러다 진짜 뭔가 큰일이 터져 버릴 것도 같아서.

사실 이렇게 대책 없이 빠져들어도 되는 건지. 이렇게 다른 건 아무런 생각도 안 나는 게 맞는 건지 모르겠다.

이런 적 없어서 잘 모르겠다고. 난.

스튜디오에서 내내 작업을 하면서도 어른어른 미칠 것 같았다. 도대체 얼마나 봤다고. 도대체가 얼마나 그를 안다고!

"응. 실은 나 집귀신이야. 별명."

"집귀신?"

"일하는 거 말고는 거의 집이야. 중요한 일 약속이 생기면 또 모르고. 집에서 뭉개는 게 좋아. 부지런한 사람도 못 되고."

"그런 사람이 바엔 처음에 어떻게 들어오게 된 거야?"

"어느 날 우연히 지나다 그냥 들어갔었는데, 거기 사장이 너무 예뻐서. 큭."

"예뻐서?"

언뜻 미간을 구긴다.

못마땅한가? 진짜 예쁜데.

"남자한테 그거 별로 칭찬 아닌데?"

한이 뚱한 표정으로 말했다.

"칭찬하려고 하는 말 아닌데?"

정원이 배시시 웃으며 답했다. 한은 그녀를 따라 웃어 버렸다.

지켜만 볼 때와는 확연히 달라졌다. 한 발짝 담가 놓고 보니 이게 늪인 거다. 옴짝달싹 못 하게 그냥 쑥 빠져 버리는 거다. 못마땅하고 당황할 겨를도 없이. 그냥 막.

그래서 불안하고 화가 난다. 그저 집에 가겠다는 건데. 데이트 삼아 저녁도 함께 먹고, 차도 한잔해 놓고선 말이다. 그저 단순한 귀가가 거절로 들린다니, 문제는 그것이다. 참으로 어이없게도.

신호 대기 중, 한은 또 습관적으로 엄지손가락으로 아랫입술을 쓸었다.

"저 앞에 세워 줘."

"집 앞에까지 가. 저 골목으로 들어가면 돼?"

"바로 앞이야. 그냥 세워."

고개를 빠끔히 내밀고 정원이 손짓했다.

"고마워. 그만 가."

마침내 차가 멈추자 그녀가 한을 돌아보며 말했다.

"잠깐."

막 차 문을 열어 젖히려던 정원이 그의 만류에 손을 멈추었다.

"응?"

한은 자연스럽게 그녀의 목덜미를 그러쥐었다. 그리고 깊이 끌어안았다. 정원은 별다른 말을 하지 않았다.

"나, 보고 싶을까?"

조금 가라앉은 음성으로 그가 정원의 귓가에 속삭였다. 소리와 함께 쏟아지는 그의 숨이 부드러워 정원은 목을 조금 움츠렸다.

한이 정원의 답을 기다리지 않고 다시 그녀의 입술에 입 맞췄다. 부드럽게 비비다 천천히 머금었다. 말랑하고 달콤한 살결이 그의 입 안으로 밀려들었다.

미칠 듯 감격스럽다. 갖고 싶어 미치겠다. 이 여자가.

"쉬어. 전화기는 죽여 놓지 말고."

한이 생각난 듯 그녀를 향해 말했다.

내내 죽여 놨던 전화기를 켰을 때, 열 통이 넘는 전화와 문자들을 보면서 불안했다. 그래도 신사인 척 확인을 하진 않았지만, 남자가 아닐까 짐작했다. 목구멍까지 올라왔던 물음을 하지 않은 이유는 원치 않는 답이 나올까 겁나서였다.

천하의 류한. 다 죽었다.

저도 모르게 피식 웃음이 났다.

"응. 잘 가."

정원이 손을 한 번 흔들고는 뒤돌아 걷는다. 한은 곧장 차를 출발하지 않았다. 잠시 그녀의 뒷모습을 지켜보았다. 20여 미터 앞에 있는 5층짜리 빌라 안으로 쏙 들어갈 때까지. 야속하게도 정원은 단 한 번도 돌아보지 않았다.

❖

　"어?"

　뭔데? 현민의 목소리를 따라 출입구 쪽으로 고개를 돌리던 한의 표정이 전에 없이 환해졌다. 정원이다. 여기저기 찢어진 구제 청바지에 하얀 운동화, 산뜻한 블루 스트라이프 셔츠를 매치한 말간 얼굴을 한 자신의 여자.

　"원아!"

　저도 모르게 소리쳤나 보다. 현민의 시선이 찌릿 날카롭게 쏟아졌다.

　"뭘까요?"

　"뭐가?"

　"몰라 묻는 건 아니죠?"

　이젠 숫제 빙글 웃으며 현민은 다시금 물어 왔다.

　"신경 꺼."

　타박하는 소리에도 현민은 그저 피식 웃고만 있다.

　"어쩐 일이야? 집에서 쉴 거라더니?"

　"그냥. 누가 좀 생각나기에."

어깨를 으쓱하며 말하는 게 어여뻐 그냥 확 끌어안고 싶어졌다. 애써 참느라 주먹이 다 쥐어졌다.

미친놈.

자조한들 별 볼 일 없을 것이다. 어째 매 순간 그럴 것 같은 기분이 드는 걸 보니. 정원이 늘 앉던 자리로 앉았다. 현민이 날렵하게 그 앞으로 걸어왔다.

"드시던 거 드려요?"

"내가 해. 너는 네 일이나 해."

"어제까지 그게 내 일이었거든요. 사장님."

고개를 절레절레 흔들며 현민이 한에게 말했다. 그러자 풉 하고 정원에게서 웃음이 터진다.

"딱 한 잔만 해. 어제 과음했잖아."

"응. 딱 한 잔만."

정원은 칵테일을 만드는 한을 가만히 쳐다보았다. 한이 칵테일을 만드는 내내 정원을 쳐다보는 것처럼.

"눈으로 잡아먹겠어요."

현민이 한을 스쳐 지나가며 귓가로 조그맣게 중얼거렸다. 별다른 말도 아니건만 단전에 힘이 들어간다. 별. 미간을 구기며 혀를 쯧 찼다. 현민은 여전히 빙글거리며 이쪽을 힐끗거리고 있다.

"마셔."

한이 정원이 즐겨 마시는 모스크바 뮬을 만들어 정원에게 건넸다.

"어째 칵테일 색이 더 이쁠달까."

잔을 들어 이리저리 돌려 보며 정원이 중얼거린다.

"쪼아 대는 그 친구는 어쩌고?"

턱을 괸 채 정원의 코앞까지 얼굴을 들이민 한이 물었다. 정원의 시선이 살짝 아래로 떨어진다.

꿀꺽.

왠지 침이 넘어간다. 이건 칵테일 때문일까. 아니면 한의 입술 때문일까?

"부모님 호출. 대전에 갔어. 저녁에."

"우리 그럼 같이 있을 수 있어?"

"글쎄."

"튕기는 거야?"

"그것도 글쎄."

정원이 장난치듯 말끝을 늘였다.

"하고 싶어 미치겠는데."

한이 누구도 들을 수 없게 작은 소리로 그녀의 귓가에다 속삭였다. 심장이 미친 듯이 뛰기 시작했다. 정원은 한을 밀쳐 냈다. 그러곤 말없이 칵테일 잔을 비우기 시작했다. 잔을 들어 칵테일을 마실 때 함께 들린 목덜미가 한의 시야에 가득 박혀 들었다.

미치겠네.

중얼대는 한의 목소리가 천둥처럼 들려왔다.

#3

　조도가 낮은 조명 하나가 켜진 침실이었지만, 어둠이 익숙해질 즈음부터는 사위의 모든 것이 형체를 다 알 수 있을 만큼 잘 보이기 시작했다. 더군다나 제 앞에서 저렇듯 뚫어져라 자신을 쳐다보고 있는 저 남자의 눈빛은 말해 뭐할까.

　"그렇게 보는 거, 그만 좀 해 주면 좋겠는데?"

　붉게 달아오른 얼굴. 막상 그렇게 말하면서도 정원 역시 그에게서 시선을 돌리지 못했다. 또한 그녀의 음성은 의도하지 않았겠지만 사정없이 떨리고 있었다.

　긴장이 되는 건 사실, 그도 마찬가지였다. 앞으로 일어날 일이 기대되고, 그래서 떨리고, 그래서 미칠 것 같았으니까.

　"남자는 시각에 약한 동물이지."

　한이 붉은 입술을 슬쩍 끌어 올리며 느릿하게 말했다. 그의 시선은 정원의 눈을 지나고 코끝을 지나 입술까지 떨어졌다.

"그래서 언제까지 그렇게 보고만 있을 건데?"

"천천히 할 거거든. 단 하나도 놓치고 싶지 않아."

한이 정원의 셔츠를 밀어 올리며 단호하게 말했다. 셔츠를 밀어 올리며 언뜻언뜻 닿는 그의 손길에 솜털이 오소소 죄다 일어서는 것만 같았다. 숨을 잠시 멈췄나 보다. 한이 소리 내어 웃었다. 그리고 곧 셔츠가 그녀의 몸에서 떨어져 나갔다.

스킨 톤 브라에 쌓인 하얀 가슴이 그의 눈에 더럭 박혀 왔다. 그의 동공이 눈에 띄게 짙어졌다. 바로 코앞에 있는 그의 숨결도 그만큼 더 거칠어진 것도 같다.

정원은 반쯤 누운 자세로 그 앞에 앉아 있었고, 한은 그녀를 덮치듯 그 앞으로 그녀를 향해 마주 앉아 있었다. 셔츠를 벗기고 무언가 할 거라는 예상과 달리 한은 그저 고요하게 정원의 몸을 바라보았다.

가는 목덜미를, 동그란 어깨를, 브라에 감싸인 하얀 가슴을, 그리고 잘록하게 떨어지는 허리와 앙증맞은 배꼽까지. 그는 제가 했던 말 그대로 단 하나도 놓칠 생각이 없어 보였다.

그가 시트를 움켜쥔 정원의 손을 쥐고 부드러운 손길로 그러쥐었다.

"긴장돼?"

반쯤 드러난 가슴에 입술을 찍을 듯 다가온 한이 숙였던 고개를 살짝 들어 그녀를 올려다보며 물었다. 하지만 그는 그녀에게서 답을 기대하는 것 같지는 않았다. 누가 보기에도 지금 정원은 긴장한 것이 역력했으니까.

이윽고 그가 그녀의 가슴에 입술을 대었다. 그가 살짝 댄 입술을 느리게 비비는 순간, 그녀는 숨을 멈추고, 질끈 눈을 감아 버렸다.

"눈 떠. 그래야 공평하지."

한이 그녀의 눈을 바라보며 부드럽게 말했다. 약간 어르는 듯한 말투다. 그 말에 정원이 눈을 떴을 때, 한은 또 웃고 있었다. 휘어지는 붉은 입술이 지독하게 섹시하다.

꿀꺽.

그녀가 침을 삼켰다. 고요한 침대 위로 유난히 크게 들리는 그 소리. 얼굴이 더 화끈거리기 시작했다.

"믿어지지 않아. 지금 이 순간이."

정원의 손을 감싸고 있던 한의 손이 천천히 위로 올라갔다. 가느다란 손목을 쓸고, 연약한 팔을 지나 작고 동그란 어깨까지. 그러다 그 어깨에 입 맞춘다.

화르륵. 그 자리에 불꽃이 이는 느낌이 들었다.

정원이 잘근잘근 아랫입술을 씹었다. 긴장이 되어, 또 떨려서 미칠 것 같았다. 참아 보려 애써도 숨은 턱까지 차오르고, 예민해진 피부는 간질거리다 못해 따가울 지경이었다. 제발 어떻게 좀 해 주었으면 좋겠다는 생각뿐이다.

"하지 말라니깐. 정작 그러고 싶은 건 나라고 말했잖아."

한의 입술이 목을 따라 턱을 지나고 입술을 건드렸다. 할짝. 촉촉한 혀가 입술을 쓸었다. 그러다 제 입술로 그녀의 입술을 살짝 물어 보기도 했다. 못 견디겠다는 듯 빨아들이다 이내 그는 그녀의 입술을 가르고 쑤욱 혀를 미끄러뜨린다. 부드럽게 유영을 시작한 그의 혀는 치아를 지나 정원의 혀를 건드렸다. 그러다 빨아들인다. 숨이 막힐 듯이.

"음……."

정신이 몽롱해졌다. 아무런 생각도 나지 않았다. 그저 감촉, 그가 주는 이 미칠 듯한 감촉만이 그녀를 점령하기 시작했다. 견딜 수 없이 짜릿하면서도 자꾸만 더 깊이 원하는.

정원은 팔을 들어 그의 목을 끌어안았다. 지탱하던 팔을 들자 그녀는 그대로 침대로 쓰러졌다. 묵직한 한의 몸이 그녀의 몸 위로 쏟아지듯 덮쳐졌다. 하지만 상관없었다. 마치 호흡기라도 되는 양 그녀는 그의 입술에 매달렸다.

자신이 무얼 하고 있는 건지, 또 어떻게 하려는 건지는 하나도 중요하지 않았다. 그저 견딜 수 없이 원한다는 것만 느낄 뿐이다.

그랬다. 그녀는, 정원은 그를, 한을 원했다.

"너를, 사랑하게 될 것 같아."

매달리듯 입술을 빨아 대던 그녀가 잠깐 떨어진 입술을 못 견뎌 할 때, 한은 그녀를 향해 그렇게 말했다. 눈동자는 더없이 진중했고, 끝을 알 수 없을 만큼 깊었다.

사랑한다고 말했어도 이와 같이 놀랐을까.

정원의 눈이 흔들렸다. 오롯이 정직하게 흔들림 없이 바라보고 있는 그와는 상반되는. 그래서 더 애처롭게 보인달까.

"겁이 나. 너무…… 아주, 너무 깊이 사랑하게 될까 봐. 내가. 너를."

그는 정원의 눈꺼풀에 입을 맞췄다.

"떨지 마. 놀라지도 마. 당연하잖아."

"섹스할 때, 원래 이렇게 말이 많아?"

생각지도 못한 소리에 그가 큭 소리 내어 웃었다.

닥치고 키스나 하란 얘기지, 이건?

그가 입술 끝에 웃음을 문 채, 다시금 그녀의 입술을 삼켰다.

정원이 그의 셔츠를 벗겨 내기 시작했다. 불공평하다고 중얼거리는 소리를 들은 것 같은데.

"그럼 공평하게 둘 다 다 벗자."

그가 정원의 브라를 벗겨 침대 아래로 던져 버렸다. 그다음엔 바지를 벗겼고, 그녀가 자신의 바지를 벗기기 쉽도록 몸을 들어 주었다. 그녀의 눈은 진지했다. 다급한 손길과는 전혀 다르게.

그녀의 가슴은 소담하지만 모양이 너무 예쁘다. 그는 참지 못하고 그냥 입술로 머금어 버렸다. 고운 핑크빛으로 솟은 가슴의 정점을 물기 전 그가 사납게 중얼거렸다.

돌아가시겠네.

"나 역시."

거친 숨을 토해 내며 정원이 그를 향해 말했다.

풉.

젖가슴 위로 더운 숨이 쏟아졌다. 그것이 또 미칠 것만 같아 정원은 몸을 비틀었다.

하지만 그는 다시금 그녀의 상체를 끌어안았다. 한 손은 왼쪽 가슴을 덮고, 다른 한 손은 오른 가슴을 쥐고 할짝대기 시작했다.

예민해진 가슴을 동그랗게 훑기 시작하자 그녀가 느끼기에도 가슴 끝이 딱딱하게 굳어지는 것 같았다.

"하아."

가쁜 숨이 침대 위를 떠다니기 시작했다. 그의 것이기도, 또 그녀의 것이기도 한. 덥고, 끈적끈적하고, 깊은 숨이.

그녀는 그의 머리칼에 손가락을 박아 넣었다. 미칠 것 같아 그의 입술을 떼어 내고 싶은 마음이 반, 절대로 떼어 내기 싫은, 더 깊이 머금어지고 싶은 마음이 반이다.

갈팡질팡 정말이지 이건, 그의 말처럼 돌아가시겠는 상황이었다. 하지만 그녀는 본능적으로 그를 끌어안았다.

그의 입술로 인해 그녀의 가슴이 짓눌렸고, 또한 그녀의 가슴을 빠느라 그의 입술이 짓눌렸다. 그의 타액으로 가슴이 번들거렸다.

촉 소리가 나게 가슴을 힘껏 빨아들인 그는 왼손을 아래로 미끄러뜨렸다. 의도적으로 납작한 배를 스치며 손가락을 놀렸다. 그림을 그리듯. 부드럽지만, 안달하게 만드는 손길이었다.

손길은 곧 주저 없이 그녀의 얇은 팬티 위를 그렸다. 옅은 터치. 하지만 그와 반대로 감각은 미칠 듯 요동치기 시작했다.

견딜 수 없어 저도 모르게 몸을 들썩이자 그는 순식간에 마지막 보루처럼 남아 있던 팬티를 벗겨 버렸다. 오롯이 맨몸. 멈추지 않을 것 같던 그의 키스가 멈춰졌다. 짙게 물든 그의 시선이 그녀의 몸 위를 어지럽게 구른다.

"말했었어. 공평하게. 너도 다 벗지 않으면 그 어떤 것도 더 이상 안 해."

붉게 달아오른 얼굴을 하고서 그녀가 건방진 투로 그를 향해 말했다.

"물론이야. 공평하게."

그 역시 남아 있던 브리프를 벗어 던졌다. 헉. 동공에 지진이 난 듯하다. 그가 한쪽 눈썹을 삐죽 올렸다 내린다.

"자. 이제 공평하니까."

입술을 다시 집어 삼켰다. 물듯, 빨듯 진심으로 이러다 삼켜질 것만 같은 생각이 들었다. 하지만 그녀는 더 이상 생각하지 않기로 했다.

너무 좋다. 이 감촉들. 이 숨결들. 이 이상 얼마나 더 친밀할 수 있을까. 못 견디게 따스하고, 죽을 것처럼 사랑스럽다.

정원은 눈을 감았다. 그와 동시에 그가 입술을 내리기 시작했다. 목덜미를 빨아들이고, 쇄골을 혀로 핥으며, 천천히 더 미끄러뜨려 가슴을 문다. 촉촉하게 유두를 적실 만큼 빨고 핥기를 수초, 그녀는 그의 머리를 끌어안았다. 터져 나오는 신음 소리는 절대 의도한 것이 아니었다.

"아아."

"예뻐. 그 소리."

생각지도 않은 말에 정원이 그의 팔을 때렸다. 작게 웃었지만 그뿐, 그는 다시금 키스를 잇기 시작했다. 아쉬운 듯 양쪽 가슴에 두어 번 더 입 맞춘 그는 작은 배꼽을 할짝댄 후, 천천히 더 미끄러져 내려가 허벅지 안쪽 여린 살결을 빨아들였다. 놀란 그녀가 다리를 오므리자 손으로 천천히 쓸어내리며 긴장을 풀게 만들었다. 그리고 강압적이진 않지만 단호하게 오므린 다리를 열었다.

"우리 원인, 여기가 제일 예쁘다."

장난 같은 말이었지만 더없이 진지한 말투다. 그녀는 그저 두 눈을 질끈 감아 버렸다.

이 남잔 도대체 어떻게 생겨 먹은 남잔 거야.

그만 울고 싶어지는 마음이 들었다. 그리고 그녀는 굳어 버렸다. 생각지도 못한 키스가 시작되었던 것이다. 허벅지를 활짝 열고, 더 깊은 곳을 열었다. 경험하지 못했던 부드러움이 가장 예민한 곳에서 느껴졌다.

하지만 부드러움은 그저 시작에 불과했다. 머리가 쭈뼛 설 정도로 강력한 전기. 전류. 감당하지 못할 짜릿함이 그의 혀끝에서 시작되었다. 그에 놀라 그녀가 그를 밀어 내기 시작했다.

그만해. 하지 마.

"싫어."

그냥 느끼는 대로 느껴.

그는 중얼대고는 다시 입술을 내렸다. 입을 맞췄다. 그녀의 거기에. 그녀의 손이 시트를 움켜쥔 채 비틀었다. 혀로 핥았다. 아흑. 그녀에게서 깊은 신음이 터져 나왔다.

그만해, 제발.

"애원해도 소용없어."

그는 막무가내였다. 뾰족이 세운 혀가 안으로의 진입을 시도하자, 그녀는 거의 까무러칠 것만 같았다.

제발 그만해. 제발 어떻게 좀 해 줘. 죽을 것 같아.

몇 번의 애원 끝에 그가 얼굴을 들어 올렸다.

"실은 나도 그래. 죽을 것 같아. 삼켜 버리고 싶은 마음이야. 해도 돼? 너만큼 나도 못 참겠어."

거칠게 중얼거리면서 그가 몸을 일으켰다. 아래로 시선을 내리자 다시금 몸이 굳어졌다. 터질 듯 팽창된 그의 페니스를 보자 더럭 겁이 밀려오는 것은 어쩔 수가 없겠다. 괜찮을까. 한없이 겁이 밀려왔지만 그와는 다르게 멈추고 싶지는 않았다. 정원은 그의 가슴에 입을 맞췄다.

미쳐 버리겠다, 진짜.

한은 그녀의 가슴에 입술을 묻으며 그가 또 중얼댔다.

"아, 미안. 깜빡할 뻔했어."

침대 옆 테이블에 올려 두었던 콘돔을 집어 든 한이 급하게 이로 비닐을 뜯었다. 더 기다릴 수 없다는 듯 재빨리 착용한 그는 다시금 그녀의 몸 위로 올라탔다. 몸을 맞추고, 그는 그녀 안으로의 진입을 시작했다.

충분히 미끄러운 그녀의 안으로 천천히 몸을 밀어 넣었다. 한데 이상하다. 부드럽게 밀려들어 갈 남성이 전혀 진입을 하지 못하고 있었다. 그녀는 충분히 젖어 있었다. 당연히 진입은 수월해야 했다. 하지만 진입은커녕 정원은 힘들어하고 있었다. 두 눈은 커져 있었고, 눈에 띄게 흔들리고 있었다. 어찌 보면 겁에 질려 있는 것 같기도 했다. 한은 잠깐 드는 생각을 애써 지워 버렸다.

설마.

"원아. 힘을 좀 빼."

정원을 달래듯 한이 중얼거리며 동그란 이마에 키스했다. 그는 다시 천천히 진입을 시도했다.

조금만 더. 그래. 조금만 더.

"윽!"

고통스럽게 찡그려지는 미간, 그리고 질끈 감아 내린 눈꺼풀. 오들오들 떨기 시작한 몸. 있는 힘껏 그의 팔을 잡은 손. 한은 다시 생각했다.

"너, 설마……."

"지금, 그만둘 수…… 있어?"

정원은 작은 소리로 미안하지만 하고 덧붙였다.

빌어먹을.

그가 두 눈을 질끈 감았다 떴다.

미안해.

"난, 신이 아니야."

"아파."

멈춰 주고 싶다. 그럴 수만 있다면. 정원의 고통스러운 표정이 고스란히 다 보였다. 그녀가 질끈 입술을 깨물었다. 있는 힘껏 깨무는 모습에 가슴이 다 철렁했다. 하지만 멈출 수는 없다. 멈춰지지 않는다.

미안. 미안해.

이마에 입을 맞췄다. 코끝에 입을 맞췄다. 그리고 입술에 입을 맞췄다.

미안해. 원아.

"잠깐만. 잠깐만."

거의 끝까지 들어간 상태로 그가 있는 힘껏 자신을 제지했다. 움직이고 싶은 몸을 애써 참느라 턱이 바들바들 떨렸다.

"더는 못 참아."

"천천히. ……훗."

그가 움직이기 시작했다. 미친 듯이 움직이고 싶은 마음이었지만 애써 참으며 천천히 최대한 느릿하게 움직임을 시작했다. 그리고 다행히 시간이 흐르면서 그녀도 조금씩 적응이 되고 있었다.

"많이 아파?"

"참을 수 있을 것…… 같아."

"미안."

천천히 그의 움직임이 빨라지기 시작했다. 호흡은 견딜 수 없이 흐트러지고, 이성은 조금씩 마비되기 시작했다. 오로지 본능. 오로지 촉감. 오로지 느낌. 그는 깊게 그녀를 끌어안았다. 그녀역시 더 이상 겁내지 않고 그를 끌어안았다.

하아. 하아.

더운 숨이 턱까지 차올랐다. 어느 순간 새하얗게 세상이 부서져 내렸다. 단전에서부터 시작된 극한의 간지러움. 극치. 그리고 그와 그녀의 숨이 일순 멈추었다.

한순간의 고요.

"후우."

그리고 그 고요를 먼저 깨부순 사람은 한이였다. 그가 그녀의 몸 위로 무너져 내렸다. 그의 입술이 그녀의 목에 입 맞추는 것과 거의 동시였다.

"하아."

그녀에게서도 거친 호흡이 시작되었다. 고개를 든 그가 그녀의 입술에 입 맞췄다. 그리고 감겨진 눈꺼풀에도 차례로 입을 맞추었다.

"처음일 거라곤 상상도 못 했어."

"나이가 있다고 해서 누구나가 경험이 있는 건 아냐."

약간 뾰족한 투로 그녀가 그를 향해 말했다.

"물론 그래. 하지만 네가 처음이라는 게 왜 이렇게 좋은지 모르겠어. 좀 속물 같나?"

"속물 같아."

피식 웃으며 그녀가 또 답했다.

"그래도 좋은 건 좋은 거야."

한이 정원을 깊이 끌어안았다.

"아프게 한 건, 미안."

촉촉. 소리 나게 입술을 찍으며 그가 다시 말했다.

"어쩔 수 없는 거니까."

생각보다 아팠지만, 그저 과정이라고 생각한다. 아픈 만큼. 아니. 아픈 것보다 더 황홀했다. 그의 입맞춤이. 그의 움직임이. 그의 숨결이.

"그리고 또 미안."

"뭐가?"

"다시 아프게 할 거니까."

진심으로 미안한 투다. 스멀스멀 저 밑에서부터 올라오는 건 아마도 걱정이고 근심이다.

"얼마나 더 아파야 하지?"

여자의 처음이 아프다는 건, 들어서 안다. 하지만 얼마나 더 아파야 한다는 건 들어 보지 못했던 것도 같다.

정말 얼마나 더 아파야 하지?

"잘 모르겠지만, 최대한 노력해 볼게."

"뭘? 어떻게?"

"많이 자주 해서 얼른 아플 시간을 지나가게 하면 되겠지."

"뭐라고?"

하하하.

그가 경쾌하게 웃었다. 깊게 안긴 몸이 함께 흔들렸다.

"미안하지만 난 돌아 버릴 것처럼 좋았어."

"한 사람이라도 좋았다면 뭐. 근데 이제 좀 나오면 안 될까?"

"싫은데?"

빙글 웃으며 그가 대꾸했지만 그 대꾸와는 다르게 천천히 몸을 움직여 그녀에게서 빠져나갔다.

"읏!"

감긴 눈꺼풀이 파르르 떨렸다. 그가 웃으며 그 눈꺼풀에 입을 맞췄다.

"신음 소리, 무지 섹시해. 다시 하고 싶어지려고 그래."

"제발 참아 줘."

옆으로 돌아누우며 그녀가 중얼거렸다.

"후훗."

그런 그녀가 귀여워 머리칼을 흐트렸다. 그러고는 끌어안았다. 너른 그의 가슴에 작은 등이 착 달라붙는다. 그의 입술이 부드럽게 늘어졌다.

"자고 싶어."

"응."

"근데 먼저 씻어야 할 것 같아."

"응."

답을 해 놓고도 그는 정원을 안은 팔을 풀지 않았다.

"그럼 놔야지."

"잠깐만. 조금만 이대로 있자."

정원의 어깨에 입을 맞추며 그가 웅얼거렸다.

"응. 조금만."

그녀가 한의 팔에 입을 맞추며 그렇게 답했다.

잠이 들었던가 보다. 언뜻 눈을 떴을 땐, 날이 움트기 시작한 새벽녘이었다. 정사의 흔적이 흥건한 침대에 그대로 잠이 들어 버렸다.

씻었어야 했는데.

눈을 느릿하게 깜빡이다 몸을 일으켰다. 시간이 어떻든 좀 씻어야 할 것 같았다.

"원아."

몸을 일으키자마자 한이 그녀를 찾았다.

"씻을래."

"그냥 자. 시트도 갈았고, 네 몸도 깨끗하게 닦았어. 충분히 괜찮아. 샤워는 아침에 하자. 응?"

"하지만……."

"이리 와."

한이 제 옆자리를 팡팡 두드렸다.

"얼른."

후우. 작게 한숨짓던 정원이 다시 그의 곁으로 누웠다.

"너 때문에 다시 하고 싶어졌어. 겨우 잠들었는데."

아아. 미치겠네.

옅은 웃음과 함께 그가 머리칼을 흩뜨렸다. 그가 몸을 꼭 끌어안고 밀착시키자 커질 대로 커진 그의 남성이 적나라하게 느껴졌다. 그가 정원의 입술을 빨았다. 그러고는 다시 목덜미를 빨았다.

하고 싶어. 원아.

속삭이듯 하는 말에 정원이 목을 움츠렸다.

"하자. 원아. 응?"

애초에 답이 필요하지 않았던 듯 그는 그녀의 가슴을 움켜쥐고 단숨에 머금었다. 혀끝으로 굴리는 유두에 짜릿한 전율이 느껴졌다. 온몸의 모든 신경이 거기로 쏠리는 것만 같았다.

"한아."

"싫어."

짓이기듯 움켜쥔 가슴을 그는 사정없이 빨아 댔다. 기어이 정원의 입에서 신음이 터져 버릴 때까지.

"아까보다 아프진 않을 거야. 약속해."

한이 사악하게 미소 지으며 정원을 향해 말했다. 그리고 그와 함께 정원은 포기해 버렸다. 그의 머리칼에 손가락을 찔러 넣고 가슴 가득 끌어안았다. 촉촉 소리가 가슴께에서 야하게 들려왔다.

"믿을게."

그녀의 허락에 그의 움직임이 빨라졌다. 접촉은 짙어졌고, 숨결은 가빠졌고, 흥분은 점차 끝도 없이 달려가기 시작했다. 그러다 마침내 그가 다시 한 번 그녀의 몸속으로 들어왔을 때, 그렇게 또 그와 하나가 되었을 때, 그녀는 직감했다. 그가 빠져 버린 늪에 자신 역시 빠져 버렸음을. 아무리 몸부림을 쳐도 그 늪에서 헤어 나오지 못하리란 것도.

♯4

　하얗게 부서지듯 쏟아지는 태양과 어른거리는 그림자를 느끼며 정원이 느릿하게 눈꺼풀을 밀어 올렸다. 조금 열린 창으로 들어오는 햇살 묻은 바람에 어른어른 회색빛 커튼이 춤을 추고 있었다.

　밀착된 말랑한 몸. 그리고 규칙적으로 쏟아지는 부드러운 숨결. 가볍게 뛰던 심장이 속도를 달리하기 시작했다. 정원은 다시금 눈을 감았다. 느릿하게 펼쳐지는 어젯밤의 환영. 붉게 달아오르는 뺨이 고스란히 느껴졌다.

　사랑한다 하면 믿을까?

　두 번째 정사가 끝났을 때, 그가 속삭이듯 물었다.

　뭐라고 답했더라.

넌?

그 답에 한이 웃었던가. 아니, 인상을 썼던가. 모르겠다. 정확히 기억나지 않는다.

"으음. ……깼어?"

느릿하게 두 눈을 깜빡이던 남자는 어느새 세상에 없을 부드러운 미소로 그녀를 향해 물었다. 뭘까. 현실적이지가 않아.

그녀는 저도 모르게 멍해진 얼굴로 그런 그를 바라보았다.

"잘 잤어?"

뺨에 입을 맞추며 묻자, 무언가 세상이 다시 돌아가기 시작하는 느낌이 들었다.

"헤이. 목소리를 좀 들려주면 안 될까? 듣고 싶어."

그가 재촉하듯 말했다.

"잘 잤어?"

정원이 그를 향해 물었다. 그의 미소가 깊어졌다. 그 미소가 못 견디게 마음에 들어 그녀는 그만 그를 끌어안았다.

"이러는 거 되게 위험한 짓인 건 아나?"

언뜻 엄한 목소리로 그가 말했다. 하지만 그녀는 그를 안은 팔을 풀지 않았다. 젖가슴이 그의 단단한 가슴 위로 뭉개졌다. 스읍. 하고 그가 크게 숨을 들이마셨다.

"원아."

"난 아주 잘 잤어. 오랜만에."

"다행이다."

느슨하게 팔을 푼 그녀를 향해 다시 입을 맞추며 그가 말했다. 처음인데 너무 몰아쳐서 실은 조금 걱정이었어. 라며 속에도 없는 말을 덧붙이기도 했다.

"배가 고파."

못 견디게 배가 고픈 건 아니었다. 다만 그의 눈빛이, 그의 움직임이 심상치 않은 걸 눈치챈 탓이다. 하얗게 쏟아지는 햇살 아래 다시 어젯밤과 같은 이 남자의 눈을 견뎌 낼 수는 없을 것 같았다.

"음?"

하지만 그는 이미 그녀의 그 말은 듣고 있지 않은 것 같았다. 그는 입술을 정원의 목덜미로 미끄러뜨렸고, 이미 재빠르게 그녀의 가슴을 움켜쥐고 있었으니까.

"류한?"

정원이 자신의 가슴을 움켜쥔 그의 손을 붙잡았다.

"음?"

하지만 그는 몽롱해진 눈으로 그녀를 바라본 후 다시 입술을 미끄러뜨렸다.

"배고프다고."

탁 소리 나게 손등을 치며 재차 말했다.

"어. 나도 지금 고파. 이게."

그는 상관없단 듯 스륵 손을 더 아래로 내리며 중얼거렸다.

"미안하지만, 난 지금 정말 배가 많이 고파. 돌아가실 지경이야."

정원이 그를 밀치고 벌떡 일어났다. 몸을 일으킴과 동시에 그의 눈앞에 그녀의 뽀얀 가슴이 흔들거렸다. 이런. 몽롱하게 풀린 눈이 그것을 좇거나 말거나 그녀는 잽싸게 이불로 몸을 칭칭 감쌌다.

"먼저 씻을게. 그리고 나가. 너무 배가 고파서 너라도 잡아먹겠어."

"나를? 그건 정말 환영받아 마땅할 일인데."

그의 천연덕스러운 대꾸에 정원이 그를 눈이 째져라 노려보기 시작했다. 그가 그런 그녀를 보며 힘없이 웃었다.

알았어.

작게 대꾸하는 것도 잊지 않았다. 망설임 없이 몸을 돌려 욕실로 향하는 그녀의 뒷모습을 보고 나서는 베개에 얼굴을 깊게 묻고 침대를 팡팡 때렸다.

아오!

정원의 귀에 막 닫힌 욕실 문 사이로 그가 내지르는 소리가 들렸다.

피식.

그녀의 입술 사이로 웃음이 터졌다.

이런.

거울 안의 여자가 자신이 맞나. 두 눈이 이렇게 반짝거렸던 적이 없었던 것 같은데. 잔뜩 삐죽삐죽 헝클어진 머리칼에 퉁퉁 붙은 입술. 지친 듯 아픈 듯 하얗게 식어 있던 피부도 이상하게 윤기가 돈다.

사랑한다 하면 믿을까?

심장이 미친 듯이 뛰기 시작했다. 상기된 표정의 거울 속 여자
가 입술을 깨문다. 울컥울컥 눈물이 쏟아지듯 가슴에서 무언가 자
꾸 쏟아지는 느낌이 들었다.

사랑한다 하면 믿을까?

윙윙. 자꾸만 한의 그 소리가 재생되었다.
"어떡해."
온몸에 울긋불긋 피어 있는 멍울꽃 때문인 것처럼, 정원은 울
듯한 표정으로 제 몸을 쳐다보며 망연히 중얼거렸다.

❖

[소담.]
이름만큼이나 소담한 한옥이었다. 둘레로 꽃들이 흐드러지고,
작은 연못에선 물고기가 춤추듯 유영하고 있었다. 돌길을 따라 걸
으며 정원은 모처럼 만에 편안한 느낌이 들었다.
"너무, 근사하네. 이 동네에 이런 데가 있었어?"
"아는 사람만 아는 곳."
"맛도 풍경만큼이나 근사하면 좋겠다."
"기대해도 좋아."

한이 한쪽 눈을 찡긋하며 그녀를 향해 웃었다.

"왔니?"

그때였다. 막 옆 건물로 이동하려던 여사님 한 분이 그들 쪽으로 다가왔다. 곱게 쪽 찐 머리엔 하얀 수건이 둘러 있고, 정갈한 한복 치마 앞으로 역시 하얀 앞치마가 매여 있다. 그녀는 한을 향해 반가운 얼굴로 미소 지었다.

"네. 어머니. 너무 오랜만이죠?"

"그런가? 그런데 옆에 분은⋯⋯."

"여자 친구요. 맛있는 어머니표 쌀밥 먹여 주고 싶어서 데려왔어요. 신경 많이 써 주세요."

여자 친구라는 말에 머쓱한 얼굴로 정원이 어색하게 웃었다

"안녕하세요."

"둘이 아주 잘 어울려. 선남선녀가 따로 없네. 어서 와요. 얼른 준비할게. 한아. 별채로 가자."

"네. 어머니."

두 건물 중 아래쪽에 위치한 작은 건물로 그를 따라 걸음을 옮겼다.

"이름을 알아? 얼마나 오래된 단골이기에?"

"10년이 훌쩍 넘었지. 어머니 밥 먹은 건. 사실은 친구 어머님이야."

"아아."

고개를 끄덕이며 그를 따라 방 안으로 들어갔다. 옛 한옥을 그대로 재현한 한식당들은 많았다. 그런 곳에 더러 가 보기도 했고.

그런데 뭐랄까. 자연스럽달까.

모든 게 다 원래 있던 그 자리에 있는 느낌이었다. 짜 맞춰진 인테리어가 아닌 듯했다. 자연스러워서 편안하고, 편안해서 기분이 좋았다.

"여기, 정말 좋다."

"다들 그렇게 말해. 근사한 경치에 반하고, 맛에 또 한 번 반하고. 그래서 한번 온 사람은 꼭 단골이 되지. 워낙에 어머니가 정이 많으시고, 또 손맛이 일품이거든."

결코 그의 말은 거짓이 아니었다. 상다리가 부러지게 차려진 음식들은 도대체 어떤 걸 먼저 먹어야 할지 모를 만큼 맛있었다.

그녀 역시 단골이 될 것 같다. 딱히 맛집에 연연하는 스타일도 아니고, 워낙에 되는 대로 배만 채우면 된다는 식이었던 사람인데, 정작 이런 맛을 보지 못해 그런 거였나 보다.

"어때?"

"최고야."

후식으로 나온 수정과와 한과를 먹으며 정원은 엄지를 치켜들었다.

"밥을 이렇게 감탄하면서 먹었던 적은 없었던 것 같아. 왜 맛집, 맛집 하는지 알 것 같아."

"와. 이러면 내가 또 맛집 순회를 좀 시켜 줘야겠는데?"

"뭘 또. 그냥 그렇다고. 잘 먹었어. 너무 맛있어서 욕심부리면서 먹었더니, 배 터지겠어."

"많이 먹어. 너무 말랐어, 너. 한 줌밖에 안 되니까 안으면서도 조마조마했다고, 나."

"퍽이나."

볼 언저리를 붉히면서도 정원은 새침하게 대꾸했다.

하하하.

한이 경쾌하게 웃었다.

✣

"누구세요?"

스튜디오로 들어온 낯선 남자를 향해 은선이 물었다.

"원이 만나러 왔어요. 지금 일해요?"

스튜디오를 스윽 훑는 눈이 뭔가 재밌는 일을 발견한 아이처럼 반짝거렸다. 뭔가 흥미로워하는 눈이랄까.

"원이?"

"아아. 정원이요."

피식. 그가 정정하며 입술을 끌어 올렸다. 아무도 원이라 부르는 사람은 없을 테니까.

"오오오. 우리 한 쌤이랑은 무슨 사이?"

한은 저보다 더 흥미롭게 반짝이는 눈을 보며 자꾸만 웃음이 나 버렸다. 그때였다. 두 눈을 가느다랗게 뜬 채 자신을 가늠하는 듯 바라보며 곁으로 다가오는 여자 사람.

"정원이 찾아오셨다구요?"

"네. 친구분?"

은환의 시선이 묘해졌다. 나를 알고 있다? 나를 말했다? 정원이가?

"네. 반가워요. 서은환입니다."

한이 은환이 내민 손을 망설임 없이 잡았다 놓았다. 잘생긴 남자다. 촬영 때 자주 만나는 모델들 사이에 끼워 넣어도 전혀 손색이 없을 만큼.

이런 근사한 남자를 어디서 구한 거야?

"반갑습니다. 류한입니다. 일하시는데 불쑥 찾아와 버렸네요."

"예. 상관은 없지만 저희가 지금 촬영 중이에요."

"구경해도 될까요? 방해 안 할게요. 그냥 멀리서 찍는 거 보는 것만. 괜찮을까요?"

은환이 멍한 얼굴로 고개를 끄덕거렸다.

"소연이 눈! 다시 위로. 그래. 지금 좋아. 그대로 다시!"

모델에게 지시하며 연신 카메라 플래시를 터뜨린다. 번쩍번쩍 플래시를 터뜨리며 모델 주위를 움직이는 정원은 근사했다.

내가 일은 또 기가 막히게 해. 다들 깜짝 놀라. 실력이 그냥 죽여주니까.

그래. 그런가 보다.

한이 한쪽 귀퉁이에 서서 정원을 바라보며 부드럽게 미소 지었다.

"뭐 드실래요?"

"아뇨. 신경 쓰지 마세요. 그냥 원이 일하는 거 구경만 좀 할게요."

"그 원이라는 분은 류한 씨가 여기 오는 거 혹시 알아요? 별로 좋아하는 성격 아닌데."

부러 찔러 보는 것도 있었지만, 딱히 또 거짓말은 아니다. 그나마 제 맘에 들여놓았던 해준에게도 늘 그런 식이었으니까.

뭐. 해준인 비교 불가인가? 아무튼.

근데 남자의 표정이 미세하게 구겨진다.

불안인가. 아닌가.

"아아. 뭐. 혼나야 되면 혼나구요. 그냥 와 보고 싶어서 온 거라."

"뭐, 그렇다면요."

은환이 배시시 웃으며 답했다.

"대전엔 잘 다녀오셨어요?"

느닷없는 물음에 은환의 표정이 멍해졌다.

"네?"

"부모님 호출이었다던데."

"시시콜콜 별 얘기 다 하는 사인가 봐요, 어느새?"

"시시콜콜 별 얘기 죄다 알고 싶은 사이죠. 어느새."

보통 아닌 남자다. 부러 삐딱하니 굴고 있는데도 표정 변화 하나 없다. 아니. 더 생글생글 웃고 있다.

"소연이 옷 갈아입을 동안, 준영이 들어와. 준영이 메이크업 끝났어?"

"네."

스태프들이 바지런히 움직이는 사이로 카메라를 만지던 정원의 시선이 그에게로 옮겨졌다. 그를 확인한 그녀의 두 눈이 커지고, 고개가 천천히 기울어진다. 시선이 마주치며 그녀가 살짝 미간을 구겼는데, 그는 저도 모르게 조금 움찔해 버렸다.

하지만 이내 정원이 피식 웃어 주자, 그는 그녀의 옅은 미소보다 훨씬 환하게 미소 지었다. 그 뒤로 그 모습을 보고 있던 은환이 뭔가 잘못 본 건가 싶은 표정으로 머리를 옅게 흔들어 대고 있었다.

"모델이에요? 배우? 처음 보는 것 같은데, 촬영 왔어요? 어디 소속?"

대기실로 나가기 위해 지나치던 소연이 눈을 깜빡이며 한을 향해 물었다.

"정소연. 작업 걸지 마."

아니란 말을 하려고 했다. 그런데 그에 앞서 정원에게서 싸늘한 말투가 흘러나왔다. 약간 뾰로통해지는 여자. 그리고 놀란 듯 커져 버린 은환의 눈. 카메라를 든 채 어느새 그의 곁으로까지 다가온 정원.

"네?"

정원은 도대체 무슨 소린지 모르겠다는 듯 두 눈을 깜빡이는 소연을 삐딱하니 쳐다보며 차갑게 말했다.

"촬영하러 왔음 촬영이나 제대로 하고 가. 이 남자, 내 남자니까."

"에이. 선생님도 참."

생각지도 못한 정원의 태도에 무안해진 마음을 애써 숨기며 소연이 자리를 벗어났다.

"돌았나?"

은환이 정원에게 말을 툭 던졌다. 기분이 좋아져 입술이 째질 듯 웃고 있는 한은 그러거나 말거나.

"그런가 보지."

피식 웃으며 정원이 답했다.

"맞네. 돌았네."

고개를 절레절레 흔들며 은환이 반대쪽으로 사라졌다.

"와. 이런 식이면 나 못 참는데?"

"왜? 난 이런 식이어도 참는데?"

그녀의 답에 한의 표정이 한결 깊어졌다.

"방해하려던 건 아니야. 그냥 보고 싶었어. 느닷없이."

설레는 표정으로 그가 어깨를 으쓱였다.

"십 대가 된 기분이랄까."

아마 자신의 표정도 저 남자와 같겠지. 콩닥콩닥 이상하리만치 설레고 떨리니 말이다. 실은 십 대 때도 그랬던 적은 없었다.

"오늘 촬영 빡빡해?"

아쉬운 얼굴로 그가 물었다.

"아니. 이거 끝나면 한가해. 나가서 차 한잔할래?"

"그런데 나 너 촬영하는 거 계속 구경해도 돼?"

언제 아쉬운 얼굴이 되었냐 싶게 활짝 핀 얼굴로 그가 되물었다.

"아니. 싫어. 일할 때 막 나 욕도 해. 그런 거 대놓고 보여 주긴 좀 그런데?"

아마도 일에 집중할 수 없을 것이다. 집중 못 하고 허둥대는 모습을 보여 주긴 싫었다. 아직까지는.

"겁나 섹시할 거 같은데, 왜?"

"지금도 겁나 섹시한데, 뭘?"

하하하.

한이 큰 소리로 웃어 젖혔다. 주위를 오가던 스태프들의 시선이 이쪽으로 꽂히는 건 당연했다.

"이게 그렇게 큰 소리로 웃을 일이야?"

정원이 미간을 찌푸리며 한의 가슴을 툭 때렸다.

"알았어. 철수. 촬영 끝나면 전화해. 바로 올게."

"응."

한 번 폭 안고 싶은데, 안 되겠지?

그는 따뜻하게 그녀를 바라보다 머리를 풀썩였다. 고개를 들어 자신을 바라보는 그녀에게 입 맞추고 싶어 그가 가만히 입술에 힘을 주었다.

"가."

"응."

아쉬워 손을 한 번 꼭 쥐었다. 그녀의 표정이 상기되었다.

"참는 것도 스릴 있긴 한데, 미치겠는 건 또 어쩔 수가 없네."

그가 나지막이 그녀의 귓가에다 속살거렸다.

"가기나 해."

등짝을 얻어맞은 그가 하하하 다시금 큰 소리로 웃었다.

"얼마 만이더라?"

은환이 그런 둘을 보며 멍하니 중얼댔다.

"네?"

옆에 서 있던 은선이 제게 물은 줄 알고 곧장 대꾸했다.

"우리 해준이 이제 어쩌나."

"선생님?"

혼잣말처럼 중얼거리는 말에 은선이 재차 물었다.

"모르겠다. 나도."

하지만 은환은 별다른 답 없이 사납게 제 머리칼만 흩뜨렸다. 그 앞으로 한이 고개를 까딱이며 인사를 하고 지나갔다.

'당신이, 과연 해 줄 수 있을까?'

수천 번도 더 생각했어. 그냥 정원이 데리고 달아나 버릴까. 그래…… 버릴까, 정말.

그날, 우는 해준을 처음 보았다. 같이 울었던 것도 같은데.

이렇게 되어 버린 게 내 탓은 아니잖아. 우리 탓은 아니잖아.

"자자. 수고했어. 다들. 규호! 은선! 정리하자."

정원이 카메라를 정리하며 규호와 은선을 불렀다. 모델들은 이미 제 식구들과 뭉쳐져 사라질 준비를 마친 상태였다. 복잡했던 스튜디오는 어느새 한가해졌고, 한가해진 틈을 타 카메라 렌즈를 닦고 있는 정원을 은환이 툭 쳤다.

"어제, 아까 그 남자랑 있었던 거야?"

하지만 은환의 물음에도 정원은 그저 픽 웃을 뿐 정확한 답을 주지 않았다.

"약속 있어. 먼저 나갈게."

정원이 은환을 지나쳐 가방에 카메라를 담고, 사무실로 들어갔다.

"진짜 더 할 말은 없고?"

"아직은."

사무실로 따라 들어온 정원은 은환에게 미묘한 대답만을 남긴 채 가방을 메고 나와 버렸다. 은환이 뒤에서 기막힌 얼굴로 제 뒤통수를 쏘아보거나 말거나 정원은 신경 쓰지 않았다. 아니. 신경 쓸 겨를이 없었다.

그저 기분이 좋은 것밖에 모르겠다. 아무 말 없이 저를 만나겠다고 무턱대고 찾아왔던 한도, 저를 아는 사람들 속에서 저와 함께 투닥거리던 그와 자신도. 어이없는 얼굴로 내내 자신을 살피던 은환까지도. 그냥 그게 다 좋았다.

"도대체 뭘까. 이게."

한의 가게 앞에서 정원은 픽 웃으며 중얼댔다.

일단 맞아 보자. 그저 지나는 비일지라도 일단 맞아는 보자. 맞아 보면 알게 되겠지.

정원은 깊게 심호흡하며 발을 내디뎠다. 일단 지금은 한이 보고 싶었다. 그저 그게 다였다.

바 안으로 들어오자마자 정원의 눈이 커졌다. 그러다 다시금 천천히 가느래졌다. 고개를 흔들기도 하고, 미간을 잔뜩 구기기도 하면서. 심상치 않은 표정 변화에 현민이 그 모습을 흥미롭게 바라보았다.

기대한 대로 반응해 주면 좋을 텐데.

대번에 스쳐 지나가 버렸다. 준을.

그를 지나치는 정원을 보았다면 한은 아마 쾌재를 불렀겠지.

준이 현민을 향해 어깨를 으쓱였다. 그리고 때마침 지나쳤던 여자가 준을 향해 몸을 틀었다. 그러곤 다시 아까처럼 예의 주시.

어머니도 헷갈려 하는 비주얼이니 뭐.

그가 그녀를 향해 어깨를 으쓱였다.

"나를, 아는 모양인데요?"

"아마도."

"난 그쪽을 모르죠. 아아. 짐작은 되네요. 찍어 놓은 듯 닮아서 모르려야 모를 수가 없겠어요."

"한인 이 재밌는 상황을 위해 잠깐 빼돌렸어요. 나름 우리들끼리의 테스트죠."

장난기 다분한 남자의 표정엔 어색함이라고는 전혀 없었다.

"그래서 내가 그 테스트에 통과했나요?"

정원이 삐딱하니 물었다. 기분이 좋지가 않다.

테스트라니.

"한일 두고 테스트한 적은 없어요. 늘 당하는 쪽은 내 여자들이었으니까. 오해하지 말라구요. 그 녀석도 몰라요. 제가 설마 이런 짓을 할 거라곤 생각 못 했을 거니까. 그런데 신기하네요. 어두운 조명에, 부러 비슷한 스타일로, 또 헤어스타일까지 만졌는데."

"그쪽 여자들은 한의 그 노력에 죄다 부응했었나 보죠?"

"어머니도 헷갈려 하시니까요."

"현민 씨, 마시던 걸로 한 잔 줄래요?"

정원이 남자를 가뿐히 무시한 채 현민에게 말했다. 그러자 남자가 어색한 표정으로 어깨를 슬쩍 들었다가 내려놓는다.

"오케이."

현민이 그런 남자를 보며 빙글 웃었다.

"나도 같은 걸로 줘. 뭔진 모르지만."

남자가 뚱한 표정으로 현민에게 말한 후 정원을 향해 손을 내밀었다.

"류준입니다. 쌍둥이 형이죠."

"한정원입니다."

내민 손을 무시하며 정원이 빙긋 웃으며 인사했다.

아, 하하하.

쑥스러운 듯 준이 내민 손을 거두며 머리를 긁적였다.

"어떻게 알았어요?"

궁금해 죽겠다는 얼굴이 한과 닮았다.

"눈."

정원이 툭 한음절로 답했다.

"예?"

무슨 소리냐는 듯 대번에 목소리가 튄다.

"눈이 달라요. 그쪽이랑 한인."

피식 웃으며 정원이 힐끗 현민을 쳐다보았다. 칵테일을 만들던 현민이 풉. 소리 내어 웃어 버린다.

"뭔데?"

준이 현민을 향해 재촉했다. 같이 웃는 양을 보아하니 뭔가 알고 있다는 건데. 준이 현민과 정원을 번갈아 쳐다보았다.

말 좀 해 보라고.

"난 얘를 눈으로 먼저 잡아먹거든."

어느 틈에 나타났는지 정원의 옆으로 풀썩 소리 나게 앉으며 한이 답했다. 대번에 준의 얼굴이 구겨졌다. 한과 함께 막 도착한 윤범 역시. 미친놈 하며 중얼댔다. 현민이 큭큭 웃기 시작했고, 그다음으로 정원이 피식 웃었으며, 그 뒤를 이어 한이 경쾌하게 하하하 소리 내어 웃었다.

"아아. 제대로 된 바퀴벌레 한 쌍이 탄생했군."

준이 제 머리를 탁 치며 중얼거렸다.

#5

"네가 먼저 시작했던 거잖아. 난 늘 당하기만 했었다고. 말 좀 해 봐, 인마."

준이 억울하다는 듯 한의 어깨를 탁 때리며 그를 재촉했다.

"정말이야? 먼저 시작한 게 너야?"

정원이 앞에 놓인 모스크바 뮬을 홀짝이며 한에게 물었다. 한이 어깨를 으쓱이며 피식 웃는다.

"의도한 건 아니었어. 뭐. 그때 만나던 여자가 있는 것도 몰랐고. 술 먹고 뻗어서 준이 오피스텔에서 잤는데, 새벽에 병원에서 콜 와서 이 녀석은 나가고 난 고대로 뻗어 자고, 아침에 여자가 들이닥치고…… 난리도 아니었다, 그때."

"그러고는 알았죠. 이게 참 스릴 있다."

"스릴 있다. 크큭."

한의 말에 윤범이 신나서 같이 맞장구를 쳤다.

"그래서 이 자식들이 담합해서 몇 번을 더 그랬지. 이제 아예 작정을 하고 들이대니까, 아무도 의심을 안 하는 거라……. 그러니까 정원 씨가 이해해요. 나도 한 번은 해 보고 싶었다니까?"

"정원 씨, 그거 알아요?"

윤범이 생글생글 웃으며 정원을 향해 물었다.

"뭘요?"

"준이 이 녀석이 만나던 여자 셋을 속여 먹었는데, 단 한 번도 정원 씨처럼 알아차리는 사람이 없었다는 거."

"말해 뭐해. 우리 진중연 여사도 헷갈려 하는걸. 정원 씨가 좀 독특한 거지. 이렇게 우리 둘을 그냥 딱 알아보는 사람 흔치 않다?"

아무래도 배가 아픈 듯 주절주절 말을 늘어놓는 준을 보며 한이 피식 웃었다. 사실이 그랬다. 비슷한 차림을 하고 있으면 죄다 알아보지 못했다. 말을 하기 이전엔. 지금도 단단히 작정하고 속이면 윤범도, 재영도 속아 넘어가기 일쑤니까. 키도 깎아 놓은 듯 비슷하고, 몸집도 그랬고, 어느 땐 거울 보는 느낌마저 들 정도였으니까.

"그때, 밤에 술 약속 펑크 냈던 거. 그거 정원 씨 때문이었냐?"

갑자기 생각난 듯 윤범이 한을 향해 물었다. 기분 좋은 얼굴로 한이 어깨를 으쓱였다.

"한이 이름 부르는 거 보니까 우리랑 갑이신가? 확실히 어려 보이는 얼굴이긴 한데, 설마 연상 뭐 이런 건 아니죠?"

"그러면 어쩌려구 딱 아니죠라고 물어요?"

정원이 픽 웃으며 준을 향해 대꾸했다. 준의 표정이 언뜻 굳어진다.

"연상이에요? 연상이야?"

호들갑스럽게 자신을 향해서 또 한을 향해 묻는 준을 보며 정원은 그저 웃었다.

"아니에요."

"아아. 갑이구나. 우리랑은 친구 먹으면 되겠다. 그죠?"

유들유들 도대체가 막힘이 없는 사람이다. 천성이 유하고 부드럽고, 능글맞다고 해야 할까. 뭔가 한과 많이 비슷하다. 그래서 기분이 좋다. 이 사람도.

"친구 먹으면 너희가 손해."

한이 툭 던진 말에 준의 눈이 커진다.

"몇 살이에요? 몇 살인데?"

정원이 곧장 답하지 않자, 준이 한을 향해 또 묻는다.

"뭘 너는 두 번씩 물어 새끼야. 정신없게."

윤범이 고개를 흔들어 대며 준을 타박했다.

"궁금하잖아, 새끼야."

정신없게 주고받는 대화에 정원이 피식 웃으며 그들을 향해 답했다.

"서른이요."

"친구 먹으면 큰일 날 뻔했네."

"두 살 뭐 별거라구요. 어차피 같은 시기에 중학교, 고등학교, 대학교까지 다녔을 텐데."

"어허. 정원 씨 초등학교 다닐 때 내가 교복 입고 학교 다녔고, 정원 씨가 중학생 돼 가지고 교복 입고 학교 다닐 때, 우린 벌써

수능 준비했다고. 또 정원 씨가 우리처럼 수능 준비 시작할 때, 우린 자유롭게 캠퍼스를 누볐다고. 전혀 별거 아닌 게 아닌데?"

"말, 짧아지셨네요. 그래서?"

정원의 대구에 준이 쿡 소리 내어 웃었다.

"까지 말까요?"

배슬거리며 준이 혜원을 쳐다보았다.

"하여튼 저렴한 새끼."

준의 말에 윤범이 픽 웃으며 이죽댔다. 준이 팔꿈치로 쿡 윤범을 때리자, 이 새끼가 돌았나, 중얼대며 윤범이 큭크 소리 내어 웃었다.

자연스러운 분위기. 유쾌하고 재밌는 대화. 정원은 생각지도 못했던 이 만남이 너무 좋았다. 잔을 부딪치고, 마주 웃고, 또 장난스러운 대화들이 오고 갔다.

"너, 두 잔째야. 괜찮아?"

혜원의 눈을 마주 보며 조금은 걱정스러운 투로 그가 말했다.

"분위기가 좋아 그런가? 괜찮아. 어지럽지 않아. 되게 괜찮아."

유쾌한 분위기, 그래서였다. 마시는 칵테일 또한 부드럽게 넘어갔다. 심란한 일이 있을 때나, 우울해질 때 주로 마셨던 술이다. 위로차 마신 술에 취해 잠이라도 푹 자야지 싶은 요량이었다.

이런 적이 없었다. 아니. 있었는지도 모르지만 지금은 기억나지 않는다. 다만, 지금 이 기분이 너무 좋다. 술자리를 좋아하는 사람들의 마음을 알 것 같달까.

"그래도 더 마시지는 말자. 응?"

"응. 안 마셔."

"착하네."

정원의 머리칼을 만지작거리며 한이 부드럽게 말했다.

"봤냐? 이 새끼 방금 하는 거?"

준이 윤범을 툭 치며 묻는다.

"야. 나 지금 닭살 돋는 거 안 보이냐?"

자신의 팔을 벅벅 긁으며 윤범이 준을 향해 대꾸했다.

피시식.

한은 그저 웃고만 있다. 여전히 정원의 머리칼을 만지작거리면서. 정원 역시 기분 좋게 마주 웃었다. 이 밤. 모든 것이 좋았다. 정원이 한에게 머리를 기댔다. 한은 참지 못하고 정원의 이마에 입을 맞췄다. 다시 준과 윤범이 소리치기 시작했다.

"와, 방금 이 새끼가 한 거 봤냐?"

"미친 거 아냐? 지금 뭐 한 거냐?"

왁자지껄한 가운데 정원이 큭크 소리 내어 웃었다. 그녀의 몸이 흔들리고, 또 금세 한의 몸도 흔들거렸다.

훗. 한의 숨결이 정원의 정수리 위로 따스하게 퍼졌다.

"진짜 딱 알아봤어?"

준과 윤범을 가게에 버려두고 한이 그녀를 데려다주는 중이었다. 차에 오르자마자 한이 정원을 향해 물었다. 준에겐 단 한 번도 없던 일이었다. 그래서일까. 뭔가 뿌듯하고 으쓱한 기분이었다. 그래서 내내 더 생글거렸다. 그게 좋아서.

"어. 뭔가 달랐어. 다르더라고, 그냥."

카 시트에 몸을 묻은 채 고개를 운전석으로 돌린 그녀가 그게 뭐 이상하냐는 듯 담담하게 말했다. 이상하고 특별할 것도 없다. 그저 그냥 자연스럽게 안 것뿐이니까. 무언가 알아보려 노력도 하지 않았고, 특별히 다른 생각을 한 것도 없다. 그저 그냥 자연스럽게. 그게 다였다.

"이러니 이뻐 죽지, 내가."

시동을 걸며 몸을 기울여 촉 소리가 나게 정원의 입술에 입을 맞춘다.

피식.

정원의 입에서 바람 빠지듯 작게 웃음이 새어 나왔다.

"내일 제주도 간다고 했나?"

"응."

"무슨 촬영인데?"

"웨딩 화보. 김진이랑 이진아. 알아?"

"배우던가?"

"어. 배우 부부. 워낙 신인 때부터 알았던 사람들이라."

"아아. 근데 원이 넌 원래 상업 사진만 찍어?"

이런 식으로 대놓고 물어볼 줄은 몰랐는데. 훗. 정원이 그를 향해 웃었다.

"왜?"

"묻기 쉬운 질문은 아니니까. 정직한 대답을 원해?"

"난 늘 네가 내 앞에서만은 솔직하길 바라. 왜냐. 나도 그럴 거니까.”

“뭐 그렇다면야.”

정원이 어깨를 으쓱이며 말을 이었다.

“원래 풍경을 담았지. 의미 있는. 그런 풍경들. 바다도 되었다가, 산도 되었다가, 나무가 되기도, 흙이 되기도 했어. 좋았지. 너무 근사했거든. 근데 알아 버린 거지. 그것들로는 먹고살 수 없겠구나. 난 먹고살아야 했고, 그러자면 돈을 벌어야 했고, 그러다 보니 여기까지 온 거야. 독특한 사진. 특별한 무언가가 가미된. 나만의 색깔. 나만의 시선. 화려한 스타들을 내세운. 실망스러워?”

“천만에. 나도 먹고살기 위해 칵테일바를 열었으니까.”

“꿈이 뭐였는데?”

정원의 물음에 한은 잠시 아무런 답 없이 정면을 응시했다.

“꿈이…… 뭐였더라?”

“난 네가 내 앞에서만은 솔직하길 바라. 왜냐. 나도 그랬으니까.”

“훗.”

조금 전 자신과 똑같은 대답을 하는 그녀를 보며 그가 그녀의 코를 쥐었다 놓으며 중얼거렸다.

따라쟁이네. 못쓰겠네.

“말해 봐 그러니까. 궁금해.”

“로봇.”

“뭐?”

“로봇이 만들고 싶었어. 워낙에 기계 만지는 데에 소질이 있었거든. 꿈이라거나 그런 생각을 했던 건 아니야. 그저 해야겠다고 생각했고, 했을 뿐이지."

"그런데?"

"뭐가?"

"그런데 왜 지금은 칵테일바를 운영하는데?"

"하다 보니 시들해졌어. 재미가 없어졌어. 어느 순간. 굳이 그 슬럼프를 견뎌 내고 싶지 않을 만큼."

"그래서 지금 하는 일은 만족해?"

"아주 만족스럽지. 너를 만났잖아."

새하얀 이를 드러내며 활짝 웃는 한을 보며 정원은 그저 마주 웃어 주었다.

"같이 갈래?"

충동적이었다. 그녀는 막상 입을 떼 놓고도 다른 말을 잇지는 못했다. 고요 속에 지그시 들여다만 보는 눈. 뭔가 불안하달까. 아니, 그래서는 아니다. 무어라 표현하지 못하겠다. 심장은 뛰고, 약간 초조하긴 하지만 불안한 건 아니다.

이건 마치……

"바쁘면 굳이……"

"응. 같이."

신호에 걸린 차가 멈추고, 그는 핸들을 잡고 있던 손을 들어 그녀의 머리칼을 만지며 답했다.

"네가 안 물어 주면 내가 물어보려고 했는데. 조금 더 기다린 보람이 있네."

어느새 신호가 바뀌었다. 그의 차가 앞서 달리는 지프를 따라 다시 움직이기 시작했다. 갑자기 그런 생각이 들었다. 혹시 감정에 취한 것은 아닐까. 이 남자가 아니라. 너무 오랜만에 느끼는 이 두근거림과 이 설렘에 스스로 동화되어 이렇게 자꾸만 늪에 빠지듯 쑥쑥 속절없이 빠지고 있는 것은 아닐까.

"아아. 데리고 그냥 우리 집으로 가고 싶다."

그저 숨결 하나, 소리 하나에 웃고 또 웃고, 이렇게 포만한 마음이 들어 견딜 수가 없이 좋고, 곁에 두고서도 보고 또 보고. 어쩌려고 자꾸만 이러는지 모르겠다.

"대책도 없다. 그치?"

그녀가 사는 빌라 앞에 차를 세운 그는 그녀의 이마에 콩 하고 자신의 이마를 찍었다.

"원아."

"응."

"오늘은, 사랑한다고 그럼 믿을래?"

더없이 환해서 더없이 어여쁘게 한이 그렇게 속삭이듯 물었다. 정원은 그만 참을 수가 없어 그의 입술에 입을 맞추었다.

"믿는다는 거야? 아님, 안 믿는다는 거야?"

"상관없단 얘기야."

"뭐?"

"조심히 가. 내일 공항에서 보자."

"잘 자."

"응."

코앞에다 손을 흔들었다. 한이 정원의 손을 잡고 손끝에 입을 맞추었다. 정원이 다시금 그의 목을 끌어당겼다. 또 입 맞추었다. 그가 키스하며 웃는 것 같았다.

"늦었네."

한의 차가 출발하는 걸 보고 경쾌하게 몸을 틀었던 순간이었다. 잔뜩 가라앉은 무거운 음성이 그녀에게로 떨어진 건. 검은 차체에 기댄 몸을 일으키며 피우던 담배를 바닥에 던지고 구둣발로 짓이긴다. 정원은 무표정한 얼굴로 해준의 그 모습을 가만히 쳐다보았다.

"너야말로."

웃었던 게 언제였나 싶게 차갑게 표정을 굳힌 정원이 천천히 해준에게로 걸어가기 시작했다.

"저 남자니? 네가 말한 그 남자?"

"맞아."

산뜻하게 답했다. 부러 웃기도 했나 보다. 담담하던 해준의 눈에 불길이 치솟는다.

이번엔 진짜야. 서해준.

"한정원."

손목을 붙든다.

얼마 만이더라?

부러 그러는 것처럼 손끝 하나 대지 못했다. 그저 안타까운 눈. 그저 아픈 눈.

그저!

"거짓말 아니랬잖아."

단호한 말투에 해준의 눈이 서늘해졌다.

"진짜야? 진짜였어?"

다그치는 음성도 자못 날카롭고 차갑다.

"진짜였어."

하지만 상관없단 듯 더 단호하게 답했다.

더 상처받아. 더 아파. 그래서 돌아서 줘. 그만 좀…….

"너는 어떻게……."

"너는 나를 아주 나쁜 년으로 만들어. 그때, 먼저 날 놓은 것도, 먼저 주저앉은 것도 너면서 마치 그게 나였던 것처럼, 내가 널 놓아 버린 것처럼 그렇게 생각하게 만들어. 아니잖아. 아니었어, 서해준. 그 여자가 울고불고 매달려도 난 너 안 놨었다고."

차갑게 잘랐다. 들어 주고 싶지 않다. 그 마음이 어땠는지, 얼마나 아팠는지, 더는 알고 싶지 않다.

왜 내가 너 아픈 것까지 들어 줘야 하는데, 매번!

"그땐……."

"이제 와 너 이러는 거, 그 여자가 죽어서야? 이제 그 여자가 세상에서 없어졌으니까, 그 마음, 네 마음 좀 가벼워져서? 그래? 네 아버지는? 너, 착한 아들이잖아. 살던 대로 살아. 착한 아들로. 내 발목 그만 잡고 늘어져."

매번 독하게 쏟아 내도 면역이 생기지 않나 보다. 해준의 눈은 또 사정없이 흔들려 버린다. 안타깝고 아프게.

"기다렸어. 이를 악물고 기다렸어. 가슴을 쥐어짜며 기다렸어.

그런데 그 끝이 이래야 하는 거야?"

"누가 너한테 기다리랬는데? 내가? 너잖아. 기약 없이, 그 어떤 대책도 없이 상처받아 가면서 기다린 건 너야. 누굴 탓해. 그 여자가 안 죽었음 어쩌려고 그랬는데? 그대로 내 주위 맴돌다 끝내려고 했니?"

"한정원!"

"안쓰럽다. 서해준. 나, 아니야. 너 혼자서 그렇게 기다리는 동안, 나는 깨끗하게 끝냈어."

잡힌 팔을 빼내며 정원이 차갑게 말을 이었다. 점점 잿빛이 되어 가는 해준의 얼굴을 부러 더 똑바로 쳐다보며.

"나, 그 남자 사랑하려고. 아니! 사랑해 보려고, 그 남자."

그때였다. 그녀의 곁으로 한이 와서 선다. 그러곤 그녀의 어깨를 제 가슴에 끌어안는다.

"아니. 이 여자는 도대체 나한테 할 사랑 고백을 누구한테 하는 거야?"

당황한 듯 커져 버린 눈을 한 정원을 사이에 둔 채 두 남자의 차가운 시선이 부딪쳤다. 마치 쨍하고 소리가 나는 것만 같았다. 후우. 정원의 입에서 작은 한숨이 터져 나왔다.

"휴대전화 두고 내렸더라."

정원의 손을 잡아 그 위에 휴대전화를 올리며 한이 싱긋 웃었다.

"내일, 우리 일찍 출발해야 되잖아. 늦잠 자면 안 돼. 들어가서 씻고 바로 자."

"한아."

"제발 말 좀, 듣자?"

정원의 코를 쥐었다 놓으며 한이 입술을 끌어 올렸다. 웃는 얼굴인데 반해 두 눈은 더없이 차갑다. 자신이 알던 남자가 맞나 싶었다.

"내일, 봐."

"한아."

정원이 자신을 부르거나 말거나, 한은 제 손으로 정원의 몸을 돌려 빳빳하게 굳은 등을 밀었다.

걸어. 뒤돌아보지 말고. 그냥 걸어.

그의 마음을 알아챘는지 정원은 뒤돌아보지 않고 그저 앞으로 걸어 나갔다. 망연히 그런 그녀를 바라보던 해준은 참을 수 없다는 듯 두 눈을 질끈 감아 버렸다.

"찾아오지 말아요. 그쪽이 내 여자 찾아오는 거 하나도 안 반가우니까."

"나를, 압니까?"

"알아야 합니까?"

"훗."

해준이 힘없이 웃었다.

"찾아오지 말라고."

한이 경고하듯 쏘아보며 다시 한 번 못 박았다.

"당신과 별개로 난 정원일 만나. 아직 정원이에게 들을 말이 난 있고, 또! 해야 할 말도 있어. 그 무엇도 정확한 게 없는 지금은…… 그렇지. 그냥 가 주는 게 맞겠지."

한에 못지않게 그를 쏘아보는 해준의 눈빛 또한 차갑고도 차갑다.

전화벨이 울리기 시작했다. 한은 두 눈을 질끈 감았다 뜬 후 통화 버튼을 눌러 휴대전화를 귀에 갖다 댔다.

— 왜 안 와, 인마. 못 떨어져? 못 보내겠어?

"닥쳐. 지금 가니까."

이를 앙다문 그가 시끄럽게 떠들어 대는 준에게 싸늘하게 답했다. 휴대전화 너머로 왜 이래, 이 자식. 중얼거리는 소리가 들렸다. 하지만 그의 시선은 자신을 지나쳐 걷는 장신의 남자에게 달라붙어 떨어질 줄을 몰랐다.

나, 그 남자 사랑하려고. 아니! 사랑해 보려고, 그 남자.

"틀렸어. 한정원. 사랑한다고 했어야지. 사랑하고 있다고 해야 맞는 거지."

참담해진 마음처럼 그의 얼굴이 안타깝게 일그러졌다.

♯6

한은 굳어진 얼굴로 휴대전화를 들고 있었다.

"본가에 일이 생겨서 급하게 가는 중이야. 미안."

제가 하는 짓이 못내 못마땅한 지 간간히 미간을 찌푸리면서.

— 아아…….

비겁한 자식.

"다녀와. 다녀와서 봐야겠다. 응?"

— 그래.

머리가 아프다. 짜증이 치밀어 생각 없이 마신 술이 주량을 훨씬 넘어 버렸다. 뒤늦게 합석한 재영이 겨우 오피스텔까지 데려다 준 것까지는 기억이 났다.

당신과 별개로 난 정원일 만나. 아직 정원이에게 들을 말이 난 있고, 또! 해야 할 말도 있어. 그 무엇도 정확한 게 없는 지금은…… 그렇지. 그냥 가 주는 게 맞겠지.

다시 바로 돌아가면서 제주행 티켓을 예매하고, 곧장 알람을 맞췄던가. 그 와중에 시야에 걸린 정원의 휴대전화. 그걸 가져다 주려 차를 되돌렸던 게 문제라면 문제였을까. 보고 싶지 않은 걸 봐 버렸다.

나, 그 남자 사랑하려고. 아니. 사랑해 보려고, 그 남자.

"그렇게 말하면 안 되는 거잖아. 이 여자야."

허공을 찌를 듯 노려보며 중얼거리던 한이 벌렁 다시 침대 위로 드러누웠다. 숙취로 머리가 깨질 것 같은데, 정작 그것보다 정원에게 불시에 찔려 버린 가슴이 더 난리다.

걸려도 아주 제대로 걸렸지. 풋.

베개에 얼굴을 묻고 도리질을 쳐 댔다.

— ♪♪ ♬♬

도리질을 치던 그의 움직임이 전화벨 소리에 순간 멈추었다. 천천히 고개를 든 한이 휴대전화를 확인했다. 언뜻 긴장이 서린 얼굴의 그가 바라는 건 정원이였다. 하지만 휴대전화 액정에 간결하게 찍힌 이름은 그녀가 아니다.

"아오!"

— 괜찮냐?

재영이다.

"안 괜찮으면?"

이 새끼 왜 이러는데?

말없이 술만 들이켜는 자신을 향해 묻는 재영에게 윤범이 뭐라고 지껄였더라.

저 새끼 돌았어. 아주 처돌아 가지고 지 여자 친구 데려다주고 와서 저래. 옆에 있을 땐 하하 호호 지랄도 그런 지랄이 없더만. 그렇게 좋아? 막 안 보이면 죽겠어?

"출근했나?"

— 출근했지, 그럼. 월급 받아 먹고사는 사람이 늦잠이 가당키나 하냐?

"훗. 왜?"

— 점심이나 먹자. 해장이나 할 겸.

"더듬이 세우지 마라. 귀찮아."

— 눈치 빠른 놈.

"왜 뭐라고 지껄였기에 이러는데?"

— 그게 아니잖아. 그게 아니지. 그렇게 말하면 안 되지.

"뭐?"

— 뭔 돌림노래도 아니고, 주구장창 그 말만 되풀이하더라?

"별. 신경 꺼."

— 그래서 안 나온다고?

"안 나가. 더 잘 거야."

— 알았어, 인마.

별. 돌림노래라고? 훗. 골고루 한다. 류한.

"아, 왜?!"

재영이 전화를 끊은 지 얼마나 됐다고, 고새 윤범이 전화를 걸어왔다.

— 와. 뭔 이 새끼는 기차 화통을 삶아 먹었나. 하여튼 매너라곤 약을 쓸래도 없지.

"너한테 매너 있어 뭐하게?"

— 해장하자. 재영이랑 준이야 월급 받는 새끼들이니 집어치우고, 사장님들끼리 회동. 어?

"저기요. 김 사장님. 해장은 너 혼자 하세요, 새끼야."

— 속 안 쓰리냐? 어제 좀 많이 먹었는데, 너.

속보다 더 쓰린 게 있지.

못마땅해 죽겠다. 속이 쓰린 건 차치하고 정원에게 달려가지 못한 자신이. 어차피 딱 봐도 그녀와 헤어진 남자인데, 왜 이러고 있는 것인지. 아니. 사실은 그거다. 사랑 운운하면서도 막상 만난 시간을 재어 가며 시원하게 말하지 못하고 그녀의 눈치를 보았다.

사랑한다, 그럼 믿을래?

그래 놓고선. 저도 그렇게 물어 놓고선 사랑해 보겠다던 여자에게 화가 나서 이러고 있는 거다. 병신같이.

아아. 진짜 골고루 하네.

그가 자신의 머리를 콩콩 벽에 찍었다.

— 뭔 소리야? 어디 공사하냐?

"끊어. 해장 필요 없어. 더 잘 거니까, 신경 딱 꺼라?"

뭐라 하건 말건 그냥 끊어 버렸다.

지금은 너희들 신경 쓸 겨를 없다고. 내가.

한은 더 세게 제 머리로 벽을 쿵쿵쿵 찍었다.

✣

은환이 미심쩍은 표정으로 정원을 살피며 물었다.

"무슨 일 있어?"

"뭐가?"

"너 지금 촬영에 집중 못 하고 있어. 중간중간 내가 너 깨우는 거 안 보였냐? 무슨 일이 있기에 자꾸 그렇게 멍을 때리는데? 그 남자랑 뭔 일 있었어?"

알고 있다. 지금 자신의 마음 상태가 불안하고 초조하다는 걸. 분명히 일에 지장을 주고 있다는 것도.

자꾸만 머릿속은 어젯밤 집 앞에 머물러 있다. 자신을 가운데 세워 두고, 그 양옆으로 한과 해준이 서 있다. 두 남자가 쨍 소리가 날 듯 대치하고 있던 그 잠깐의 순간이 그녀는 아직도, 여전히 불안하다.

본가에 일이 생겨서 급하게 가는 중이야. 미안.

진짜일 수 있다. 그럴 수 있는 일이니까. 그런데 문제는 자꾸만 그게 아닌 것 같은 생각이 드는 데 있다. 바람직하지 못했던 어젯밤의 그 만남이, 그를 멈추게 만든 것이 아닐까. 정원은 자꾸만 머릿속을 맴도는 그 생각 탓에 집중할 수가 없었다.

"미안."

"그 소리 듣자고 하는 말 아니잖아."

"해준이가 와 있더라. 어제."

"세상에. 마주쳤어?"

은환의 눈이 커질 대로 커졌다. 정원이 고개를 끄덕이자 은환은 어떡하냐, 혼잣말처럼 중얼거렸다.

"설마 막 주먹다짐을 했다든가……."

"무슨 드라마 찍어?"

정원이 은환을 보며 미간을 찌푸렸다.

"그래서? 그게 아니면?"

"원래는 제주도 같이 오기로 했었어. 함께 오고 싶었거든. 한 역시 그러기로 했고."

"근데, 제주도에 지금 그 남자는 없네?"

"문제는 그거지. 훗."

"도대체 무슨 일이 있었는데?"

두 눈이 반짝인다. 궁금하기도 하겠지. 못 말리는 서은환. 정원이 고개를 절레절레 흔들었다. 그 모습을 보더니 재차 재촉한다.

"무슨 일이 있었냐고, 글쎄."

"몰라. 난 먼저 들어왔으니까."

"왜?"

"한이 밀어서."

"에에?"

"뭔가 내가 해결할 분위기가 아니었어. 그런 눈, 처음 봤거든."

몹시 긴장될 정도로 차가웠다. 마치 입가에 띤 미소가 거짓인 것처럼.

"그럼 싸웠을 수도 있잖아. 막 주먹다짐하면서."

"설마."

"버라이어티하네. 내가 네가 연애를 다시 시작하면 분명 흥미진진할 거라고 생각했거든? 이것 봐. 여지없이 내 바람대로 되잖아. 하여간 인생, 지루할 틈이 없어."

"훗."

"암것도 확인한 거 없으면서 속 끓이지 마. 똑똑한 척은 혼자 다 하는 게 꼭 결정적일 때는 꼭 그러더라, 넌. 그 남자가 갑자기 일이 생겨서 못 오게 되었다고 그럼 그런 거겠지. 깔끔하게 믿고 얘기는 서울 가서 해. 다 듣고, 다 확인하고 그때 생각해. 미리 이러지 말고."

심정을 찌르는 소리는 아무튼 일품이지. 서은환.

"와. 또 뭘 그렇게 믿음직한 시선을."

"큭."

"멍 때리지 마라? 이거 말이 웨딩 촬영이지. 잡지 화보야."

은환의 말에 정원이 고개를 끄덕였다. 그렇지. 일은 일이다.

한정원. 속마음 복잡하다고 일에 소홀한 사람은 아니잖아. 다 잊고 먼저 닥친 일부터 하는 게 옳아.

"은선아. 준비 끝났대?"

"네! 의상 바꾸고 헤어 메이크업 다 끝났어요."

"준비하자, 그럼!"

"오케이!"

경쾌하게 거수하며 소리치는 은선을 향해 피식 웃어 준 정원이 자리에서 일어났다. 저 앞쪽으로 진과 진아가 걸어오고 있었다. 사랑이 넘쳐 난다. 진이 진아를 바라볼 때. 은환의 말마따나 그냥 뚝뚝 사랑이 흘렀다. 두 눈에.

그저 흐뭇하게 바라보았던 그 모습에 괜스레 마음이 베인다. 정원은 갑자기 코끝이 찡해져 와 괜히 미간을 찌푸렸다.

❖

이튿날 저녁 무렵 모든 촬영이 끝났다. 내일은 스튜디오 문을 닫는 거로 하고 오늘은 제주에서 쉬자는 은환의 말에도 은선과 규호는 부득불 공항으로 떠났다. 각자 일이 있다나 뭐라나. 은환 역시 나, 찾지 마. 퉁하니 말하고는 사라졌다. 뻔했다. 태화에게 갔겠지. 태화는 2년 전, 제주에 빌라 하나를 구입하고 아예 내려

와 버렸다. 청춘을 바쳐 사랑한 여자에게 버림받은 남자의 아픔은
처절했다.

그래도 난 태화, 사랑해. 그냥 사랑해. 그 녀석하고는 상관없
이.

그리고 아직도 그 상처에서 헤어 나오지 못하는 남자를, 은환
은 아직 사랑한다. 그냥 사랑한다. 태화와는 상관없이.

정원은 오늘은 호텔에서 그냥 쉬고, 내일 하루 동안 여기저기
발길 닿는 대로 카메라 하나 달랑 메고 돌아다녀 볼 작정이었다.
오랜만에 혼자만의 자유를 만끽해 볼 참이다. 하늘도 찍고, 바다
도 찍고, 꽃도 찍고, 또 바람도 찍을 테다.

"어?"

호텔 로비에 앉아 오렌지 주스를 홀짝이며 까딱까딱 발길질을
하던 중이었다. 앞에 놓인 잡지를 들어 화보란을 뒤적이면서. 그
런데 갑자기 왼쪽 뺨이 그렇게 따가운 거다. 고개를 든 그녀 앞에
있는 건 그다. 한. 벌떡 일어났나 보다. 풀썩. 소리 내며 보고 있
던 잡지가 바닥으로 나뒹굴었다. 그가 천천히 다가와 잡지를 집어
들었다.

"늦었다. 미안."

뭐지? 울컥 눈물이 날 것만 같았다. 질끈 입술 속을 깨물었다.

"아아. 이 여자 정말 말 안 들어. 하지 말라니깐?"

촉, 그가 그녀의 입술에 입을 맞추었다. 멍청하게 두 눈을 깜빡

이기만 했던가 보다.

"원아. 말."

여전히 멍한 얼굴로 자신을 바라만 보는 그녀를 향해 그가 재촉했다.

"어?"

"목소리 좀 듣자."

"어."

"나, 배고픈데."

"어."

그가 정원의 손을 붙잡았다.

"일단 배부터 채우고."

정원이 멍한 눈으로 그와 잡힌 손을 번갈아 쳐다보았다.

"원아."

다정하게 손을 잡고 사이사이 불이 켜진 호텔 정원을 걷고 있었다. 식사를 마친 그는 바로 객실로 올라가고 싶지만, 잠시 참겠다는 말과 함께 그녀를 데리고 밖으로 나왔다. 한참을 말없이 걷던 그가 손을 붙잡은 채로 그녀를 마주 보았다.

"응. 말해."

"보고 싶었어."

"그건, 나도."

그녀의 대답에 그가 웃었다. 아주 기분 좋은 얼굴로. 약간 긴장했던 것이 무색하게 그녀 역시 그를 향해 마주 웃었다. 그의 웃음이 한결 더 깊어진다.

"원아."

"어."

"사랑해."

갑작스러운 말에 입이 붙어 버린 모양이다. 정원은 그저 두 눈만 깜빡이며 그를 바라볼 뿐 아무런 답을 할 수 없었다. 그런 그녀에게 바짝 다가온 한은 그대로 입을 맞췄다. 곧장 입술을 가르고 그 안으로 들어온 혀가 그녀의 혀를 결박했다. 부드럽지만 단호하다.

"사랑해. 원아."

입술을 뗀 그가 정원의 눈을 똑바로 쳐다보며 다시 한 번 말했다. 그의 눈에 붙들린 채 정원은 움직일 수 없었다. 무언가 말하고 싶은데 정작 입술은 떨어지지가 않았다. 그가 다시 정원의 입술에 입을 맞춘다. 조금 전과는 다르게 그저 부드럽게 비비고는 곧장 입술을 뗐다.

"원아. 사랑해. 어?"

"……나도."

그녀의 답은 소리가 되어 나오지 못한 것처럼 작았다. 아주. 하지만 그의 표정은 분명하게 그 말을 알아들은 듯했다. 두 눈이 부드럽게 휘었고, 입술 양 끝이 완만한 곡선을 그리기 시작했다. 그리고 눈동자는. 그의 까만 눈동자는 전에 없이 더 생기 있게 반짝거렸다.

"나도 사랑해."

그녀가 한을 향해 말했다. 똑바로 두 눈을 맞추고, 단호하고 정직하게. 울컥. 가슴에서 또 무언가 쏟아지는 느낌이 들었다. 그리고 그 순간 그가 정원을 가득 끌어안았다. 목덜미를 감싼 손에 힘을 주는 것이 느껴졌다. 더 깊이 안긴다. 숨이 막혀 왔다. 아니. 숨 막히도록 좋았다.

"좀 창피하긴 한데……."

가만히 정원을 안고, 목덜미와 어깨를 지분거리던 그가 나지막이 중얼대듯 조심스럽게 입을 떼었다.

"응?"

감은 눈을 떠 팔을 괴고 누워 그녀를 안고 있는 그를 올려다보았다.

"본가에 일이 있었던 건 거짓말이야."

"아아……."

"화가 났어. 너한테."

잠깐 정원을 흘긴 그는 그녀의 이마에 입을 맞추곤 다시 말을 이었다.

"사랑해 보려고 한단 말. 그게 콕 가슴을 찌르더라. 그것도 다른 남자 앞에서. 그래서 화가 났어. 너무."

그녀가 한을 꼭 끌어안았다. 꼭 끌어안은 채 그의 맨가슴에 입을 맞추었다. 그가 움찔 몸을 떨었다.

"화가 나서 너한테 그래 놓고, 내내 혼란스럽고 답답하고 막막했어. 화가 나고 짜증이 나고 창피했어. 계속. 그러다 이런 생각이 들더라. 그저 아직은 이르다는 핑계를 머리에 담고 은근슬쩍 믿을래? 물었던 건, 나도 마찬가지였어. 그게 어느 순간 깨달아지는데 미치겠더라."

"사랑해. 한아."

그대로 그의 가슴에 얼굴을 묻은 정원이 웅얼웅얼 그렇게 말했다. 한이 몸을 일으키고 그녀의 얼굴을 두 손에 담았다. 촉 입 맞췄다.

"사랑해."

다시 키스했다. 망설임 없이 혀를 밀어 넣고 부드럽게 그 속을 유영하다 반기듯 다가오는 촉촉한 혀를 감싸 물었다. 그녀의 숨을 모조리 삼켜 버릴 듯 빨아들였다. 호흡이 가빠졌다. 가슴이 들썩였다. 진정되었던 몸에 다시금 열꽃이 피었다.

그의 허리를 끌어안았다. 밀착된 몸이 부드럽게 비벼지고, 스치는 곳마다 아찔하게 열이 올랐다. 감겨 있던 정원의 눈이 반짝 떠졌다. 한은 그 눈가에 입을 맞추었다. 그의 입술을 따라 천천히 내려 감았던 그녀의 눈이 다시 떨어지는 그의 입술과 함께 떠졌다.

이렇게 사랑스러울 수 있을까.

이렇게 사랑스러워도 되는 걸까.

목덜미에 얼굴을 묻었다. 맥이 뛰는 자리에 입술을 찍었다. 그리고 그 자리를 시작으로 입술을 미끄러뜨렸다. 촉촉. 입술을 찍는 소리가 어여쁘게 들렸다. 또 참을 수 없게도 들렸다.

아찔아찔 열이 올랐다. 그는 참을 수 없어 정원의 가슴을 물었다. 흡 하고 숨을 참는다. 옅게 웃자, 그의 숨이 그녀의 가슴께에 너르게 퍼졌다.

그녀는 그를 끌어안았다. 떨어지기 싫은 듯. 더 깊게 빨아들이자, 참을 수 없는 듯 신음 소리가 터져 나오고야 만다.

"예뻐 죽지, 그 소린."

"장난칠 겨를이 있어?"

그의 머리칼 속으로 깊게 손가락을 박으며 정원이 조금 날이 선 목소리로 반박했다.

"정신 안 놓으려고 그러는 건데, 몰라주네."

다시 정원의 입술에 입을 맞추며 한이 중얼댔다.

훗.

정원의 입에서 웃음이 터져 나와 버린다.

"정신 못 차리고 막 해 버릴 것 같아서 얼마나 조마조마한데, 내가."

"괜찮아."

"원아."

"괜찮아. 너라면."

그 말이 기폭제가 되어 버렸다. 웃음기 가득하던 그의 입가가 굳어졌고, 그저 반짝이던 두 눈이 무섭도록 짙어졌으며, 가슴을 쥔 손엔 잔뜩 힘이 들어가기 시작했다. 하지만 겁나지 않았다. 아! 깊이 빨아들인 가슴이 아파 정원이 소리쳤다. 미안. 하나도 미안하지 않은 얼굴로 그가 말했다.

하아.

거친 숨을 토해 내자 참을 수 없다는 듯 그녀 안으로 그가 밀려들었다.

아파?

묻는 그를 향해 고개를 저었다. 그가 또 입 맞춘다.

"사랑해."

움직임이 시작되었다. 두 눈을 맞추고 천천히 움직이기 시작하는 그를 정원 역시 놓치지 않고 바라보았다. 그의 턱에 입을 맞추고, 그의 등을 쓸어내렸다. 나른한 신음이 한데 뒤엉키기 시작했다.

그러다 움직임이 빨라지기 시작했다. 점점 더. 점점 더.

그녀의 손가락이 그의 등에 박히고, 그녀의 목이 한껏 뒤로 젖혀지고, 그는 그렇게 한껏 젖혀지는 그녀의 목덜미를 따라 연신 입술을 찍어 댔다. 또 사랑한다고 말했다.

"사랑해. 원아."

가팔랐던 움직임이, 견딜 수 없어 내달리기만 했던 몸부림이 고요해진 그 순간에도. 그는 말했다. 너를 사랑한다고. 너밖에 없다고. 다른 건 아무래도 상관이 없다는 말도. 정원은 조금 울었다. 감격스러운 것도 같고, 행복한 것도 같고, 그래서 참을 수 없었던 것 같다.

"왜 울어?"

묻지 말아 주길 바랐는데, 그가 물었다. 조금 당황한 듯 흔들리는 눈으로.

"모르겠어."

"어?"

여전히 당황스럽게 흔들리는 눈이다. 그가 그녀의 답을 더 듣지 않고 가슴 가득 끌어안았다.

"모르겠어. 왜 눈물이 나는지."

"사랑해서."

"응?"

"나를. 너무 사랑해서 그러나 보다."

"훗."

웃는 그녀의 숨이 그의 가슴에 퍼져 나갔다. 그 숨이 못 견디게 따스해 그는 또 그녀의 입술에 입술을 찍었다.

"큰일이야. 참을성이 부족한 사람이 아닌데, 점점 더 참을성이 없어져."

어?

되묻는 그녀를 향해 그는 그저 웃고 있었다. 정원 역시 그런 그를 향해 그저 웃어 버렸다.

#7

"제대하면, 나랑 연애하자."

뜬금없기가 이렇게 없을까 싶었다. 거기다 덧붙인 말은 그저 실소를 머금게 할, 그 정도의 말이었다.

"그리고 나랑 연애하다 결혼도 하자."

그는, 서해준은 같은 사진 동아리 친구였고, 은환과 태화와 함께 넷이 어울려 다니기는 했지만, 둘이서는 그다지 특별한 친분도 없는 그런 사이였다.

태화와 해준이 나란히 입대를 결정했을 때도, 그다지 별다른 감흥은 없었다. 적어도 우리나라에서는 남자라면 너도 나도 다 가야만 하는 군대, 특별할 것도 대단할 것도 없는. 그저 잘 다녀오라 밥을 사 먹이고, 술 한 잔 더 얹으면, 그만하면 충분하다고 생각했던 참이었다.

토할 것 같다며 화장실로 날듯이 뛰어간 은환을 따라 태화가 뛰어나가고, 정원은 자신의 잔에 담긴 소주를 평소처럼 한 모금 마시는 중이었다.

딱 달라붙어 떨어질 줄 모르던 시선이 조금 의아하긴 했지만, 그저 술에 취했나 보다 했을 뿐이다. 벌써 소주 한 병은 나눠 먹다 이미 바닥이었고, 맞은편에 앉은 해준이 다시 따라 준 잔도 마지막 모금이긴 했으니까.

이제 그만 먹어야겠다, 중얼거리던 참이었다.

"내가, 취했나 봐. 서해준. 이상한 소리가 들려."

멍하니 중얼거렸던가 보다.

"안 취했어. 제대로 들은 게 맞아."

예의 늘 매달고 다니던 그 부드러운 미소로 해준은 곧장 착하게 답을 해 주었다.

"아니. 취했어. 분명히 취한 게 맞는 것 같아."

거짓말을 하는 녀석은 아니었다. 다만 취하지 않았다면 저런 소리가 들릴 일이 없다고 생각했다.

"아니라고. 안 취했어. 너."

이해할 수 없는 표정의 그녀에게 해준은 다시금 확실하게 말해 주었다.

"그런데 이 이상한 소리는 뭐야?"

그래. 이 이상한 소리는 뭐냐고.

"참다 참다 한 말인데. 너무한다. 한정원."

피식 웃으며 하는 말인 데 반해 얼굴은 언뜻 긴장한 모습이었다. 해준은.

"나, 진짜 좋아했던 거였어?"

다들 알아차린 걸 그동안 혼자 못 알아챘던 건가?

정말?

은환이가, 또 다른 녀석들이 분명히 그렇다고 말했을 때도 오해일 거라고 말했다. 녀석은 워낙 친절한 녀석이었고, 자신은 같이 어울려 다니던 녀석들 중 하나였으니까 당연히 그런 오해도 있을 수 있다고.

다 속여도 눈은 못 속이는 거거든.

언젠가 은환이 그렇게 말했을 때에도 별로 와 닿지가 않았다. 그 녀석이 왜? 해준이가 뭐하러?

"응. 나 너, 진짜 좋아하고 있었어. 그래서 가기 전에 침 발라 놓고 가려고. 그래야 군 생활 제대로 할 수 있을 것 같아서. 혹시라도 남자, 생겼다는 소리에 탈영하면 안 되잖아."

남자란 말을 언급하면서는 미간을 잔뜩 찌푸렸다.

늘 웃는 얼굴이었다. 해준. 웃는 게 어찌나 천진하고 어여쁜지 보는 것만으로도 힐링이 되는 것 같았다. 그러다 지금처럼 무언가 맘에 들지 않을 때라거나, 미간을 저렇게 잔뜩 찌푸리면 언뜻 남자 같았다. 다 큰 성인 남자.

그 괴리에 헛웃음을 지었던 적도 있었던 것 같다. 그게 왜 지금에야 생각나는 걸까.

"내가 뭐라고 답해야 하지?"

또 멍하니 되물었던가 보다.

"그러겠다고 대답하면 되지."

해준이 산뜻하게 답했다.

"그러겠다고 대답하면?"

"나는 너를 여기서 데리고 나갈 거고, 데리고 나가선 찐하게 키스부터 할 거야."

그 말에 픕, 소리 나게 웃어 버렸다. 해준의 미소가 깊어졌다. 그 미소에 흔들렸다. 늘 보던 미소였는데, 그 미소에 마음이 온통 흔들려 정원은 그에게 그렇게 말해 버렸다.

"난, 첫 키스야. 넌?"

해준은 예고한 대로 정원의 손을 잡고 밖으로 데리고 나갔다.

술집 골목. 조금은 으슥한.

하지만 주위에 어른거리는 불빛들 때문에 둘의 얼굴은 고스란히 서로에게 보였다. 해준은 긴장한 듯 설레는 듯 들뜬 얼굴이었고, 정원은 그 얼굴을 하나도 놓치지 않고 올곧게 바라보고 있었다.

"나도."

처음 입술이 닿았을 땐, 따스했다. 다음은 부드러웠고, 낯선 혀가 입술을 가르고 들어왔을 땐, 당황했다. 하지만 따뜻한 해준의 손에 위안을 얻었고, 그것으로 충분히 좋았다.

"우선은 연애만."

해준이 입술을 떼어 내자 정원은 그를 올려다보며 웃었다.

"그래. 우선은."

제 가슴에 정원을 폭 안아 버리며 해준은 담담하게 답했다. 맞닿은 심장이 정신없이 뛰는 것과는 너무 다르게 그렇게 평온한 말투였다. 정원은 가만히 해준의 가슴에 얼굴을 묻었다. 너무 따뜻했다. 울컥 눈물이 나올 것만 같았다.

해준이 제대를 했을 때, 비로소 해준과 정원은 해준이 그토록 바라던 공식적 연인이 되었다. 그들을 아는 모두가 그럴 줄 알았다며 축하해 주는 걸 당연하게 여겼다. 해준은 이듬해 다시 학교에 복학했고, 정원은 사회 초년생이 되었다.

동아리 활동으로 시작했던 사진에 빠져 진로를 아예 바꾼 정원은 스튜디오 [명]에서 사진작가로의 미래를 써 나가기 시작했다. 잘나가는 사진작가의 보조로, 그것도 새끼보조―일명 시다바리―로 일을 한다는 건 어마어마하게 힘든 일이었다. 말이 보조 작가지, 때론 청소부, 때론 짐꾼, 또 때론 휘황찬란한 모델들의 심부름꾼이 되기도 했다.

일은 생각보다 힘들었고, 사진을 배우겠다던 포부는 자꾸만 쇠락했다. 하지만 그때마다 해준은 정원을 토닥였다.

"그럼 나한테 시집올래? 그냥 시집와서 내가 차려 준 스튜디오에서 원톱으로 그냥. 어? 보조 작가랑 스태프 한둘 더 구해서. 어때?"

알고 있었다. 진담이 아예 섞이지 않은 말은 아니었지만, 그녀를 깨닫게 하고 싶은 요량이었단 걸.

"그래서 내가 너 뒷바라지하라고? 그것도 네가 번 돈도 아닌

네 부모님 돈으로?"

"뭐 어때? 우리 부모님 달랑 나 하난데, 어차피 그 돈 다 내 건데, 뭐."

개념 없는 녀석이 아닌 걸 알고 있었다. 얼마나 열심히 사는 녀석인지도. 그래서 해준의 그 말이 곧이곧대로 들리지는 않았다. 그래서 해준의 그 마음이 더 잘 보일 수 있었다.

"야, 이 바보야. 그럼 너네 부모님이 날 얼마나 미워하겠냐?"

"와. 그러니까 지금 우리 부모님한테 이쁨받고 싶단 거지?"

"말해 뭐해. 너네 부모님인데."

해준이 정원의 머리칼을 흩뜨렸다. 부스스 흐트러지는 머리칼을 하고서도 해준의 눈엔 그저 어여쁘다. 쪽. 소리가 나게 입을 맞췄다. 그러고는 또 꾹꾹 입술에다 제 입술을 찍어 눌렀다.

"하여튼 재수 없어. 이것들은."

"말해 뭐해."

혀를 끌끌 차고 있는 은환과 태화를 보며, 정원이 제게 착 달라붙어 있는 해준을 밀어 냈다.

"하지 말랬다? 어디서 낭군님을 밀쳐. 이리 와. 저것들은 아주 신경 쓸 필요 없다니까?"

"아주 저거 눈꼴셔서 따로 보든가 해야지. 원."

은환이 있는 대로 해준을 째려보았다. 하지만 그러거나 말거나 해준의 눈에선 여전히 하트가 뿅뿅, 빛이 반짝반짝 온통 정원뿐이다.

그러다 거절하면? 거절당하면 어쩔 건데?

입대가 결정되고, 해준이 맘을 굳게 먹고 정원에게 고백하겠다고 했을 때, 태화가 물었다. 해준은 피식 웃으며 태화를 향해 답했었다.

그럼 콱 그냥 죽어 버릴라구.

"콱 그냥 죽어 버리지."
태화가 은환 옆으로 앉으면서 해준에게 말하자, 해준이 피시식 김빠진 소리를 내며 웃는다. 대체 무슨 소리냐며 은환이 다그치거나 말거나 해준은 그저 웃고만 있었다. 못마땅한 듯 인상을 쓰고 있던 태화도 이내 피식 소리 내어 웃어 버렸다.

점점 사람 같아져. 그게 어떨 땐 막 뿌듯하다? 순간순간 차갑게 언 듯한 눈으로, 세상에서 이미 반은 산 사람처럼 무감하게 말할 때, 그럴 땐 정원이 딴 세상 사람 같았거든. 그래서 겁나고, 그러면서도 안타깝고 짠하고 그랬거든.

은환의 말에 동의한다. 해준은 차치하고라도 정원은 아주 많이 변했다. 그것도 아주 좋은 쪽으로. 사랑 따위라고 말하던 녀석의 입에서 사랑한다는 말이 나온 거라면 말 다 했지. 그러니 눈꼴이 시거나, 기가 막힌 저 따위 꼴은 좀 너그럽게 넘어가 주기로 한다. 태화가 다시금 해준을 향해 픽 웃었다.

"나, 괜찮아?"

"예뻐."

"네 눈엔 항상 이쁜 거고. 어머님, 아버님 보시기에 괜찮겠느냐 묻는 거잖아."

"좋아. 아주. 예뻐. 엄청."

"너한테 뭘 물어, 내가."

속없이 웃고만 있는 해준을 보며 정원이 고개를 흔들며 소리 내어 웃었다. 그걸 못 참고 또 입을 맞춘다.

"하지 마, 쫌. 립스틱 지워져."

하지만 정원이 그러거나 말거나 해준은 그저 좋았다. 내내 졸랐던 일이다.

너 졸업하면. 그래서 너 취직하면. 어?

정원의 그 말에 설득당해서 1년을 더 흘려보냈다. 그러니 말해 뭐할까. 해준의 기분은 지금 째지게 좋았다. 그저 좋아 싱글벙글. 하지만 그 모습이 싫지 않아 정원 역시 내내 기분이 좋았다.

우리 부모님 그런 거 연연하지 않는 분들이야. 내 행복을 최고로 치는 분들이고, 그러니까 넌 애초에 합격이라니까?

지금은 혈혈단신. 그래서 막상 해준의 부모님을 뵙는다는 게 겁이 났다. 긴장되고, 불안했다. 누가 좋아할까. 고아나 마찬가지인 자신을. 하지만 해준은 쓸데없는 걱정이라며 그렇게 자신을 달랬다. 제발 그래 주길. 제발 해준의 말처럼 어여쁘게 보아 주길. 제발. 약속 장소에 도착해서까지 그렇게 간절하게 기도했다.

하지만 그 마음은 산산조각이 났다. 정원이 워낙에 초밥을 좋아한다고 해서 이곳으로 정했다며, 반갑다는 말로 인사를 건네는 해준의 아버지 옆으로 차갑게 굳어 버린 여자를 보는 순간. 그랬다. 모든 것이 산산조각이 나는 것 같았다.

"앉아. 어머니도 앉으세요."

딸꾹.

"갑자기 웬 딸꾹질이야?"

"죄송합…… 딸꾹. 죄송합니다."

"아니야. 앉아요. 물부터 한 잔 해요."

기억 속에 있는 그 음성이 맞나. 기억 속에 있는 그 얼굴이 맞는 건가.

친어머니는 아니셔. 하지만 친어머니나 마찬가지야. 그저 나를 낳지 않았다 뿐. 사랑받으면서 컸어. 친어머니도 그만큼 사랑하진 못했을 거야. 난 행운아야.

그 언젠가 해준이 했던 말이 떠올랐다.

젠장. 젠장!

생각 같아선 뛰쳐나가고만 싶었다. 소리치고 싶었다. 도대체 세상이 뭐 이러냐고. 대체 내가 무얼 잘못한 거냐고.

"감사합니다."

하지만 그렇게 대답했다. 그 여자에게. 여자의 눈은 언제 흔들렸나 싶도록 차분해졌다.

대단하다. 이 상황에서도 저토록 담담할 수 있다는 게. 자신이 버린 딸을 십오 년 만에 마주하면서도, 남편의 아들이 결혼하고 싶다고 데려온 여자가 그 딸인 걸 알고서도!

"괜찮아?"

하얗게 질린 얼굴을 보며 해준이 걱정스럽게 물었다. 무슨 말이 더 오갔는지, 또 무슨 물음에 어떤 대답을 하고 있는 건지 정원은 알지 못했다. 무슨 정신으로 어떻게 앉아 있고, 초밥이 목으로 넘어가는 건지 어떤 건지도 도통 알 수 없었다.

많이 긴장했나 봐요. 원래는 안 이런데. 하하하.

해준이 몇 번씩 자신의 역성을 들고 나서는 것도 몰랐다. 그저 이 순간이 얼른 지나가기를. 그래서 생각이란 걸 제대로 할 수 있게 되기를. 제발 그렇게 되기를. 빌고 또 빌었던 것만 같다.

"만나서 너무 반가웠어요. 다음에는 집으로 한번 와요."

해준과 닮은 얼굴로 또 해준과 비슷한 미소를 지으며 해준의 아버지가 정원을 향해 말했다. 거봐. 해준이 정원을 향해 환하게 웃는다.

"조심히 가요."

누가 봐도 어색한 미소로 여자가 말했다. 자신의 어머니였던, 지금은 해준의 어머니가 된 여자가. 저도 모르게 고개를 숙였나 보다. 그저 기계적인 인사였다. 아무런 생각도 할 수 없는 상황이었으니까.

"와. 이 아가씨 정말 긴장 많이 했네? 놀랐잖아, 인마. 새하얗게 질려서는. 편하게 봐도 된다고 몇 번을 말했어, 내가. 좋은 분들이라고 했잖아. 다음엔 집으로 가자. 우리 어머니 식사 준비 직접 하시는데, 손맛이 아주 예술이시거든. 아버지가 맨날 우스갯소리로 그러셔. 여태 사랑받는 이유가 그거라고."

"속이 좀……."

정원이 입을 틀어막으며 이미 나왔던 식당으로 다시금 뛰어 들어갔다. 그에 놀란 해준도 빠르게 정원을 따라 화장실로 들어갔다. 욱욱 소리를 내며 먹은 걸 게워 내는 정원의 등을 두드리는 해준의 낯이 하얗게 질렸다.

"괜찮아?"

해준이 걱정스럽게 물었다.

"해준아."

"응. 괜찮아?"

"여기, 여자 화장실이야."

"그게 뭐."

"그게 뭐긴. 너…….

"그딴 게 무슨 상관이야. 근데 너, 그렇게 긴장했던 거야? 먹다 체해서 다 게워 낼 만큼?"

"그러게."

대수롭지 않게 답하며 세면대에서 손을 씻던 정원의 눈에서 뚝뚝 눈물이 떨어졌다.

"왜 이래, 인마. 겁나게. 아파? 어? 병원 가자. 안 되겠다. 너 좀 이상해."

"괜찮아. 집에 가서 좀 쉬면 괜찮아져. 그냥 좀 체한 거야. 긴장을 너무 했나 봐. 내가."

해준이 정원의 어깨를 끌어안았다.

"뭐라고 그렇게 긴장을 해. 다시 봤다, 한정원."

해준의 말에 그저 웃어 버렸다. 이제 어떡해야 하나. 하지만 아직은 그 생각을 해준에게 말하고 싶지 않았다.

전화가 왔을 땐, 뭐랄까. 올 게 왔다는 느낌이었다. 기다릴 땐, 뭔가 초조했는데, 그에 반해 막상 전화가 걸려 왔을 땐 담담했다. 약속을 정하고, 또 약속 장소에 나오면서도 하나도 떨리지가 않는 것이다. 참으로 이상하게도.

"경황이 없어서……."

고급스럽고 우아한. 누가 보아도 귀티가 줄줄 흐르는. 명색이 사모님 아니던가. 기억나지 않는다. 화장기 없이 수수했던 정원 엄마 문정화는.

아빠가 겹쳐 보였다. 엄마가 떠나고 늘 술에 취해 있던 아빠. 울다 웃다를 반복하며 점점 초췌해지다 종국엔 손목을 그어 버리던 그 순간까지 차례차례.

심장에서 가시가 돋는다. 잊고 있었는데. 다 잊었다고 생각했었는데. 다시금 돋아난다. 심장을 뚫고. 가슴을 뚫고.

"뭐라고 말을 해야 할지 모르겠어. 너만큼 나도 당황하고 놀랐으니까. ……잘, 컸구나."

"죽을 순 없었으니까."

입술을 열고 나오는 말은 자신이 생각하기에도 얼음처럼 차가웠다. 스스로도 깜짝 놀랄 만큼. 질끈 입술을 깨물었다. 독기가 스멀스멀 기어 올라와 저도 모르게 악을 쏟아 낼 것만 같아서. 그래서.

"미안하다. 내가……."

"해준이의 어머니로 오신 건가요? 그렇담 제가 말을, 조심해야 되잖아요."

"정원아."

"내 이름, 그렇게 부르시면 안 되죠. 안 되는 거죠."

두 눈 그득 눈물이 차오른다. 떨어지지도 않았는데, 비련의 여주인공처럼 백에서 손수건을 꺼내 꾹꾹 눈가를 누른다. 이만큼 극적이기도 힘들 것이다.

"결국 상황을 이렇게 만든 시작은 나란 걸 알아. 그래서 네 앞에서 난 그 어떤 말도 할 수 없지. 죄인이니까. 그런데 해준이에게도 난 어떤 말도 할 수가 없어. 그 아이가……."

"애석하게도 해준이는 나를 사랑하죠. 그 어떤 이유로도 나를 버리지 못해요. 그 녀석은. 사랑이 많은 녀석이죠. 기어이 나를, 사랑하게 만들어 버리는 사람이니까."

"하지만 너희 둘은……."

"그 어떤 말로도 우릴 떼어 놓진 못해요. 내가 내 인생에서 가지는 유일한 사치거든. 해준인. 혹시라도 오늘 이 만남이 해준이의 어머니로 나온 거였다 해도, 그래서 나를 해준이에게서 떼어놓으려 하는 것이라 해도 안 해요. 아니, 절대 못 해요."

사납게 쏘았다. 부러 더. 움찔 떨거나 말거나. 다시금 눈물을 흘리거나 말거나. 안 한다고 나는. 당신 좋으라고 맥없이 그냥 해준이를 안 놓는다고.

"나를 위해 떠나 줄 생각은 눈곱만큼도 없는 거죠?"

말이 끝나기 무섭게 새하얗게 질려 버리는 얼굴을 보며 정원은 실소했다.

앓느니 죽지. 당신에게 내가 뭘 더 바라겠어. 정말 재수도 없지, 한정원.

딱 하나 갖고 싶었던 건데. 겨우 하나 가져 보나 싶었던 건데, 이렇게 또 초를 친다.

"그럼 해준일 위해서도 안 돼요?"

"정원아."

"안 되는 구나. 그 사랑은 정말 대단한가 봐요. 그 어떤 것도 장애가 되지 않나 봐. 하긴. 열 달 동안 배 속에 품었던 자기 새끼도 버리고, 무릎 꿇고 매달리는 남편도 버리고 택한 사랑이니 오죽할까요. 오죽하겠어요. 그 사랑이. 훗."

더 마주할 수 없어 자리에서 일어났다. 하지만 생각과는 달리 곧장 자리를 뜨긴 어려웠다. 정원의 눈앞에 해준이 서 있었으니까. 붙박인 듯 서서 차갑게 굳어 버린 해준이 그녀를 비껴 문정화를 원망 어린 눈으로 쳐다보고 있었으니까.

"해준아."

이렇게 극적일 수가.

느닷없는 해준의 등장. 생각지도 못한 눈물. 생각지도 못하게 실소가 터졌다. 흔들리는 눈으로 해준을 바라보는 문정화. 또 그런 해준을 안타깝게 바라보는 한정원. 그 가운데 선 해준은 충격으로 옴짝달싹하지 못하고 있었다.

어이없게 그런 생각이 드는 것이다. 드라마에선 이런 장면이 나오면 어떻게 흘러가더라? 아아. 기억났다. 정원은 해준을 지나쳐 카페를 나와 버렸다. 드라마에선 남자 주인공이 여자 주인공을 곧장 따라 나오던데…….

하지만 돌아본 카페 안의 해준은 처음 모습 그대로 그렇게 서 있었다.

❖

"바보같이 그날, 너 그렇게 이상했는데 그저 좋아서, 병신처럼 너랑 결혼할 생각만 하면서 그저 좋았어. 난. 긴장했나 보다. 원래 긴장 같은 거, 안 하는 녀석이어도 우리 부모님 뵙는 거니까 다른가 보다고. 차츰 괜찮아질 거라고. 그렇게 생각했다, 난."

초췌했다. 일주일 만에 정원의 앞에 나타난 해준은.

"밥 먹었어?"

하지만 묻는 거라곤 이딴 게 다다. 정원은 입술을 깨물었다. 울컥 눈물이 날 것만 같아서. 그만큼 해준의 몰골은 형편없었다. 고작 일주일 만에.

"나는 너 못 놔. 내가 어떻게 너를, 어떻게 너를 놔. 어?"

여태껏 해준이 우는 걸 본 적이 없다. 이렇게 술에 취해 눈물을 가득 담고 겨우겨우 말을 잇는 녀석도 본 적 없다. 내가 너를 이렇게 만들었나 보다. 어떡하니. 해준아. 정원의 눈에도 금세 눈물이 차올랐다. 하지만 그게 더 안쓰러워, 그게 더 맘 아파 해준은 정원의 눈물부터 제 손으로 닦는다.

"밥, 먹었냐고."

"아니."

해준은 힘없이 답하며 고개를 저었다.

"밥 먹자. 밥부터 먹자. 어?"

"그럴래? 우리 편의점에서 컵라면 먹을래? 새벽에 편의점에서 컵라면 먹는 거 재미라며. 연애의 맛이라며."

"그걸 아직도 기억해? 그게 언젠데."

"기억 안 나는 거 하나도 없어. 기억해야지, 하는 것도 아닌데. 다 기억나. 모조리 다."

"바보 같긴."

정원이 피식 웃으며 중얼댔다.

"그러게."

그제야 조금 부드럽게 풀어진 얼굴에서 미소가 떠오른다.

"나가자."

흔들. 자리에서 일어나는 해준의 몸이 제멋대로 흔들거렸다. 정원은 그런 해준을 꼭 잡아 부축했다.

"잠은 좀 잤어?"

조심스럽게 걸으며 물었더니. 아니. 조그만 소리로 답했다.

"잘래?"

"아니."

"제대로 걷지도 못하잖아."

"그러네. 세상이 흔들거리네. 온통 흔들거리기만 하네."

밖으로 나오는 계단 중간쯤 벽에 몸을 기댄 해준이 정원을 쳐다보았다.

"사랑해. 정원아."

기대듯 몸을 끌어안는다.

"사랑해."

그러다 입술을 맞댄다.

"사랑한다고. 어?"

정원이 작게 고개만 끄덕였다. 순간 해준이 무너지듯 주저앉았다. 그런 해준을 멍하니 끌어안고 있다가 태화에게 전화를 걸었다.

우리 좀 데리러 와 줘.

우는 소리에 놀란 태화가 곧장 해준과 정원이 있는 곳까지 곧장 달려왔다. 정신을 놓고 주저앉아 있는 해준과 눈물범벅인 정원을 찾은 태화는 아무런 말도 하지 않았다. 무엇도 묻지 않았다.

그날, 해준을 제 침대에 눕혀 두고 정원은 밤이 새도록 그 곁에 있었다.

다음 날, 정원은 잠들어 있는 해준을 두고 안면도로 촬영을 갔다. 꼬박 하루 종일 촬영을 마치고 지친 몸으로 돌아왔다. 그리고 집 앞에서 기다리는 해준을 보았다. 언제 무너졌었나 싶게 말끔한 모습으로 해준은 정원을 기다리고 있었다.

해준이 말했다. 잠깐만 멈추자고. 조금만 쉬었다 가자고. 돌아서는 해준을 보며 울었던가. 기억나지 않는다.

당신의 몸을 빌려 태어난 걸 저주해. 내 속에 있는 당신 피를 모조리 뽑아 버리고 싶어. 죽어 버려! 제발.

소리쳤다. 그리고 무너졌다.

당신의 사랑만 대단하지. 내 사랑은 이렇게 끝나 버리는데.

멈추자는 건, 쉬었다 가자는 건, 끝내자는 것이다. 멈출 생각이 들어 버린 건 결국 둘만이 아니라는 얘기니까.

너는 쉬어, 그럼. 너는 멈춰 그럼. 근데 나는 끝내. 내 사랑은 끝났어. 모두.

#8

커튼 사이로 내리는 비가 보였다. 언뜻 잠에서 깼던 새벽녘부터 내리던 비는 늦은 아침인 지금까지 여전했다. 부드럽고 말랑한 몸이 자신의 몸에 착 감긴 채 입술로는 옅은 숨을 내쉬고 있었다. 저 숨을 모조리 삼키고 싶다. 문득 그 생각이 들었다.

"정신병자 새끼."

혼자서 중얼거리다 픽 웃어 버렸다.

사랑해. 한아.

동그란 이마에 입부터 맞췄다. 정신을 차리자마자 히죽히죽 웃음부터 터져 나왔다.

허파에 바람이 든 건가.

그렇게 또 시답지 않은 생각도 든다. 이 여잔 도대체 자신한테 무슨 짓을 한 걸까?

한은 다시 또 작은 코끝에 입을 맞추었다.

어?

이 여자 코끝에 아주 작은 점이 하나 있다. 신경 쓰지 않고 보면 도통 알기 힘들 만큼 작은. 귀엽네. 중얼거리며 다시 입을 맞췄다. 그랬더니, 으음. 깰 듯 발을 꼼지락대기 시작했다.

이미 충분히 잤잖아. 그러니 깨어나도 무방하지?

한은 고른 숨이 규칙적으로 흘러나오고 있는 입술에 제 입술을 쪽 소리가 나게 맞추었다. 놀라 절로 벌어지는 입술 속으로 재빨리 제 혀를 밀어 넣었다.

이건 시간 싸움이거든.

멈칫 멀어지는 혀를 붙잡다가 힘차게 빨아들였다. 남자는 아침에 강하거든. 두 눈이 떠지고, 안았던 팔을 풀고 순식간에 밀어내기 시작했다. 하지만 정원이 그러거나 말거나 한은 단단하게 정원의 얼굴을 부여잡고 열중했다.

무엇을? 굿모닝 키스를.

결국엔 포기하고 마주 안아 버릴 때까지.

"굿모닝."

정원이 가쁜 숨을 몰아쉬며 흘겨보거나 말거나 한은 기분 좋게 웃으며 인사했다.

"놀랐잖아."

"좋은 것 같았는데?"

"뭐?"

정원의 얼굴이 기이하게 일그러졌다. 근데 그게 또 그렇게 귀엽다.

미쳤지. 미쳤어.

"싫었어?"

정원을 따라 눈썹 한쪽을 기이하게 밀어 올리며 한이 장난스럽게 물었다.

"누가 그렇대?"

"좋았단 말이지?"

"말을 말아야지. 내가."

"좋은 생각이야. 말이 뭐 필요해서."

한이 다시 정원의 입술을 물었다. 이러다 입술이 남아나지 않겠어. 하지만 정원은 두 팔로 한의 목을 감았다. 그런 건 하나도 중요하지 않은 게 문제라면 문제니까.

바짝 끌어당겼다. 한 치의 틈도 없이 입술이 맞물리고, 누가 먼저랄 것도 없이 혀가 얽혀 든다.

사람 숨이 이렇게 달아도 되는 거야? 사람 침엔 분명히 독이 있다던데, 이 여자 침엔 독은 없고 당분만 가득 들었나 보다.

별생각이 다 들었다. 그 생각에 큭 웃음이 터져 버렸다. 절대 의도한 게 아닌데 그 때문에 달콤하기만 했던 키스가 멈추었다. 절대 의도한 게 아니다. 멈출 생각 따윈 절대로 없었다고.

"뭐지?"

찌릿 눈을 흘기며 정원이 그를 올려다본다.

"남자랑 여자랑 둘이서 실오라기 하나 걸치지 않은 채로 키스에 열중했지. 남자 눈엔 여자만 보이고, 여자 눈엔 남자만 보이고. 어? 근데, 이 남자가 웃어. 웃네?"

"미친놈처럼 별생각이 다 들잖아. 숨을 모조리 삼켜 버리고 싶다든가. 이 여자 침 속엔 독이 아니라 당분만 잔뜩 들었나 보다. 뭐 이런 생각을 한다든가."

"제정신이 아니네."

"제정신이 아닌 거지."

멍하니, 또 뚱하니 그렇게 같이 말해 놓고선 같이 또 웃어 버렸다. 하하하하. 별. 다시 하자. 한이 정원의 입술에 입을 맞추었다. 그만하자. 산통 다 깼어. 정원이 한의 입술을 피해 얼굴을 이리저리 도리질을 쳐 댄다.

"이러지 말자."

"너야말로. 간단하게 아침 챙기고 사진 찍으러 갈 거야."

"비 오는데?"

"비 와?"

시트를 몸에 감은 채 벌떡 일어난 정원이 창가를 쳐다본다. 반쯤 걷어진 커튼 사이로 쏟아지는 비가 고스란히 보였다.

"비 오네."

"그러니깐. 이리 와."

"아아. 쏘다니면서 느긋하게 찍고 싶었는데."

풀썩 침대 위로 힘없이 앉으며 정원이 투덜대기 시작했다.

"이리 오라고 글쎄."

한이 정원의 허리를 끌어안아 자신의 옆으로 눕혔다. 마주 누운 채 말똥말똥 두 눈이 서로를 향한다. 그저 그렇게 한동안 서로의 눈을 들여다보았다. 마치 처음 의도가 그것이었던 양. 그 눈 속에서 무언가를 찾으려는 듯 눈 한 번 깜빡이지 않은 채 쳐다보았던가 보다.

"비님이 이렇게 반가울 때가 있었나 싶네."

한이 정원의 몸을 감싸고 있던 시트를 걷어 냈다. 정원의 몸을 바짝 끌어다 안고 그 위로 다시 시트를 덮었다. 촤륵 소리를 내며 둘의 몸을 덮은 시트 위로 둘의 실루엣이 고스란히 그려졌다.

"언제까지 그렇게 끈적하게 보고만 있을 건데?"

정원이 장난치듯 한을 향해 말했다. 그녀의 말마따나 그 끈적한 시선에서 놓이지도 못하면서. 역시나 호기롭게. 한이 픽 웃었다. 설마. 하루 중 남자가 가장 강해지는 때가 아침인데. 한이 중얼거리며 정원의 입술을 삼켰다. 못 말려. 하려고 했던 말은 정작 하지도 못한 채 안으로 삼켜졌다. 자신의 입술과 함께.

결국 아침 식사는 가뿐하게 건너뛰고 한과 정원이 레스토랑으로 내려왔을 땐 오후 1시가 다 된 점심시간이었다.

레스토랑에 앉자마자 배 속이 요란했다. 막상 먹을 자리에 오니 주린 배가 무척이나 고팠다. 요동도 그런 요동이 없었다. 앞에 앉은 한이 큭크 소리 내어 웃는다.

웃지 마.

작게 타박했다.

흠흠.

참는 듯하다 다시금 또 웃어 버린다.

큭크크.

정원이 찌릿 한을 흘겼다.

미안.

여전히 웃음을 매단 입술은 전혀 미안하지도 않으면서 그렇게 말했다. 진정 확 때려 주고 싶었다.

"왜?"

좀 전의 분위기와는 전혀 다른 표정. 돌연 연기라도 하는 배우처럼 차갑게 굳어지는 얼굴. 정원을 향해 있던 시선이 어느새 그녀의 어깨 너머를 향해 있다. 자연스럽게 그쪽으로 고개가 돌아갔다.

서해준. 언제나 그랬던 것처럼 딱 떨어지는 슈트 차림으로 아버지 서명호 회장과 또 몇몇의 같은 차림새의 사람들이 함께였다. 제주에 무언가 일이 있었나 보다. 아아. 뉴스에서 본 것도 같다. 호텔 사업을 시작한다고 했던가. 그 시작이 제주라고 했던 것 같기도 하다. 해준은 잠시 서 회장에게 양해를 구한 뒤 그 자리에 멈추어 섰다.

"고개 돌리지 마. 나 보라고, 한정원."

무감하게 돌려졌던 고개가 한의 목소리에 다시금 제자리를 찾았다. 여전히 굳은 얼굴. 여전히 차가운 눈빛. 불편하다. 생각지도 못했던 상황 속에 놓인 정원은 그저 작게 한숨지었다.

때마침 테이블 위로 주문한 음식들이 세팅되기 시작했다. 테이블 위로 음식들이 담긴 그릇들과 물 잔 등이 세팅되는 동안에도 정원은 그저 불편한 얼굴로 한을 쳐다보고 있었다. 뭐라도 먹어야 할 것 같았던 배속이 어느 순간부터 조용해진다. 참 이상도 하지. 정말 배가 고파 죽을 것 같았는데.

"그거 알아?"

후우.

무거운 숨을 토해 낸 정원이 삐딱하게 한을 쳐다보았다. 그제야 시선이 오롯이 떨어진다.

"넌 지금 어디 보는데?"

퉁명스럽게 흘러나와 버린 말에 한의 미간이 조금 구겨졌다. 왜 이렇게 반갑지 않은 우연이 또 생기는 걸까. 혼자서도 마주치면 힘든 사람이었지만, 한과 더불어는 더 그렇다. 정신을 빼놓고 그쪽으로 잔뜩 날을 세우고 있는 한을 보고 있자니 속이 쓰렸다.

정원은 물 잔을 들어 벌컥벌컥 들이켰다. 탁 소리가 나게 잔을 내려놓았을 때다. 한의 고개가 들린다. 시선은 여전히 차갑고, 방향은 정원의 옆이다. 등 너머로 무언가 드리워지는 느낌에 고개를 돌렸다.

"여기서 만나네. 촬영 있었다며?"

질끈 두 눈을 감았다 떴다. 그냥 지나쳐 주면 좋았을 것을.

"어."

"찾아오지 말라고 했어. 내 여자한테. 한마디 더 하지. 우연히 마주쳐도 알은척하지 마. 기분 엿 같으니까."

낮고 음산하다. 차갑고 싸늘했다. 해준의 표정은 무섭도록 굳어진 채였고, 오히려 정원은 멍해져 버린 상태였다.

"호텔 준공식이 있어서 내려왔어. 임원진이랑 점심 후엔 태화에게 가 볼 생각이야. 은환인? 설마 벌써 태화에게 갔어?"

해준이 다시 부드럽게 입술을 늘이며 정원을 향해 말했다. 앞에 있는 한은 아무것도 아니라는 듯. 저하고는 상관없다는 듯.

"이봐."

한이 자리에서 벌떡 일어섰다. 이 상황을 멈출 사람은 자신뿐이겠지. 정원은 답답한 듯 다시 한 번 두 눈을 질끈 감았다가 떴다.

"그만 가. 가. 서해준."

애써 미소 짓던 해준의 얼굴이 다시금 딱딱하게 굳어졌다. 면역이 생겼는지 가슴에선 그 어떤 동요도 없다. 그저 이 상황이 얼른 지나갔으면 싶은 생각뿐이었다.

"미안한데……."

"그래. 다음에 보자."

몸을 돌려 왔던 길을 되돌아가는 해준의 걸음이 무거웠다. 하지만 그것도 이제 무감하다. 그저 앞에 앉은 남자의 씩씩대는 저 숨에 신경이 더 쓰였다. 간사하다. 사람.

"별로다. 나가자. 비 와도 좀 나가자. 우리."

"묻자. 한정원."

막 자리에서 일어나려던 정원을 한의 목소리가 붙잡았다. 역시나 생경하다. 차갑고 딱딱하고 그래서 이만큼 거리가 느껴지는 이 남자는.

"저 새끼가 너한테 떨려 난 건지, 떨려 나고 있는 건지. 그것도 아니면 떨어내려 애쓰고 있는 건지."

그렇게 말하지 말지. 심장에서 또 무언가 울컥 치민다. 이건 또 다르다. 아프네. 이건. 작정하고 쏘아보는 한의 시선을 피해 온통 촉촉이 젖은 창밖을 바라보았다. 어느새 비가 잦아들고 있었다.

반대쪽 테이블에서 까르르 웃는 아이 소리가 들리는 것 같았다. 그리로 고개를 돌렸다. 손뼉을 치며 즐거워하는 여자아이는 너무 행복해 보였다. 그 옆 테이블은 아마도 신혼부부인가 보다. 서로서로 앞의 음식들을 먹여 주는 중에도 내내 시선을 떼지 못하는 걸 보니. 한참을 넋을 놓고 바라보다 그런 생각이 드는 것이다. 우린 어떻게 보일까.

사랑해.

마치 지난밤이 꿈 같아 서러운 마음이 들었다. 절대 서로에게 상처는 주지 않을 것처럼. 세상천지에 서로가 전부인 것처럼. 정말 온통 사랑이 전부였던 것처럼 끌어안고 입 맞추고 그렇게 하나가 되었을 때는 이런 순간은 꿈도 꾸지 않았다. 이런 어이없는 생채기를 서로에게 낼 줄은 몰랐단 말이지.

이렇게 불쑥 뜻하지도, 원하지도 않았던 일로 할퀴면 난 어떻게 하지?

한의 눈에선 마치 붉은빛이 뿜어져 나오는 것 같았다. 모르지 않는다. 질투. 어쩌면 연인 관계에선 가장 필요한. 하지만 문제는 이 남자에게 죄인 같은 마음이 들어 버린다는 데에 있었다.

사랑해. 한아.

 진심이었다. 이 남자를 사랑했다. 어찌 사랑하지 않을 수가 있을까. 하지만 지금 이 남자는 자신에게 상처를 주었고, 어쩌면 자신 역시 그랬다. 차분히 마주 앉아 풀어 놓고 이해를 구하고 싶은 마음이 들기도 하지만, 그보다 먼저 헝클어져 버린 마음이 더 아파 정원은 그냥 그 자리를 나와 버렸다.

 "한정원!"

 곧장 따라나선 한이 정원의 팔을 붙들었다. 그를 돌아보았다. 씩씩대며 소리치는 그는 여전히 화가 나 있었다. 하지만 불안하게도 보인다. 안심시켜 주고 싶었다. 이 남자가 안심하고 원아, 하고 불러 주면 자신 역시 안심이 될 것 같았다. 정원은 가만히 한의 허리를 끌어안았다. 가슴에 얼굴을 대었다. 한의 불규칙한 심장 소리가 들렸다.

 아직도 화가 나?

 "미안. 원아."

 불규칙하게 뛰던 심장이 천천히 제 속도를 찾아가기 시작한다. 눈을 감았다. 아늑했다.

 "원래 질투는 나 같은 남자도 빡 돌게 하는 거야."

 힘없이 피식 웃으면서 한이 그녀의 귓가에 속삭이듯 말했다. 정원은 아무런 답도 하지 않은 채 그저 한의 허리를 안은 팔에 힘을 조금 더 주었을 뿐이다.

"정원일 먼저 놔 버린 건 너야."

늘 별말 없이 듣기만 하며 술만 들이켜던 태화의 입에서 나온 소리치곤 제법 센 수위였다. 은환은 술이 깨는 것만 같았다.

정원과 해준에 대해서는 여태 단 한 마디도 한 적이 없던 녀석이었다. 해준이 술에 취해 넋두리를 해 대면 가만히 들어 주기만 했었고, 그 어떤 것도 물은 적 없던 녀석. 은환은 가만히 해준의 눈치를 보았다. 히죽. 잘못 본 것인가 싶었다. 은환이 눈을 깜빡거렸다.

"그 상황에 잠깐 멈추자고 한 말은 그냥 끝내겠단 말하고 같아. 백 가지 천 가지 이유를 갖다가 붙여도 진실은 그거지. 결국 먼저 끊어 버린 건 너라는 거."

은환이 태화의 옆구리를 꾹 찔렀다. 태화가 살짝 고개를 돌렸지만 그저 그뿐이었다. 태화는 마치 묵혀 두었던 말들을 죄다 풀어 놓으려고 작정한 듯 시작한 말을 멈출 생각 따윈 없어 보였다.

"멈춰 놓고 설득? 개소리하지 마. 그거야말로 지독한 에고야. 결국 저 숨 좀 쉬자고 안타깝게 네 손 쥐고 있던 정원이 떨어뜨린 게 너잖아."

"이태화!"

더는 들어 줄 수가 없어 은환이 태화를 제지하고 나섰다. 히죽. 또다. 은환은 다시금 눈만 깜빡거렸다.

저게 돌았나.

"그래 놓고도 여태 정원이 주위에서 맴돌면서 상처 아물 시간도 안 줬어. 넌. 그래 놓고 네 새어머니 돌아가시고 나니까, 왜? 이제 나서도 된다 싶었어? 이제, 네 옆에다 데려다 놔도 될 것 같았어?"

"그래. 난 사람 새끼도 아니야."

다시 한 번 히죽 웃은 해준이 느릿하게 태화의 말을 받았다.

"어머니 죽어 가는 동안에도 순간순간 그 생각했어. 정원이…… 어쩌면 찾을 수도 있겠구나. 어쩌면, 어쩌면……."

해준이 말을 잇지 못하고 술을 들이켰다.

"그래. 넌 사람 새끼도 아니야."

진짜 작정했나 보다. 독한 말이 술술 잘도 흘러나온다.

"미쳤어? 왜 이래 너!"

은환이 태화의 등짝을 사정없이 후려쳤다.

"어. 미쳤어. 나도 사람 새끼 아니거든."

반쯤 취한 상태라고 생각했었는데, 마주쳐 오는 태화의 눈은 더없이 맑다. 취하지 않은 건가?

"미치려면 곱게 미치든가. 왜 안 하던 말을……."

"오지 마. 여기."

"……뭐?"

"서은환. 나한테 오지 말라고."

움직이질 못하겠다. 눈을 돌리지도 못하겠다. 은환 역시 미칠 것 같았다. 앞에 놓인 술을 입 안으로 털어 넣었다. 꿀꺽 소리와 함께 인상을 썼다.

"다시는 오지 마. 서은환."

태화의 말과 함께 철퍼덕 소리를 내며 해준이 테이블 위로 쓰러졌다. 그리고 그와 함께 은환의 눈에서 눈물이 흘러내렸다.

"어?"

뚝 떨어지는 눈물에 놀라 잽싸게 눈가를 훔쳐 냈다. 태화는 여전히 은환을 쳐다보고 있었다.

"오지 말라고. 이용하고 싶어지니까."

달달 떨려 와 주먹을 꼭 쥔 채 테이블 아래로 내리고 있던 은환의 손목을 틀어쥐며 태화가 사납게 말했다.

"알았어."

아프게 깨문 입술 사이로 겨우 그 말이 흘러나왔다. 히죽. 해준이 그랬던 것처럼 태화가 웃는다. 그 웃음이 가슴에 박혀 한동안 잊혀지지 않을 것만 같았다.

❖

"약속을 청해 놓고 정작 내가 늦어 버렸네. 미안하네. 급한 일이라 안 들여다볼 수가 없어서."

서명호 회장이 회장실로 들어서며 막 앉아 있던 자리에서 일어서는 정원을 만류하며 말했다.

"차를 한잔하지. 임 비서."

정원의 앞에 놓인 물 잔을 보며 서 회장이 벨을 눌렀다.

"아뇨. 괜찮습니다. 회장님."

정원의 답에 서 회장이 곧장 인터폰을 눌렀다.

"차는 됐네."

알겠다는 비서의 답이 나오기도 전에 서 회장은 벨에서 손을 떼어 버린다.

"많이 당황했겠지? 이렇게 함께하는 자리를 청했던 적이 없지 않은가."

"거절하고 싶었습니다. 하지만 회장님 말씀처럼 이렇게 청하신 적이 없는 분인데, 오는 게 도리라 생각했습니다."

서 회장이 정원을 물끄러미 바라보았다.

"자네 어머니 장례에는 올 줄 알았네. 그래도 마지막 가는 길인데 배웅 정도는 해 줄 줄 알았지. 그토록 원하던 일이었는데……."

"끝까지 자기 입장만 생각하는 분이였죠. 그분은."

언뜻 날카롭게 흘러나온 그 말에 서 회장이 흠흠, 작게 헛기침을 해 댔다. 불편하단 뜻이겠지. 어쨌거나 본인 인생에 제일로 사랑한 여자였으니까.

"이걸, 전해 주고 싶었네."

자리에서 일어나 자신의 책상으로 걸어간 서 회장이 노란 서류 봉투 하나를 가져와 정원의 앞에 놓았다.

"이게 무엇입니까."

"자네 어머니가 자네에게 남긴 걸세."

"필요, 없습니다."

"그걸 버리든 말든 그건 자네 소관일 테고, 난 그 사람의 원대로 자네에게 전해 주면 그뿐이네."

시선에 날이 선 것 같다는 느낌은 착각이었을까. 정원은 일단

서류 봉투를 집어 들었다. 버리든 뭐 알아서 하면 되겠지. 죽은
아내의 딸에게 남겨진 걸 저 사람 또한 갖고 있고 싶겠는가.

"이만 가 보겠습니다."

"그래. 잘 가 보시게."

정중히 고개를 숙여 인사한 후 걸음을 떼었다. 얼른 이곳을 벗어
나고 싶었다. 그 생각이 들자 갑자기 숨이 막혀 오는 것만 같았다.

"해준이가 미련하게 붙들고 있다고 들었네."

어깨 너머로 들려오는 저 말은 전혀 생각지도 못한 말이었다.
우뚝. 정원의 발이 그 자리에 멈추어졌다.

"해준이는……."

"안쓰럽게 보아 주면 안 되겠나?"

움찔 어깨를 떠는 걸 보았을까? 정원이 입술을 깨물었다. 대체
무슨 소리를 하고 있는가. 도대체가 이 사람들은 생각이란 걸 하
고 사는 사람들인가 말이다.

"처음엔 몰랐지. 세상 사는 게 즐겁기만 한 녀석이 갑자기 불
꺼진 눈을 하고 다니는 게 그저 흔한 실연인 줄로만 알았네. 어리
석은 마음으로 숨기기에 급급해 서로 그 어떤 대책도 강구해 보
질 못했어. 결국 자기도 그 죄에 시름시름 앓게 될 걸 몰랐던 게
지. 그러니 안쓰럽다, 불쌍하다, 측은하다, 그렇게 보아 주면 안
되겠나. 그걸로 다시 시작할 수는 없겠나."

왜 이러는 거야, 대체!

손에 쥔 서류 봉투 끝이 꼬깃꼬깃하게 구겨지도록 움켜쥐었다.
손끝이 파르르 떨리는 것도 같았다. 그러다 그만 헛웃음이 나와

버린다. 참 대책도 없지.

"죄송합니다."

전혀 죄송하지 않다. 당신들에게 내가 왜! 그냥 당신들은 당신들대로 살라고. 제발 좀. 왜 당신까지 나서서 이러는데?

비서란 여자가 인사를 하건 말건, 의아한 시선으로 보건 말건 구겨진 서류 봉투를 움켜쥐고 재빨리 걸어 나와 버렸다. 얼른 이곳을 벗어나고 싶었다. 숨이 막혀 죽을 것만 같았다. 꾸역꾸역 과거로 기어 들어온 느낌이었다. 내가 왜 여기로 왔지? 그냥 거절할걸. 그냥 무시하고 말걸. 후회만 수십 번이다.

"정원아."

엘리베이터 문이 딩동댕 소리와 함께 열리자마자 그 앞에 선건 해준이다. 빌어먹을. 재수도 없지. 정원은 지친 듯 머리를 싸쥐었다.

"회사에서 볼 거라곤 상상도 못 했는데."

근처 카페테리아에 앉아 주문한 차가 나올 때까지 아무런 말도 하지 않던 해준이 픽 웃으며 정원을 향해 말했다. 말해 뭐할까. 빤히 그 회사에 다니는 해준을 알면서도 마주칠 수도 있다는 생각은 추호도 안 했던 건 자신도 마찬가지였다.

"주실 게 있다고 해서."

"어머니가 남기신 거겠구나."

"응."

"용케 왔네. 거절 안 하고."

"거절, 하고 싶었어."

"알아. 그래도 잘 왔어."

칭찬하듯 뭔가 뿌듯한 얼굴로 그같이 말해 놓고는 가만히 커피만 마시는 해준이다.

"그 남자……."

한에 대해 무언가 물을 생각이었던 모양인데, 끝까지 묻지 못하고 그저 미간만 긁적인다. 피식. 그래 놓고는 웃어 버린 해준이 정원아, 그녀의 이름을 불렀다.

"이번에도 거짓말이겠지. 당연히 그렇겠지. 그동안 단 한 번도 진짜였던 적 없으니까 당연히 이번에도 그렇겠지. 그 생각 했던 것 같아. 빤히 내 눈으로 보고, 또 듣고도. 실은…… 믿고 싶지 않았던 거겠지. 늘 비어 있던 네 옆자리는 나 때문에 비워 둔 거라고. 아직 너 아프다고. 나도 아프니까 당연히 너도 아플 거라고. 그렇게 생각했어."

옅게 한숨지으며 해준이 정원을 바라보았다.

"알아. 얼마나 이기적인 생각인지. 근데 그렇게 생각하면서라도 너, 붙잡고 싶었어. 백 번 천 번 내가 먼저 놓아 버린 손, 그거. 그럴 수밖에 없었다고 말하는 건, 내 입장에서겠지. 그것도 알아."

"서해준."

마치 고해성사라도 하듯 조용하게 풀어 놓는 그 말에 제동을 건 이유는 아프고 싶지 않기 때문이다.

해준을 이해하고 싶지 않았다. 그저 그럴 수도 있다고. 넌 착한 녀석이니까. 나 혼자만 생각해 주길 바라는 것도 어찌 보면 내 욕심이었으니까. 그러니까 됐다고. 사랑에 이해관계 따지는 건 우습지만, 어찌 되었건 서로 이해가 맞지 않았을 뿐이라고. 그러니까 끝난 거라고. 더 들을 말도, 하고 싶은 말도 없었다.

"사랑하지?"

울 것 같은 얼굴로 묻는 말에 정원은 답하지 않았다.

"너는 저만큼, 벌써 거의 보이지도 않을 만큼 앞서 걷고 있는데, 나만 제자리에 주저앉은 느낌이야. 사실은…… 잡고 싶어."

"서해준!"

"그만하는 게 맞는 거라고. 그러니까 그만하라고. 나를 설득하는 중이야."

그 상황에 잠깐 멈추자고 한 말은 그냥 끝내겠단 말하고 같아. 백 가지 천 가지 이유를 갖다가 붙여도 진실은 그거지. 결국 먼저 끊어 버린 건 너라는 거.

알고 있었다. 처음부터. 얼마나 비겁한 짓인지.

하지만 변명을 하자면 그거였다. 정원의 손을 잡고 정원만 보고 달아났더라면, 기어이 부모님을 갈라놓고 자신만 행복하자고 정원을 끌어안았더라면 지금과는 달랐을까.

아니. 다르지 않았을 것이다. 어쩌면 더 힘들었을지도 모르지. 그리고 그 안에서 정원은 무너졌을 것이다.

뼛속부터 증오만 남은 친어머니. 백번 양보하고 어머니가 아버지와 헤어져 주었더라도 정원이 행복할 수 있었을까. 정원은 아버지를 제대로 뵐 수 있었을까.

아니. 그 모든 걸 떠나 이미 벌어진 그 참혹한 현실 앞에 자신과 정원이 온전히 사랑할 수 있었을까. 처음처럼 그렇게?

아니. 아니었을 것이다.

"설득하고 또 설득해서 놓아 보자고. 그러는 중이었어."

정원과의 사이를 돌이킬 수 없듯, 정원이 이미 사랑에 빠진 것 또한 되돌릴 수는 없을 것이다. 그리고 그걸 깨닫는 순간은 참담했다.

그래 놓고도 여태 정원이 주위에서 맴돌면서 상처 아물 시간도 안 줬어. 넌.

"미안하다. 너 안 보고 못 살겠는 건 내 입장이었는데. 그러면서 네 상처 자꾸만 덧나게만 만들어서. 정말, 미안."

잔뜩 굳어진 채로 아프게 쏟아 낼 말을 준비하던 정원은 이제 멍해져 버린 상태였다. 생각지도 못했던 말들에 온몸에서 기운이 빠져나가 버린 느낌이 들었다. 뭐라 더 대꾸할 말도 생각나지 않고, 어떻게 대처해야 될지 갈피조차 잡을 길이 없다.

정원은 그저 해준의 말을 듣고만 있었다.

해준은 처음부터 그럴 작정이었는지 담담하게 제 할 말을 해 나가기 시작했다.

"쉰다고 쉬어지는 게 아닌 감정을 두고 쉬겠다고, 멈추겠다고 한 내 잘못이지. 그래서 혼자 감당하려고 해. 힘들다는 너, 숨 막힌다는 너, 내 옆에다 끌어다 놓고 같이 힘들게 하는 짓 이제 그만하려고. 아직 완전하게 마음먹지도 못했으면서 이렇게 저질러 버리고 돌아서자마자 후회할지도 모르지만, 그래도 널 본 순간 말해 버리고 싶어졌어. 그래서 해 버리는 거야. 후회, 하더라도.”

“해준아.”

“그 남자에게 내가 너의 약점이 되지 않게 이쯤에서 끝내 볼게. 노력해 볼게. 정원아.”

해준이 고개를 돌려 창밖으로 시선을 던졌다. 정원은 테이블 위로 잔뜩 힘을 주고 맞잡고 있는 해준의 손을 멍하게 바라보았다.

넌 무슨 남자가 손이 이렇게 예뻐. 배 아프게.

갑자기 그 언젠가 해준에게 투덜대던 그때가 생각났다.

뭘 배가 아파? 그 손 가진 남자가 네 남잔데.

햇살 아래서 그 햇살보다 더 반짝이는 미소를 짓던 남자도, 생각이 났다.

♯9

다음 날, 정원은 호되게 앓아누웠다. 열이 들끓고, 온몸이 마치 두들겨 맞기라도 한 것처럼 아팠다. 은환은 새벽같이 물수건을 만들어 정원의 이마에 올려놓고, 또 죽을 쑤어 먹였다. 병원 가기 귀찮다는 정원을 두고 별수 없이 아침 일찍 약국에 들러 약을 사다 먹인 후에야 은환은 출근 준비를 할 수 있었다.

출근 준비를 마치고 걱정스러운 얼굴로 정원을 들여다보니, 정원은 그저 침대 위 이불 속에 파묻혀 잠에 빠져 있었다. 다행히 열도 많이 내린 것 같았다.

"정작 아프고 싶은 사람은 난데, 난 어째 아프지도 않아. 난 잠만 잘 오고, 출근만 잘해."

정원의 방문을 다시 닫으며 은환이 쓰게 웃었다. 더는 보아 주기 싫다는 거겠지. 그 녀석과 상관없이 사랑하는 것도 그저 내 입장에서니까. 후우. 은환은 한숨과 함께 전화를 걸었다.

― 응. 원아.

너무 부드럽게 받아 잠깐 멍해져 버렸다. 은환이 아무런 말도 못 하고 있자, 저쪽에서 다시금 정원을 찾는다.

말해. 원아.

그놈의 원이는.

"저 서은환입니다."

― 아아. 원이 전화번호라…… 혹시 원이한테 무슨 일 있습니까?

"아파요."

― 뭐요? 어디가 얼마나요?

전에 없이 통 하고 튀어 오르는 목소리. 곧장 휴대전화를 뚫고 나올 기세다.

별. 사랑 자기들만 하나.

은환이 전화기를 귓가에서 떼어 내며 입을 삐죽였다.

"몸살이 난 것 같아요. 병원은 안 가겠다고 해서 죽 먹이고 약 사다 먹였더니, 지금은 잘 자요. 그래도 아픈 애 혼자 놓고 출근하기가……."

― 지금 가요.

뚝.

"하하하. 뭔. 뭔 이런. 별……."

채 말도 끝나기 무섭게 제 말만 하고 끊어 버린 전화기를 붙들고, 은환은 한동안 기막히다는 듯 웃었다.

— 현관 비밀번호 좀 알려 줘요. 은환 씨.

은환이 스튜디오에 막 도착하자마자 그에게서 다시금 전화가 왔다. 전화번호는 어떻게 알았느냐 물으니, 스튜디오에 전화해서 알아냈단다. 그래 놓고는 뜬금없이 비밀번호 타령인 거지 그러니까.

"네?"

— 잔다면서요. 약 먹고 자는데 깨우면 안 될 것 같아서. 어려울까요?

"안 어려워요. 어차피 저희 집 별거 없거든요. 정원이 신상이야 이미 털렸고. 맞죠?"

삐딱하니 꼬아서 말하는데도 킥 하고 웃는다.

나 참 별.

그러니까 신상은 이미 다 털었단 거지. 그 신상이 어떤 신상인 지도 다 알아들었다는 거지. 영악하게. 어젯밤에 샤워타월 감싸고 나올 때 가슴 위로 불그스름한 거 내가 다 봤다고. 하나도 아니고 여러 개 말이야. 허벅지 안쪽에도 있었다니까. 어이가 없어서.

"안 들어가고 뭐 하세요?"

은선이 스튜디오 출입문 앞에 서서 기막히단 듯 헛웃음을 짓고 있는 은환을 향해 물었다.

"들어가. 들어가는 중이야. 나 참 별."

"왜 여기 있어? 어떻게 여기 있어?"

떠진 눈에 가장 먼저 보인 게 한이였다. 화장대 의자를 끌어다 침대 옆으로 놓고 그 위에 앉아 제 손을 꼭 붙잡고 있는. 기운이 없는 중이 아니었다면 화들짝 놀라 벌떡 일어나도 별 이상할 게 없는 상황. 입이 말랐다.

"물 좀 줄래?"

"기다려."

말이 끝나기 무섭게 한이 곧장 물 잔을 들고 들어왔다.

"마셔."

한 잔 가득 담긴 물을 끝까지 다 마셨다. 시원하다. 이제야 살 것 같다.

"어떻게 온 거야?"

"은환 씨가 전화했더라고. 너 아프다고. 그러니까 오라고."

"아아. 근데 번호는 어떻게 알고?"

"네 휴대전화로. 넌 줄 알고 아침부터 기분 째져서 받았다가 심장 드리블 좀 했지 뭐. 좀 괜찮아? 아니면 지금 나랑 병원 갈까?"

"괜찮아. 괜찮아졌어."

보기에도 나쁘지는 않아 보였다. 그래도 속이 상한다. 아프단 소리에 머리꼭지가 돌았다. 운전을 어떻게 하고 왔는지도 모르겠다. 조용히 문을 열고 들어온 정원의 방에서 죽은 듯 누워 잠든 정원을 보면서는 안쓰러워 죽을 것 같았다. 땀에 젖어 붙은 몇 가닥의 머리칼을 떼어 내며 차라리 제가 아픈 게 낫겠다, 중얼거리기도 했던 것 같다.

싫다. 이 여자가 아픈 건.

"배는? 배는 안 고파?"

"모르겠어. 일단 지금은 어젯밤보다 훨씬 개운해."

"어. 좀 더 누워 있을래?"

"아니. 일어날래."

정원이 힘없이 웃으며 시트를 걷어 내고 일어났다.

"그래. 그럼."

먼저 좀 씻겠다며 정원이 욕실로 들어갔을 때, 테이블 위에 놓인 정원의 휴대전화가 울렸다. 은환이었다.

— 좀 괜찮아?

"괜찮대요. 괜찮아 보이기도 하고. 약 먹고 푹 자고 났더니 개운하다네요. 지금 막 씻으러 들어갔어요.

— 아아. 다행이네요.

"네. 다행이에요. 고마워요. 은환 씨."

— 그 소리 말이에요. 고맙단 말.

"네?"

— 듣기 별로네요.

"뭐라고요?"

— 가 보시죠. 이만. 정원이 괜찮다면서요.

한이 미간을 찌푸렸다. 적의. 분명히 맞지 이거? 근데 왜? 뭣때문에?

"은환 씨."

— 그럼 다음에 뵙죠.

뚝.

이 여자가 진짜?

장난처럼 넘기기엔 무언가 찜찜하다. 서은환은 분명 자신이 싫다.

왜?

잠깐 동안 골몰했다. 그리고 생각보다 답은 빨리 나왔다. 아직은 의심일 뿐이지만, 왠지 그것일 것 같다. 그것이 분명할 것 같다. 그 자식과의 상관관계. 그 자식과 정원의 역사를 누구보다 잘 아는 사람이 서은환일 테니까.

처음부터 삐딱했다. 마뜩잖았겠지. 그 자식을 정원의 옆에 세워 놓고 있었을 테니까. 그 자식을 생각하자 또 머리꼭지가 서늘해진다.

"나와."

한결 생기가 도는 얼굴로 정원이 한을 불렀다.

"샤워는 하지 말지."

톡톡 수건으로 젖은 머리칼을 두드리던 정원이 한을 돌아보았다.

"땀을 너무 흘려서."

"다시 아프면 어쩌려고."

걱정스러운 얼굴이 된 그를 향해 정원이 픽 웃었다.

"안 아파. 밥 먹었어?"

안 먹었다. 아침에 깨자마자 은환의 전화를 받아 곧장 뛰쳐나왔고, 내내 정원의 곁에 있었고, 지금은 오전 11시 30분이었다. 배가 조금 고픈 것도 같다. 어깨가 축 처진 한이 정원을 향해 불쌍한 얼굴로 고개를 흔들었다. 정원이 픽 기운 빠진 웃음을 웃는다.

"먹자. 그럼."

"여기서?"

"왜?"

"아프잖아."

"안 아프다고. 그리고 뭐 특별히 진수성찬 차려 줄 것도 아닌데 뭐. 우리 잘 먹고 살아. 은환이 엄마가 반찬 안 떨어뜨리시거든. 밥만 얼른 할게."

"내가 해."

"뭐?"

"내가 한다고. 밥. 나와 일로."

한이 정원을 데려다 앉혔다.

"거기 있어. 어차피 냉장고 열어서 반찬 꺼내고, 여기 있는 국데우고, 밥만 하면 되는 거잖아. 거기 그냥 앉아만 있어. 내가 해."

정원은 가만히 턱을 괸 채 한이 움직이는 걸 지켜보았다. 쌀을 씻어서 밥을 하고, 국을 데우고, 접시에 반찬들을 덜어 내고, 숟가락과 젓가락을 놓고. 뭔가 심장이 간지러우면서 따뜻해졌다.

"요리할 줄 알아?"

문득 정원이 물었다.

"그럼. 당연하지. 내가 또 웬만한 건 다 해요. 워낙에 혼자 오래 살았어 가지고."

"그랬어?"

"어."

끝이 났다. 끝을 냈다. 그래서 하루 동안 호되게 앓았다. 그리고 개운해졌다. 가슴을 누르고 있던 무거운 짐들이, 한꺼번에 사라진 듯 가벼운 마음이 들었다.

이 남자가 없었어도 그랬을까? 내가 다시 사랑에 빠지지 않았어도 그랬을까?

아마도 그럴 수 없었겠지. 놓고 싶어 미칠 것만 같았던 해준을 놓고 나서도 또 다른 상실감에 아팠겠지. 그러니 더 사랑할 수밖에 없다. 이 사랑스러운 남자를.

한은 또 새하얀 이를 드러내며 그저 환하게 웃었다. 눈에 맺히는 게 그저 자신인 양 보고 또 보고, 확인하고 또 확인한다. 그러니 서럽게 만들지 말아야겠다. 그러니 불안하게도 만들지 말아야겠다. 정원은 생각했다. 제 가슴에서 해준을 완전히 덜어 낸 것처럼 이 남자에게서도 해준을 완전히 걷어 내 줄 것이라고. 그리고 둘만, 오롯이 둘만 다시 시작할 거라고.

"날씨, 무지 좋다. 그치?"

커피를 내려 한에게 건네고, 녹차를 우려내 잔을 집어 든 정원이 테라스로 나왔다. 한이 정원을 따라 테라스에 놓인 의자에 앉았다. 정원 역시 그 옆으로 바짝 붙어 앉았다. 커피를 마시는 한이 눈으로 웃는다. 어여쁜 남자.

"어제, 나를 낳아 준 여자의 남편을 만나고 왔어."

어쩌면 긴 얘기가 될지도 모른다. 하지만 정원은 시작했다. 내가 너를 사랑해. 그래서 난 내 모든 걸 다 보여 주려 해. 티끌 하나도 숨기는 건 만들지 않으려고 해.

"대산그룹 서명호 회장. 그 거대한 건물 꼭대기로 올라가는데 숨이 막히더라. 막상 가면서도 차라리 거절할 걸, 후회했었어."

테이블 위로 커피 잔을 내려놓는 한의 표정은 어느새 진지해졌고, 그는 정원의 말을 자르지 않았다. 계속해.

"내가 기억하는 우리 아빠 엄마밖에 모르는 사람이었어. 두 눈 가득 엄마만 담고, 세상에 여자는 엄마 하나뿐인 남자였지."

갑자기 달라진 얘기에 이게 무슨 말일까 싶은 게 분명한 얼굴이었지만, 한은 아무런 것도 묻지 않은 채 그저 정원을 바라만 보았다. 계속해.

"근데 애석하게도 엄만 아니었어. 원치 않던 아이로 발목 잡힌 불행한 여자였지. 아니, 그 여자는 그렇게 생각했어. 자신의 가슴에 화인처럼 새겨진 사랑을 잊지 못했거든, 그 여자는."

"원아."

"내가 열 살 때였어. 엄마는 아빠에게 이혼을 요구했지. 아빤 못 한다고 했어. 당신을 사랑하니까 놓을 수 없다고. 당신은 내 아이의 엄마라고. 그러자 그 여자가 뭐랬는 줄 알아?"

사랑하지 않아요. 사랑한 적 없어요. 사랑할 수도 없었어.

여자는 울면서 그렇게 말했다. 그러니 제발 놓아 달라고. 제발 그 사람에게 갈 수 있게 해 달라고. 소리치고 흔들고 나중엔 손찌검까지 하는 아빠를 향해서도 여자는 흔들림 하나 없었다. 사랑하지 않는다고. 사랑한 적 없다고. 사랑할 수 없었다고. 말하고 또 말했다.

"사랑하지 않는다고 했어. 사랑한 적 없다고도 했지. 사랑할 수 없었다고도 말했어. 아빠를 버리고, 나를 버렸어. 그리고 잊지 못하던 그 남자에게로 갔지. 자신의 단 하나뿐인 사랑에게로."

아빠는 무너졌다. 마치 세상을 잃어버린 사람처럼. 자신의 목숨처럼 사랑했던 여자를 잃은 남자에겐 어린 딸도 무의미했고, 무가치했다.

"사랑밖에 모르던 아빠는 무너졌고, 결국 자살했어."

한이 거친 숨을 삼켰다. 곧 한이 정원의 어깨를 끌어안았다. 정원이 힘없이 한에게로 기대어 왔다.

"할머니와 살았어. 하나 남은 피붙이였거든. 중학교를 졸업하고 고등학교에 막 입학했을 때, 할머니도 돌아가셨지. 철저하게 혼자가 되었어. 외로웠어. 미칠 것 같았지. 그때, 은환일 만났어. 은환일 만난 건 행운이었어."

네가 맘에 들어. 너도 내가 마음에 들었으면 좋겠어.

왜 내가 마음에 드느냐 묻지 않았던 건 은환의 눈빛이 너무 따스해서였다. 지쳐 있었고, 그래서 무너질 것 같았으니까. 지푸라기라도 잡고 싶었다. 살고 싶었다. 근사하게 살아 내고 싶었다. 사랑 그까짓 것 때문에 내 인생을 망쳐 버린 둘에게 보여 주고 싶었다. 난 혼자서도 제대로 살고 있다고. 당신들 도움 없이도 이렇게 건재하다고도.

"나란히 대학엘 갔어. 우린 늘 함께였고, 난 은환일 많이 의지했어. 꼭 같이 해야 한다며 함께 갔던 사진 동아리에서 만났어. 해준이는."

바짝 굳어진 몸이 느껴졌다. 어깨를 안은 팔도 꼭 쥔 손도 죄다 굳어졌다. 정원은 부러 한의 가슴에 머리를 비볐다. 손을 들어 한 의 손을 잡았다. 한이 그 손을 꼭 쥔다.

"사랑 따위라고 말했던 내가 사랑을 시작했지. 해준인 좋은 녀 석이었어. 그러다 청혼을 받았어. 어렸지만 괜찮다고 생각했어. 충분히 의지되는 사람이었고, 오래오래 함께해도 행복할 것 같았 으니까. 부모님을 소개받는 자리였어. 나를 소개하는 자리기도 했 지. 많이 긴장했지만 설레었어. 이쁨받고 싶었어. 근데 그날, 거기 서 그 여자를 본 거야. 나를 낳고, 나를 버렸던 그 여자를."

충격으로 한의 눈이 커졌다. 그는 정원을 안은 팔에 더 힘을 주 었다. 고개를 들었다.

괜찮아.

싱긋 웃어 주었다. 하지만 경직된 채 굳어진 한의 얼굴은 풀어 질 기미가 보이지 않았다. 별수 없이 한숨만 내쉰 정원이 다시 말 을 이어 나가기 시작했다.

"헤어지고 싶지 않았어. 순순히 헤어져 주고 싶지 않았어. 하지 만 헤어졌지. 5년 전에. 그리고 그 여자가 죽었어. 한 달 전에."

한은 정원을 가슴에 더 꼭 끌어안았다. 얼마나 힘주어 안았는 지 숨이 다 막히는 것 같았다. 아파.

소리 내어 보지만, 한은 그저 정원의 정수리에 입술을 댈 뿐이 다.

숨 막혀. 한아.

다시 말했다. 정말 숨이 막혔다. 그제야 그가 그녀를 안은 팔을
푼다.

"숨 막혀 죽는 줄 알았잖아."

탁 소리가 나게 가슴을 때렸다. 엄살을 부려야 하는 데, 안쓰러
워 죽겠다는 눈이다. 그의 눈에서 안쓰러움이 뚝뚝 떨어진다.

"어제 거기 갔다가 해준일 만났어."

안쓰러운 와중에도 질투는 어쩔 수 없나 보다. 그 사이를 비집고
날이 서는 눈빛을 보니. 피식 웃음이 났다. 짐짓 눈빛이 엄해진다.

"불안해하지 마. 불안할 필요 없어. 그 자리에서 나눴던 모든
말을 다 할 순 없어. 하지만 이건 확실해. 해준이도 끝났어. 늦어
서 미안하다는 말은 차라리 고마워하기로 했어."

"미안."

"상처받았어. 제주도에서 네가 한 말."

"미안. 정말."

한이 정원을 품에 안았다. 나는 당신에게 나를 주었어. 한 치의
거짓도 없는 나를.

"사랑해. 원아."

그러니까 사랑해 줘. 나를. 상처 주지 말고 나를 사랑해 줘. 사
랑만 해 줘. 나를.

#10

"그렇게 좋아?"

괜히 시비다. 또. 정원은 두 눈을 게슴츠레 뜨고는 히죽 웃는 은환을 쏘아보았다. 저 소리만 벌써 한 열 번은 한 것 같네. 사실은 저는 해준일 이해할 수 있다고. 그래서 내내 불쌍해 죽을 것 같았다고도.

"그래. 좋아. 미칠 것 같아. 좋아서."

"어디가 그렇게 좋은데?"

입을 삐죽이며 못마땅한 듯 다시 묻는다. 설마 대놓고 좋아 미칠 것 같다고 얘기할 줄은 몰랐을 테지. 정작 이건 자신도 놀랍다.

"잘생겨서 좋아."

"뭐?"

은환이 삽시간에 얼굴을 구기며 되묻는다. 킥 정원이 작게 소리 내어 웃었다. 대번에 찌릿 하고 노려본다.

"웃는 게 예뻐."

"놀고 있네."

은환이 별꼴 다 보겠다며 고개를 흔들고는 앞에 놓은 맥주잔을 집어 들었다.

"모르겠어. 뭐 때문에 좋은 건지. 어쩌면 안 좋은 게 없는 건지도 모르고. 몰라. 그냥 좋아. 어디가 좋은 건지 뭣 땜에 좋은 건지 그런 거는 모르겠어. 그냥 좋아진 거라. 처음부터 그냥 좋았어. 그냥."

"맞아. 그게 그렇지. 그냥. 다 상관없이 그냥, 그냥 좋은 거. 홋."

맥주잔을 든 손목을 빙글빙글 돌리며 은환이 힘없이 웃으며 말했다. 주르륵. 어떤 전조도 없이 흘러 버린 눈물에 정원이 놀라 기대듯 앉아 있던 몸을 벌떡 일으켰다.

"뭐야? 왜 그래?"

"태화가…… 오지 말래. 자기한테. 이제 오지 말래."

흐느낌이 터져 나온다. 오래도 버텼지. 꾸역꾸역 흘러내리는 마음이 뭉치고 뭉쳐, 접고 접어 그렇게 제 속에 밀어 놓고만 있던 게. 터질 때도 되었다. 그래도 원망스럽다. 태화가. 진작 그래 주지. 진작 알은척해 주지. 너는 아니라고. 그러니까 그만하라고. 여태까지 허울 좋은 친구라는 명분으로 제 옆을 아른거리던 그때에도 알고 있었으면서. 알았으면서.

지 맘은 지가 추슬러야지. 나, 은환이 보듬어 줄 겨를이 없어.

상처받은 남자는 그저 저 아픈 것만 보았다. 은환의 속이 무너지고 무너져 썩고 썩을 때까지도 저 아픈 것만 견디기 힘들지. 또 저 아픈 것만 보이지. 나쁜 새끼라고 욕해 줬지만, 태화의 그 마음을, 그 상처를 모르지 않았다. 그래서 그저 모른 척 넘어갔었다.

"그러래?"

"응. 이제 오지 말래. 거기."

이용하고 싶어지니까.

이용하고 싶음 그렇게 하라고 말하고 싶었다. 그렇게라도 곁에 있고 싶었으니까. 안 보고는 못 살 것 같았으니까. 근데 말하지 않았다.

마지막 자존심? 그런 건 아니다. 애초에 태화를 향한 마음엔 그딴 건 들어 있지도 않았다. 그저 그래야 할 것 같아서. 태화가 원하는 게 그거니까. 한 번도 일방적인 자신의 마음에 대해 그 어떤 얘기도 하지 않았던 그가 처음 하는 말이라서.

들어주고 싶었다. 설사 그게 태화를 보지 못하는 일일지라도.

"그래서?"

"안 가려고. 안 보려고. 생각해 보니까, 너무 오래였더라. 너무 까마득하더라. 정원아."

"응."

"내가 너무 불쌍하더라."

은환이 그 말을 끝으로 엉엉 소리 내어 울기 시작했다. 정원은 그런 은환의 곁으로 다가가 흔들리는 몸을 안아 주었다. 울어. 등을 쓸어내리며 말했더니, 더 크게 운다. 더 서럽게 운다.

"그래. 잘하고 있어. 울어. 더 크게 울어. 그렇게 울어서 조심씩 떠나보내. 안 될 것 같은데, 죽어도 안 될 것 같았는데 되더라. 다 되는 거더라. 지나면 또 별것도 아니더라."

은환은 이제 꺽꺽 소리를 내며 울기 시작했다. 정원의 눈가가 붉어졌다. 안 되는데, 붙잡고 싶은데 놓아야 하는 상황은 참혹하다. 정원은 은환을 더 꼭 껴안았다.

괜찮아. 괜찮을 거야.

머리를 쓸어내리며 정원은 연신 그렇게 중얼거렸다.

❖

"눈이 왜 그래?"

한이 얼굴을 바짝 대 오며 정원에게 물었다. 미간은 찌푸린 채였고, 얼굴은 경직되어 있다.

"내 눈이 왜?"

물론 안다. 은환을 달래다 나중엔 함께 엉엉 울어 버렸다. 아침에 일어나니 둘 다 보기에 꽤 흉측했다. 은환의 말을 빌리자면.

"몰라서 묻는 건 아니지?"

"뭐."

얼버무렸더니 얼굴을 더 바짝 대며 엄한 표정을 짓는다. 말하라 그거지.

"배고파."

"여태 밥도 안 먹었어?"

밤 10시다. 한이 출근한 지도 벌써 한 시간이 지났으니까.

"촬영이 길어졌어. 점심이 늦어서 저녁때 별생각이 없어서 걸렀거든. 어쩌다 보니 그렇게 됐어. 배고파. 한아."

테이블 위로 풀썩 엎드려 버렸다. 역시 밤새도록 울고불고했던 게 보통 일은 아니었던가 보다. 은환도 자신도 하루 종일 병든 닭처럼 기운 빠져서는. 눈은 팅팅 부은 데다, 축 늘어져 다니는 꼴이 보통 신경 쓰이지 않았던지 별로 말이 없는 규호까지 참견하고 나섰었다.

도대체 무슨 일이기에 밤새 운 거냐고. 혹시 누구 돌아가셨냐며.

응. 죽었어. 내 첫사랑.

멍한 표정으로 앉아 있던 은환의 답에 규호는 말없이 하던 일을 재개했고, 은선은 전에 없이 담담한 얼굴로 단호하게 말했다.

첫사랑 뭐 별거라고요. 살다가 가끔씩 꺼내 보는 게 단데. 은환 쌤 지금 나이가 몇인데 첫사랑 죽었다고 밤새 울어요. 그래 봐야 첫사랑은 힘도 없어요.

은선의 말에 은환이 힘없이 웃으며 중얼댔다.

맞아. 내 첫사랑은 힘이 없지.

"나가자. 잡아 족치는 건 밥부터 먹여 놓고 해야겠다."
"응?"
엎드려 그 생각을 하는데 한이 그녀의 팔을 잡아 일으켰다.
"현민아. 나갔다 온다."
칵테일 잔을 닦던 현민이 한을 향해 검지를 들어 거수를 해 보였다.
"걷기엔 멀어. 타."
"뭐 먹으러 갈 건데?"
"그야 가 보면 알 일이고. 너, 말 안 했어. 다 저녁때까지 눈이 퉁퉁 부어 있는 거면 얼마나 울어 제꼈단 소린데?"
못마땅한 듯 한의 얼굴은 펴질 줄을 모른다. 삐죽 그런 생각이 든다. 설마 해준이 때문에 운 건 아닌가, 그 생각 하는 건가 하고. 불안해하지 말라니깐.
"은환이가."
"은환 씨가 뭐?"
"사랑하던 남자한테서 완전히 아웃당했거든."

"그래서 같이 울었다고?"

"은환이 말마따나 역사가 어마무시해. 둘이. 딱 10년. 문제는 그 10년이 태화한테는 그냥 친구였고, 은환이한테는 사랑이었단 게 문제면 문제지만. 그건 제 감정이라고 암말 안 하던 녀석이 그만하라고 하더래."

그제야 스르르 한의 표정이 풀어진다. 그와 더불어 정원이 마음도 한결 가벼워졌다.

"엉엉 우는데, 나도 울게 되더라고. 짠하고 안타까운 마음이 반, 미안한 마음이 반. 뭐 그래서."

"뭐가 미안해?"

한이 대번에 날카롭게 치고 들어왔다. 걸고 넘어가리란 걸 예상 못 했던 건 아니지만, 막상 치고 들어오자, 작게 한숨이 흘러나왔다.

"난 너랑 요즘 너무 좋은데, 그래서 은환이 신경 안 쓰고 내내 하하 호호 그랬단 말이야. 미안하더라. 알아. 미안해할 일 아닌 거. 그래도 그런 맘이 들었어. 그냥."

"이해는 해."

"여기?"

차가 서자, 정원이 먼저 내렸다. [깨미 찌개방]이란 간판이 보인다.

"어. 맛있어. 종종 준이, 윤범이, 재영이랑 와. 먹을 만해."

아담했다. 꼭 분식집 분위기가 나는 게. 작은 테이블 대여섯 개. 벽에는 낙서들이 마치 장식처럼 그려져 있다.

"녀석들이랑 올 땐 몰랐는데, 너랑 오니까 무지 좋다. 이렇게 가깝게 딱 마주 보고 앉는 거. 이모! 우리 김치찌개요."

"어. 아담하고 좋네."

"그래서 은환 씬? 은환 씨는 집에 갔어?"

"피곤해 죽겠대. 가서 씻고 곧장 잘 거라고, 신경 쓰지 말라고. 괜히 별거 아닌 일로 신경 쓰는 거 보이면 정말 대단한 일 일어난 줄로 착각할 거라고. 모른 척해 달래."

"그래. 그게 나을 수도 있어. 모른 척해 주는 거."

"응. 그래서 그러려고."

위로가 별로 의미가 없을 것이다. 아플 만큼 아프고, 울 만큼 울고, 그러면서 천천히 혼자서 덜어 내는 수밖에. 혼자서 견뎌 내는 수밖에.

자신도 그랬다. 은환의 위로는, 태화의 위로는 그다지 큰 의미로 다가오지 않았다. 그저 아팠다. 그저 계속. 그리고 어느 순간부터 괜찮아졌다. 정말 이상하게도 괜찮아지더라.

아파 죽을 것 같던 마음은 점차 무뎌지고, 억울해 죽을 것 같던 마음도 점점 수긍이 되더라. 어떤 날은 그럴 수도 있겠다 싶어졌고, 또 어떤 날은 어쩔 수 없는 건 어쩔 수 없지 싶어지고, 또 다른 날은 다 무슨 소용인가 무덤덤해지더라.

인생 도통한 사람처럼 그렇게 가슴 찢어지게 아팠던 게 그냥 지나가는 게 되더라는 거지. 어차피 시간은 흐르라고 있는 것이고, 그렇게 흘러가다 보면 변하기 마련이니까.

"영화 보자. 내일은."

테이블 위로 올린 손을 끌어다 붙잡고 한이 정원을 향해 말했다. 고개를 끄덕여 주니, 금세 또 다정하게 물어 온다.

"보고 싶던 거 있어?"

"아니."

"뭐 좋아하는데?"

"글쎄. 별로 가리는 편은 아니야."

"알아서 예매해도 돼?"

"응. 네 취향대로."

"어. 알았어. 너 끝날 때쯤 데리러 갈게."

보글보글 찌개가 테이블 위로 놓였다. 맛있게 먹어. 아이구. 아가씨가 참 예쁘네. 주인아주머니가 인사치레라고 하기엔 제법 다정한 얼굴로 말했다. 그러자 한이 의기양양 대꾸했다. 제 색시예요. 느닷없는 소리에 어이없게도 얼굴에 화륵 열이 오른다.

"어디다 취직을 시켜?"

부러 쌜쭉하니 대꾸했더니, 한이 하하하 예의 그 경쾌한 웃음을 웃는다. 웃는 게 참 어여쁜 남자다.

"먹어. 여기 찌개 죽여."

얼큰했다. 텁텁하지 않고 깔끔했다. 조미료로 맛을 낸 일반 식당 찌개와는 차원이 달랐다.

"음!"

"음."

"맛있어."

"그렇다니까."

한이 정원의 밥 위로 큼직한 돼지고기 하나를 툭 얹으며 활짝 웃었다. 진짜 예쁜 남자. 자꾸 반한다. 순간순간 자꾸만. 이래도 되나 싶더니, 이러면 어때서 싫다가, 대책도 없지 싶다.

[깊은 숲]

상을 받았다나 어쨌다나. 흥미로운 영화란 평이 지배적이었다. 규호가 꼭 한번 봐 보라며 추천하기도 했던 영화. 한은 영화를 즐기는 편은 아니라고 했다. 다만 연애의 필수 코스라며 정원과는 꼭 해 보고 싶다고 했다.

남들 하는 건 다 해 보고 싶어. 너랑은. 별거 별거 다 해 볼라구. 너랑은.

콤보로 팝콘도 사고, 큰 사이즈로 콜라도 사서 양손 가득 든 한은 흥분된다며 킥 소리 내어 웃었다. 커플석에 나란히 앉아 빨대가 나란히 꽂힌 콜라를 나누어 마시고, 손을 스치며 팝콘을 먹었다. 그러다 깍지 껴 손을 잡았고, 또 그러다 팔짱을 끼고 머리를 기댔다.

한은 종종 정원에게 입을 맞췄다. 이마에도. 볼에도. 입술에도. 눈이 마주치면 웃었다. 반짝이는 눈과 마주칠 때면 가슴이 따뜻해지고, 하얀 이가 보일 땐 덩달아 웃었다. 심각하고 음울한 영화였음에도 불구하고.

"괜찮았어?"

화면엔 자막이 올라가고 있었다. 주인공은 죽었고, 주인공의 남자는 절규했다. 그저 마지막 장면이라 머리에 남는 걸 테다. 영화는 괜찮았다. 조금 무겁기는 했지만.

"뭐. 나름."

"별로였구나?"

"영화보다 옆에 앉은 남자가 더 괜찮았어."

"와. 이 여자 봐라? 뒷감당을 어떻게 하려고 이러지?"

"뒷감당은 내가 하는 건데, 뭘 걱정하고 그러지?"

피식 웃는 것과는 다르게 한의 눈은 더없이 짙고 깊었다. 한이 정원의 손을 잡았다.

"그렇지. 뭘 걱정하고 그래. 어? 가자."

"어딜?"

"어디든."

깍지 낀 손을 바짝 끌어당긴다. 걸음이 빨라지고, 차에 타서 시동을 걸어 출발하자마자 속도를 내기 시작했다.

웃는 얼굴에도 약간의 긴장이 떠다닌다. 시작된 옅은 흥분. 손가락 끝이 간질거리고, 뒷덜미가 약간씩 쭈뼛거린다. 미소가 떠올라 있던 정원의 입술이 잘근 씹는 이에 일그러졌다. 야릇한 긴장. 숨길 수 없는 흥분을 동반한 기대.

차에서 내릴 때도 한은 별다른 말을 하지 않았다. 엘리베이터에 올라서도, 또 현관문을 열 때도 그는 입을 굳게 다물고 있었다. 무언가 다급해 보이는 얼굴. 열이 든 시선. 정원의 시선이 어지럽게 그의 얼굴을 떠다니기 시작했다. 그리고 등 뒤로 현관문이 닫혔다.

신발을 벗는 둥 마는 둥 한은 곧장 정원의 얼굴을 부여잡고 벽에 밀쳤다. 입술을 깨물어 열고 급하게 혀를 밀어 넣었다. 정원 역시 한의 허리를 끌어안았다. 달큰한 숨이 훅 입술로 들어오자, 재빨리 그의 혀를 빨았다. 딱 맞물린 입술에서 뜨거운 숨이 너르게 피어올랐다. 정원은 한의 셔츠 안으로 손을 넣어 맨살을 만졌다.

적당해서 더 안온한 체온. 이상하다. 뜨겁지도 않은 그 체온에 머리꼭지가 돌게 뜨거움을 느낀다는 게.

한의 입술이 미끄러졌다. 목덜미가 홧홧했다. 그의 혀는 마치 목덜미 위로 그림을 그리는 것 같았다. 그러다 중간중간 촉촉 입술을 찍으며 그림을 완성해 나갔다. 셔츠가 밀려 올라가고, 순식간에 바닥으로 떨어졌다. 가슴을 움켜쥔다.

흡.

정원은 자신도 모르게 숨을 멈췄다. 한의 입술이 말려 올라갔다. 정원은 그 위에 입술을 찍었다. 그 순간, 윗몸이 허전해졌다. 하지만 단단한 한의 몸이 기다렸다는 듯 허전한 몸 위를 겹쳐 왔다. 곧장 혀를 굴려 내려가다 가슴을 깨문다. 아. 신음하자, 한이 킥 소리 내어 웃었다.

"몽땅 삼켜 버리고 싶달까."

"마찬가지."

정원이 한의 귓불을 깨물었다.

"우리 아가씨가 이런 걸 좋아하는 줄 몰랐네?"

입가에 미소를 띤 채, 한이 정원의 바지를 벗겨 냈다. 그의 손바닥보다 작은 팬티가 두 눈 시리게 박혀 든다. 그 위로 입술을 찍었다. 정원의 몸이 움찔 떨렸다.

떨지 마.

그림 그리는 게 취미였던가. 이 남자. 그의 혀가 팬티 선을 따라 부드럽게 유영한다. 미칠 것 같다.

떠는 게 아니야.

알아. 흥분돼 미칠 지경이라는 거. 내가 지금 머리꼭지 돌게 흥분된 상태거든.

중얼거리며 자신의 옷을 몽땅 벗어 버리는 그다.

"내가 말했어?"

"뭐?"

"정신이 없어 말한지도 모르겠어. 했어도 다시 할게. 사랑해."

한이 정원의 이마에 입술을 눌렀다. 다급한 마음과는 다르게 느리고, 진득했다. 못 참겠어. 정원이 하나 남은 팬티를 벗어 버렸다. 그리고 몸을 굴려 한의 아래에서 빠져나왔다. 자리가 바뀌었다. 순식간에. 한은 침대 위에 누워 있는 상태가 되었고, 정원이 그 위로 올라탔다.

미치겠네.

웃음 섞인 중얼거림. 정원이 얼굴을 내려 그의 입술을 빨았다. 아랫입술을 빨자, 곧장 입술이 열린다. 열려라 참깨랑 같은 효과랄까. 한의 혀가 정원의 혀를 낚아채 깊숙이 빨아들였다.

하아.

참지 못하고 신음이 터진다.

잠깐만.

한이 몸을 일으켜 침대 헤드에 등을 기댔다. 한 몸처럼 붙어 있던 몸이 잠시 떨어져 나갔다. 그리고 그보다 더 깊게 하나가 되었다.

이런.

그가 중얼거리는 소리를 들으며 정원은 눈을 감았다. 가슴 위로 그의 입술이 느껴졌다. 언뜻 게걸스럽다. 배고픈 아기처럼 정신없이 빨아 댔다.

정원은 한의 머리를 끌어안았다. 그리고 천천히 움직이기 시작했다. 섹스는 잘 모른다. 경험이라고는 한이 다였다. 하지만 정원은 하고 싶은 대로 했다. 움츠리고 싶지 않았다. 아니, 더 솔직하자면 이 남자를 먹어 치우고 싶은 심정이었다. 그의 것이 깊게 들어왔다 천천히 멀어지는 것이 고스란히 느껴졌다. 리드미컬하고 경쾌한 움직임이었다.

하지만 하아, 내뿜어지는 숨소리는 뜨겁다. 살결에 닿는 입술은, 혀끝은 끈적하다. 미친 감각이 춤을 춘다. 좋아 죽겠다는 말이 왜 나온 것인지 절절하게 실감이 된달까.

"사랑해."

달뜬 눈으로 한을 향해 말했다. 흐트러진 호흡 사이로 달콤한 소리가 흘러나오자 못 견디겠다는 듯 그가 정원의 입술에 키스했다.

나도.

그가 속삭인다.

그사이 움직임이 빨라졌다. 다급해졌다. 몰입했다. 그게 다인 것처럼. 그것밖에 없는 것처럼. 하아. 하아. 좀더. 조금만 더.

애원 같은 재촉이 흘러나왔지만 개의치 않았다. 그저 달리는 것밖에 모르는 말처럼 더 속도를 냈다. 가파르고 가팔라져 어느 순간 하얗게 부서져 내릴 때까지.

정원이 무너졌다. 일순 멈춰졌던 숨이 다급하게 쏟아졌다. 한이 입술에 키스했다. 그러다 다정하게 입술을 비볐다. 따뜻했다. 사랑스러웠다. 못 견디게 좋았다.

"사랑해. 한아."

헤픈 건 자신인지도 모른다. 작정하고 하는 말이 아니었다. 의도하지 않은 순간순간 그렇게 흘러나와 버리는 말이었다. 상습범인 양 어쩌면 입에 달고 살지도 모르겠다는 생각이 들었다. 이 남자를 그만큼 사랑한다. 그만큼 사랑에 빠졌다.

"사랑해."

그가 그러한 것처럼. 정원이 한의 목을 끌어안고, 머리 위에 입술을 찍었다.

"사랑해. 원아."

경쟁하듯 사랑을 말했다. 경쟁하듯 맞닿은 몸을 쓸어내렸다. 또 그렇게 입술을 찍었다.

사랑해. 정말.

✛

여자다. 소매가 없는 까만색 원피스를 재단한 듯 몸에 맞춰 입

172

은 분명 자신보다는 어린 여자. 결 고운 갈색 머리칼은 부드럽게 웨이브를 만들며 여자의 어깨를 덮고 있었다. 여자는 붙박인 듯 그 자리에 선 채 이쪽을 바라보고 있었다.

꽤나 유명하다는 이태원의 레스토랑. 맛집 투어의 시작이라며 그와 함께 왔던 참이었다. 시답지 않은 농담을 하며 주문한 음식들이 나오길 기다리고 있었다.

순간 굳어져 버린 한의 시선을 따라 레스토랑 입구로 시선을 던졌다. 그런데 여자다. 이쪽을 너무 노골적으로 바라보고 서 버린 사람은. 아니. 정확히 말하자면 여자는 그를, 한을 바라보고 있었다. 금방이라도 울 것만 같은 얼굴을 하고서.

"아는, 사람이야?"

한을 향해 정원이 물었다.

"안녕하세요. 오랜만이에요. 교수님."

대답을 들을 필요도 없었다. 그가 머뭇거린 순간 그 여자는 이미 자신들의 테이블 앞에까지 와 있었으니까. 그리고 그를 향해 인사했으니까.

누가 보면 교수쯤 되는 줄 알겠어. 술 파는 남자가 무슨 책이 이렇게 많은데?

훗. 그냥. 멋있어 보이잖아.

생각이 났다. 여자가 한을 교수님이라고 부르는 순간.

뭐지? 뭐야, 이게?

정원의 시선이 여자에게서 다시 한에게로 옮겨졌다.

"인사, 좀 말 안 되는 거 아닌가?"

이렇게 차가운 남자였나. 도대체 이 여자가 누구기에. 무수한 의문들이 머릿속을 떠다녔지만 정원은 그저 입을 다문 채, 한을 쳐다보고만 있었다.

"죄송해요. 하지만, 그래도 저는 반가워요. 이렇게 우연히 교수님 뵐 수 있을 거라고 생각 못 했거든요."

"됐고. 가 봐. 말, 더 섞고 싶지 않은 거 이해하지?"

여자의 양 볼 위로 뚝뚝 시차를 두고 눈물이 흘러내렸다. 한의 냉담함을 참기 힘들었겠지. 옆에 있는 자신마저 약간 주눅이 들려고 했으니까.

"죄송해요. 교수님."

여자는 다시 한 번 사과하는 것도 잊지 않았다. 몸을 돌리는 것이 천근만근 무거워 보였다. 걷는 걸음이 아슬아슬했다. 꼭 쓰러져 버릴 듯 그렇게.

"미안."

굳은 표정을 채 풀지도 못하고 한이 정원을 향해 말했다.

뭐가? 대체 뭐가?

하지만 맴돌기만 할 뿐 입으로 흘러나오진 못한다. 정원은 그저 입을 다물었다. 곧 테이블 위로 주문한 음식들이 세팅되기 시작했다. 미안하단 말을 끝으로 한 역시 입을 다물었다. 불편했다. 그리고 조금씩 짜증이 솟구쳤다.

"누군데?"

정원의 물음에 한이 느릿하게 앞에 놓인 물 잔을 집어 들었다. 그리고 그보다 더 천천히 그 물을 마셨다. 살짝 비껴 있던 시선이 오롯이 정원을 향한다. 늘 그랬던 것처럼.

"제자였었지."

"그래. 교수님이라고 부르는 걸 들었지, 나도. 언젠가 그런 말도 했던 것 같은데……."

"그래. 교수쯤 되냐고 했었지. 처음 내 집에 왔었을 때."

"그냥 멋있어 보여서라고 답했지, 아마?"

"기억해."

"그런데 교수였다고?"

"교수였었지. 3년 전까진."

교수쯤 되는 줄 알겠어. 장난처럼 말했을 때, 그랬었다고 말해 줄 수는 없었을까. 그게 뭐 별거라고 숨겼을까. 자신의 집에, 그 것도 자신의 침대에 눕히고서도, 마치 제 여자라도 되는 양 키스하면서도 실은 별거 아니었단 거지.

그거잖아?

의아하고, 궁금했던 마음이 어느새 차갑게 식는다. 뭐 별거라고. 자꾸만 그 생각만 나는 것이다.

"아아. 그랬구나. 그랬어."

딱히 의도하지 않았는데 삐딱하니, 마치 빈정대듯 그런 투로 말이 나와 버렸다. 그래 놓고도 자신이 무안해져 설핏 얼굴까지 붉힌다.

"시작하면서, 그러니까 시작하겠다고 마음먹었던 참에 별로 좋은 얘기 아니라서 안 한 거야. 네가 가벼워서가 아니라. 아직, 나를 모른다고 하지 마. 적어도 그런 놈 아니니까."

외려 화를 낸다.

전후 사정이 어찌 되었건 숨긴 건 그다. 거짓 없이 다 털어놓을 땐, 그도 그러길 바랐던 거였다. 다 털어놓고, 그저 사랑만 하길 바랐던 거였다. 찍 소리 내며 균열이 간다. 아직, 모르는 게 더 많은 남자인 걸 알고 있음에도 섣부른 배신감에 가슴이 떨리고, 불안하다.

정원은 시선을 비꼈다. 여전히 저밖에 없단 듯 바라보는 한의 시선이 버거워졌다.

#11

한은 천재였다. 천재 소년. 류한. 매스컴에선 그를 향해 그렇게 떠들어 댔다.

그의 나이 일곱 살. 퍼즐 맞추기를 좋아하고, 블록 쌓기에 열을 올리고, 자동차 놀이에 정신을 빼는 어린애라는 건 그들에게 중요한 게 아니었다. 일곱 살에 미적분을 풀고, 열 살에 자신의 나이보다 배나 많은 형, 누나들과 함께 대학에 다니는 소년.

사람들은 그를 그저 특별한 존재로 인식했다.

물론 한 역시 그것들을 특별하게 인식했던 건 아니었다.

한은 늘 특별했고, 특별하게 대하는 사람들의 시선에 놓여 있었다. 그것은 한에게 결코 특별한 일이 아니었다. 다만 그저 일상이었을 뿐.

갑자기 툭 튀어나온 천재 소년에게 열광했던 사람들의 시선이 사그라졌을 때에도 한은 일상 속에서 여전히 그의 행보를 이어갔다.

그러다 다시 대중에게 노출이 된 건 17세 때였다. 17세. 우리나라 최연소 박사 학위 취득. 사람들은 다시금 한에게 집중했고, 그에게 열광했으며, 그를 향해 찬사를 보냈다. 노력이 뒷받침된 결과임에도 불구하고 대중은 그저 천재이기 때문에 가능했다고 말했다.

늘 그런 식이었다. 천재로 태어나 천재였기 때문에 이뤄질 수 있는 결과라고. 한은 어쩌면 거기서 염증을 느꼈던 건지도 모른다.

그는 다시 공부를 시작했다. 재밌는 일을 찾고 싶었다. 그리고 생각이 났다. 로봇. 어릴 적 그가 정신을 빼놓고 조립했고, 가지고 놀았고, 또 열광했던.

그는 다시 새로운 분야에 도전했다. 사람들은 미래의 노벨상 수상자가 될 거라고, 생물학계에 커다란 발자취를 남길 거라고 했던 그의 변심에 의아해했지만, 한은 개의치 않았다. 그의 인생이었고, 그가 주인공이었으니까.

유학길에 올랐다. 기계공학을 전공했고, 한국보다는 훨씬 더 자유로운 분위기 속에서—시끄러운 관심 없이— 자유롭게 공부할 수 있었다. 로봇에 빠져 살았고, 로봇과 함께 살았으며, 로봇을 사랑하는 로봇공학도. 스무 살의 그는 그랬다.

뭐하러 안 가도 되는데 부득불 가 인마. 하여간 또라이 새끼.

군 복무를 위해 공부를 멈추고 한국에 들어왔을 때, 준은 마치 제 일이라도 되는 양 길길이 날뛰었다. 전문 연구 요원 등으로 대체 복무가 가능하지 않느냐고. 왜 꼭 현역이냐고. 피할 수 있으면 피하라고, 시간이 아깝지 않느냐고. 그 시간 동안 무언가를 더 얼마나 이루어 낼지 모른다고. 나중엔 시간 날 때마다 그를 붙잡고 설득하려고 애썼다.

하지만 하고 싶었다. 제대로.

자신은 분명 대한민국 남자였고, 건강했고, 당당하고 싶었으니까. 군에서의 한은 천재도 뭣도 아니었다. 그저 이병 류한. 한은 그것이 좋았다. 이병 류한.

제대를 하고서 학교로 돌아갔다. 그리고 24세 되던 해에 기계공학 박사가 되었다. 후에는 함께 공부했던 친구들과 연구 팀을 만들었고, 이듬해 다르파(DARPA, 미국 국방성 산하 고등연구 계획국)에서 주최한 무인 자동차 경주 대회에서 2등을 하는 쾌거를 이루어 냈다.

한은 곧장 미국 시각장애인협회(NFB)에서 주최한 시각장애인 자동차 대회에 참가하게 되었고, 스물다섯 살 봄, 일반에 시운전을 할 수 있었다. 시운전을 마치고 보았던 시각장애인의 얼굴을 잊을 수가 없었다. 자신의 꿈이었던 로봇이 그들의 꿈이 된 것만 같아 행복했고, 뿌듯했다. 그래서 가르치고 싶었다. 자기와 같은 학생들을 자신보다 더 나은 기계공학 박사로 만들어 주고 싶었다.

스물여섯 살. 한은 그의 바람대로 교수가 되었다. 미국 여러 대학에서 러브콜이 왔지만, 그는 간단하게 한국행을 결정했다. 당연하다고 생각했다. 내가 자란 나의 나라에서 자신과 같은 꿈을 꾸는 학생들을 돕고 싶었다.

그는 학교에서 로봇 연구소를 겸하여 강의를 하기 시작했다. 가르치는 일은 매우 흥미로웠고, 반짝이는 학생들을 볼 때면 짜릿함을 느꼈다.

그러다 보았다. 그리고 느꼈다. 자신을 향한 깊은 시선. 마음이 뚝뚝 떨어지는 눈빛. 불편했지만, 안타까웠고, 안타까운 만큼 신경이 쓰였다. 실수였다면 그것이었을까.

"사랑해요. 교수님."

냉혹하게 잘라 내지 못했던 게 실수였다면 실수일까. 해영은 자신의 연구소 연구원으로 들어온 지 꼭 한 달 만에 그렇게 고백했다. 술에 취해 붉게 달아오른 얼굴. 떨리는 목소리. 하지만 두 눈은 더없이 빛났고, 더없이 진솔했다.

"미안. 너는 내게 특별하지 않아. 내게 배우는 학생들 중의 하나고, 함께 연구하는 연구원 중에 하나일 뿐. 더는 없어. 혹시라도 오해했다면 정말 미안."

두 눈이 애처롭게 흔들렸고, 어찌해 볼 사이도 없이 눈물이 흘러내렸다. 하지만 한은 움직이지 않았다. 여태까지가 실수였다면, 그 실수를 반복하지 않을 생각이었다. 해영은 도망치듯 그 자리를 벗어났다.

그리고 일주일. 그동안 해영을 볼 수 없었다. 꼬박 일주일이 지난 후 강의실에서 만난 해영은 조금 핼쑥했지만, 딱히 달라 보이진 않았다. 늘 그래 왔던 것처럼 수업에 열중했고, 강의 내내 다른 녀석들과 마찬가지로 질문에 열을 올렸다. 다행이라고 생각했다. 솔직히 다행이 아니어도 어쩔 수 없는 일이라고도 생각했다.

"죄송해요. 교수님."

늦은 퇴근이었다. 아파트 앞에서 쭈그리고 앉아 있던 인영이 해영이라고는 꿈에도 생각지 못했기에 놀랐다. 일상적인 날들이 이어지고 있던 와중이었고, 그랬기에 해영에 대한 일 역시 까마득히 잊고 있었던 날이었다.

"너무 보고 싶어서요. 제가 참아 보려고 했는데, 그게 너무 안 돼서요."

해영은 그에게 뛰어들었다. 그리고 그의 허리를 끌어안은 채 엉엉 울기 시작했다.

"죄송해요."

사랑하게 된 게 잘못은 분명 아닌데, 녀석은 내내 그렇게 중얼거리며 울었다.

"들어와."

추운 겨울이었고, 그날따라 살을 에는 바람이 매서웠다. 별수 없었다. 진이 빠지게 운 녀석을 그대로 돌려보내기가 그래서 따뜻한 차나 한 잔 먹여 보낼 요량이었다.

"앞으로 이렇게 찾아오는 건 하지 마."

해영이 차를 반쯤 마셨을 때, 그는 달래듯 그렇게 말했다.

"내게 넌 그저 열심히 배우는 예쁜 학생이고, 기대가 되는 기특한 후배야. 괜한 감정 소모로 네 시간을 버리지 마. 그랬으면 좋겠다."

"제가 어떤 눈으로 보는지 아셨잖아요. 맨 처음 그때부터 아셨으면서, 이만큼 커질 때까지 아무런 말도 하지 않으셨잖아요."

"해영아."

한숨이 터졌다. 그럼 어떻게 했어야 옳았을까.

"아시잖아요. 그저 바라만 보고 서 있는 저한테 하지 말라고, 그만하라고 말씀하시는 것도 웃긴 일이라는 거. 근데 원망스러워요. 저는. 따뜻하게 말씀해 주시는 것도 저라서 그런 것 같고, 망설임 없이 이렇게 교수님 아파트에 저 들이신 것도 다르게 해석하고 싶어지거든요. 제가⋯⋯."

"아니야. 그런 거. 밖은 춥고, 네 상황이 좋지는 않았으니까⋯⋯."

"사랑, 해 보셨어요?"

"해영아."

"설득하려고 하지 마세요. 설득되어질 감정이었다면 이렇게 무작정 찾아오지도 않았어요. 아실지 모르겠지만, 저는 정말 상식적인 사람이었거든요. 근데 교수님 앞에서는 그게 안 돼요. 저도 미치겠어요."

"그만 가는 게 좋겠다. 일어나. 데려다줄 테니."

"교수님!"

해영이 느닷없이 그를 끌어안았다. 그리고 그의 입술에 키스했다. 잠깐의 당황스러운 순간을 지나, 그는 해영을 매섭게 떼어 냈다. 비틀거리던 해영이 바닥으로 철퍼덕 소리를 내며 쓰러졌다.

"꺼져."

차가운 소리가 흘러나왔다. 의도한 대로 차갑고 시리게. 눈물을 머금은 두 눈이 사정없이 흔들렸다. 하지만 그는 흔들리지 않았다.

"교수님……."

"꺼지라고. 당장."

설득이 의미 없다는 걸 깨달았을 뿐이다. 어차피 주지 못할 마음이면 깔끔하게 정리하는 걸 돕는 게 나을 것이라는 판단이었다.

"연구소 역시, 나올 필요 없어."

철컥. 현관문을 열었다.

"나가."

흐르는 눈물은 무시해 버렸다.

"네 감정은 네가 추슬러. 어린애처럼 마냥 징징대는 것도 더 이상 안 봐줘. 가."

쫓아내듯 밀어 내고 현관문을 닫았다. 마음이 무거웠지만 그게 최선이라고 자신을 다독였다.

❖

며칠 후 학교 게시판에 글이 올라왔다. 모 교수와 기계공학과 모 학생의 그렇고 그런 스캔들에 관한 이야기가. 모 교수의 집에 드나드는 기계공학과 모 여학생. 둘은 깊은 관계이고, 모 교수는 아마도 학점을 핑계로 모 여학생을 이용하고 있다고. 의견이 분분해졌다.

한은 교내에 떠도는 그 이야기가 자신의 이야기일 거라고는 상상도 못 했다. 해영이 찾아오기 전까지는.

"저래요."

"뭐?"

드릴 말씀이 있어 왔다는 말에 교수실로 들여놓았다. 그런데 앉자마자 툭 던진 말이 그거였다. 한의 미간이 구겨졌다. 뭐가?

"학교 홈페이지 게시판에 올라온 스캔들요."

한의 입에서 피식 웃음이 새어 나왔다.

"잘 모르는 게 있군. 사실이 아닌 이야기는, 더군다나 의미 없는 그런 스캔들은 힘이 없어. 곧 알게 될 거야."

"그럴까요?"

"그래."

"이미 친구들은 저를 두고 속닥거리기 바쁜데요?"

"그게 걱정되는 거였다면 여기에 오지 말았어야 하지 않나?"

딱딱하던 시선에 차갑게 날이 선다. 해영이 움찔 어깨를 떨었다.

"원한다면 누군지 찾아보지. 진실도 아닌 글로 피해자가 생겼으니 말이야."

"아니요. 휴학할 생각이에요. 좀 힘들거든요."

"원한다면."

"죄송해요."

해영이 꾸벅 고개를 숙이곤 교수실을 나갔다.

한은 그다음 날 총장실로 불려 갔다. 입을 떼기가 불편한 듯 한참을 머뭇거리던 김 총장은 사실이냐고 먼저 물었다. 앞뒤 다 자르고 사실이냐고. 그러곤 테이블 위로 사진 두어 장을 펼쳐 놓았다. 한 장은 그가 해영을 안고 있는 사진이었고, 또 다른 한 장은 해영을 데리고 집 안으로 들어가는 사진이었다.

기가 막혔다. 촬영이라니. 어이가 없었다. 이건 악의적인 마녀사냥이었다.

"아닙니다."

"아닌가?"

"아닙니다."

"그렇다면 이 사진은 어떻게 된 건가."

"잘 모르겠습니다. 악의적으로 사진을 찍고 사실이 아닌 일을 사실인 양 게시한 사람이 누군지, 왜 그러는 건지. 하지만 게시된 내용은 사실과는 다르고, 이 사진 역시 의미 없습니다. 그저 저를 찾아온 제자에게 차 한 잔 먹여 보낸 것뿐입니다. 그날, 녀석이 좀 울었고…… 아무튼 사실이 아닙니다. 어떻게 이 사진이 총장님께까지 와 있는 것인지……."

"내 여식이야. 막내지."

김 총장의 그 말에 한은 더 말을 이을 수가 없었다. 무슨 말을 하더라도 변명처럼 들리겠지. 한은 더 말하지 못하고 입을 다물었다.

"시름시름 앓아. 한숨만 푹푹 쉬던 것과는 또 다르지. 그러면서 휴학을 하겠다더군. 뭔가 일이 생긴 건가 싶기도 했지만 그러려니 했어. 게시판에 올라온 글로 시끌시끌했어도 설마하니 내 아이가 거론된 건지는 꿈에도 몰랐어."

"……."

"맞아. 악의적이지. 류 교수 자네에게도, 또 우리 해영이에게
도. 그리고 사진이 내게까지 온 거라면 그저 조용히 멈추긴 싫다
는 얘기고. 다음 주에 이사회가 열려. 그때, 말이 나오지 않을까
싶어. 자네의 참석을 요구하게 될지도 몰라. 이미 자네의 이름이
거론되고 있다고 들었네."

빌어먹을. 그러니까 보수적인 교수 집단들 앞에 서서 변명을
하라? 누구란 말인가. 아무것도 아닌 일을 이렇게 각색해 퍼뜨린
자가. 도대체.

"전후사정이 어찌 되었건 죄송합니다. 심려를 끼쳐드렸습니
다."

"나가 보게."

하루 이틀 사이에 학교에는 소문이 파다하게 퍼졌다. 기계공학
과 류한 교수가 자신이 가르치는 학생을 건드렸다는 더러운 추문
이. 수천수만 개의 화살이 꽂혔다. 그리고 한은 후회했다. 해영이
마음을 키울 동안 그 어떤 것도 하지 않았던 것에 대해.

"세상 거지같이 돌아가네. 진짜."

"어떤 개새끼가 그런 짓을 한 거야? 찾자. 찾아 가지고 이 새
끼를, 어?"

"훗."

"처웃냐? 이 새끼가 이제 완전 돌았나 보네? 이게 웃을 일이냐
고. 찾아. 찾아. 그 새끼. 찾아 가지고, 왜 그런 건지 뭣 때문에
그런 거지 같은 짓거리를 한 건지 알아나 보자고. 어?!"

재영과 윤범이 오히려 더 흥분해서 소리를 쳐 댔다. 이사회를 하루 앞둔 날이었다.

자네 사면에 관한 안건이 상정된다는군. 출석해서 질의에 답변하고, 그에 맞게 항변하게.

항변한다고 뭐가 달라질까요?

한의 그 같은 물음에 김 총장은 별다른 답을 하지 않았다. 이미 그의 명예는 실추되었고, 아니라 한들 별 의미가 없을 것이다. 그러니 변명처럼 그들 앞에 서서 항변 따위 하고 싶지도 않았다.

"맞아. 세상 참 거지 같아. 그래서 그만둘라고. 더러워서 교수 따위 안 할라고."

사면처리 되기 전에 먼저 사직서를 던졌다. 짐을 챙겨 나오면서도 수군대는 학생들 통에 머리가 조금 아프고 짜증이 나긴 했지만 상관없었다. 이미 떠나는 마당이었고, 모든 걸 수용하기로 마음먹었기 때문이었다.

세상이 그렇지. 자신의 뜻대로 이루어지는 것은 하나도 없는 게 세상이었다. 세상은 맞물려 돌아간다. 그저 자신의 길을 걸었던 그와 그저 자신의 감정에 충실했던 해영, 그리고 들려오는 소문에 귀를 기울였던 사람들까지. 끝까지 따지고 드는 일이 더 추하다. 그저 조용히 끝내는 것이 더 깔끔하다고 생각했다.

아니, 이런저런 생각이 하고 싶지가 않았다. 머리가 아팠고, 그래서 짜증이 났고, 그래서 쉬고 싶었다.

"어차피 처음부터 함께 했던 일이었고, 그러니 따로 더 필요한 건 없을 겁니다. 그래도 혹시 모르니까 진행하다 막히는 부분 있으면 연락하십시오. 도와줄 수 있는 거면 도와 드리겠습니다."

연구소 일에서도 손을 놓기로 했다. 어차피 놓는 거 깨끗하게 놓는 게 맞는다고 생각했다. 그래야 남은 연구원들도 제대로 연구를 지속할 수 있을 테고. 일이 일어난 지 고작 한 달 남짓. 그 한 달 남짓이 참으로 버라이어티했다. 자신의 인생에 또 이런 일이 있을까. 학교를 빠져나오며 한은 그저 픽 웃었다.

"교수님."

하얗다 못해 파리한 얼굴. 깡마른 몸. 그 한 달 남짓의 시간 동안 저 아이도 편하지만은 않았겠지. 바보같이 제 감정에 속아 일을 이렇게까지 키운 건 8할이 저 아이의 잘못이다. 뭐. 이제 와 무슨 상관이 있겠냐마는.

"꺼져."

해영은 침묵했다. 그 사달이 나서 온통 시끄러웠던 와중에도. 해영의 한마디면 해결될 일이었을지도 모른다. 소문의 잔재가 남긴 했겠지만, 그의 명예는 어느 정도 회복이 되었을 수도 있다. 하지만 그녀는 침묵했고, 그 침묵이 더해져 사람들은 진실 따윈 외면해 버렸다. 그랬기에 항변 따윈 하지 않겠다고 다짐한 거였다. 깔끔하게 끝나는 걸 택했지. 하긴 항변했다 한들 그저 변명이라고 했겠지.

"정말 거지 같아."

움찔움찔 어깨를 떨고 눈치를 보는 모습마저 가식적으로 보였다. 뭐가 이따위야. 그 와중에 측은해. 저딴 게 뭐라고.

"가."

사납게 벼리던 말과는 달리 그 말에는 기운이 없었다.

"네 얼굴 다시는 안 보면 좋겠는데. 그건 해 줘야 하지 않나?"

"이해해 달라고 안 해요. 시작이 어땠건 결과적으로는 저 때문에 교수님이 이렇게 되신 거니까. 승현이가 그렇게까지 할 줄 몰랐어요."

"승현이? 그러니까 너를 잘 아는 녀석이다?"

"제발 그러지 말라고 부탁했어요. 제발 자기 좀 봐 달라고 애원했죠. 나처럼. 그래서 벌받나 봐요. 내가 뿌리쳤어요. 교수님이 제게 한 것처럼. 승현이한테는 집착이라고 해 놓고, 정작 제 집착은 생각지도 못했어요. 너무 이기적이었어요."

알 만하다. 아아. 빌어먹을. 어린놈들 사랑놀이에 정작 당한 건 자신이다. 누굴 탓해. 병신 같은 자신을 탓해야지.

훗.

기어이 비웃음 한 자락이 비어져 나왔다.

"교수님."

"난 이제 너의 교수님이 아니지. 알잖아? 그러니까 꺼져. 그 얼굴 마주하는 것도 난 짜증이 나니까."

"죄송해요."

"원하지 않았는데 상처를 준 건 미안하다. 하지만 나도 충분히 괴로워. 너로 인해 난 내 인생 최대의 실패를 경험했고, 내 부모님껜 명예롭지 못한 아들이 되었어. 그 정도면 네가 다친 자존심은 충분히 회복되지 않아?"

"사랑엔 자존심 따윈 없어요. 하지만 원하지 않았던 사람에겐 그저…… 죄송하네요. 진심이에요. 그리고 나타나지 않아요. 더는."

참담한 인정.

이미 늦었지만 해영은 수긍했고, 떠났다. 이후 한은 여행을 계획했고, 여행을 시작했다. 여행을 시작한 남자는 그저 한이였다. 류한. 여행은 막막했고, 답답했고, 아팠지만 평화로웠다. 그는 처음으로 모든 걸 내려놓았고, 그래서 그 어느 때보다 풍요로웠다.

❖

"몰랐음 싶었던 일이야. 네 이야기를 풀어 놓았던 그날, 망설였어. 해야 하나. 해야 할까. 하지만 안 했어. 몰랐음 싶었던 거야. 그냥. 그랬어."

한이 고개를 돌려 창밖을 바라보았다.

"그래서 칵테일바는 어떻게 시작한 건데?"

정원이 굳어졌던 표정을 풀고 피식 웃으며 그를 향해 물었다.

"그냥 배우고 싶어서."

"천재는 그런 것도 금방 배우나 보지?"

"천재니까."

한이 소리 내어 웃으며 말했다.

"으스대긴."

"훗."

한이 정원을 향해 어깨를 으쓱이며 다시 웃는다. 정원이 못 말리겠다는 듯 고개를 절레절레 흔든다.

"다 식어 버렸네."

후우.

정원의 입에서 한숨이 흘러나왔다.

미안.

한이 작은 소리로 말했다. 찌릿 정원이 그를 흘겼고,

킥.

한이 장난처럼 또 웃었다.

"진짜 뭔가 감정이 있었고 그런 건 아니지?"

"넌! 무슨 그런 말을 해. 아니야."

말이 끝나기가 무섭다. 이번엔 정원이 그를 보며 장난스럽게 웃었다. 찌릿 한이 정원을 흘겨보았다.

"지금, 만족해?"

로봇이 만들고 싶었어. 워낙에 기계 만지는 데에 소질이 있었거든. 꿈이라거나 그런 생각을 했던 건 아니야. 그저 해야겠다고 생각했고, 했을 뿐이지.

이제 와 생각해 보니 그때의 그는 조금 공허해 보였던 것도 같다. 원하지 않았던 주저앉음. 어찌 상처받지 않았을까. 답답하고, 화나고, 그래서 미칠 것 같았겠지.

"충분해."

"응. 그럼 됐어."

정원이 한을 향해 부드럽게 미소 지었다.

"뭐지?"

"뭐가?"

"지금 나 위로한 거야?"

"아니."

"그럼?"

"사랑스럽게 바라본 거지."

정원의 답에 한이 손을 들어 제 얼굴을 쓸어내렸다. 쿡쿡 소리 내어 웃는다. 이러니 어떻게 안 예뻐하냐고, 내가. 정원의 미소가 더 깊어졌다.

"그 어떤 것도 다 말해. 숨기지 마. 내가 어떻게 했을 때 너한 테 상처가 되는지 생각해. 똑같으니까. 나는 사랑한다고 고백한 순간부터 너한테 내 마음 전부를 걸었어. 그러니까 너도 그래야 해. 악착같이 욕심낼 거야. 내 인생 하나쯤 그래도 된다고 생각해."

어떻게 이렇지?

어떻게 이렇게 사랑스럽지?

한은 테이블 위로 손을 뻗어 정원의 손을 붙잡았다. 꼭 쥐곤 입을 맞췄다.

"그래 줘라. 악착같이 욕심내 줘라."

정작 악착같이 욕심내겠다는 건 정원이였는데, 한의 눈이 더

탐욕스럽다. 머리끝에서부터 발끝까지 정작 몽땅 다 갖고 싶은 건 그였다. 어쩌면 사랑은 지독한 욕심이고, 탐욕이다. 다른 어떤 것도 보이지 않고, 그 무엇도 상관이 없다.

오로지 너. 너라는 여자. 너라는 사랑. 그것이 전부이다.

"사랑해."

다시 잡은 손에 입을 맞추며 말했다.

"알아."

으스대듯 턱을 든 정원이 피식 웃었다.

♯12

"도대체 왜 저러는 건데?"

카메라 화면으로 방금 촬영한 사진을 확인하고 있는 정원에게 은환이 삐딱하니 물었다. 정원의 시선이 은환의 못마땅한 시선 끝에 있는 한을 향했다. 한의 얼굴에 금방 그려지는 미소를 따라 정원의 입꼬리가 보기 좋게 올라갔다.

"넌 뭐가 그렇게 못마땅한 건데?"

"저러고 보는데 일이 되냐?"

"안 된다고 여기서 덮칠 순 없잖아."

정원이 피식 웃으며 답하자, 은환이 미간을 확 구겼다.

"미친년. 미치는 거 순간이네. 진짜."

은환이 고개를 절레절레 흔들었다.

"태화는……."

"이상해."

그 이름 하나에 금방 무표정이 된 얼굴로 은환이 말을 자르고 들어왔다. 정원이 카메라를 내리곤 은환을 쳐다보았다.

"너무 아무렇지도 않은 거야. 언제나처럼 밥 잘 먹고, 잠 잘 자고, 일 잘하고, 특별히 가슴이 아파 죽겠다거나 그렇지도 않아. 그러면서 생각이 들더라? 이럴 걸 왜 여태 미련하게 붙잡고 있었던 걸까. 그 생각."

그래서 더 불안한 걸 은환은 모르나 보다. 너무 아무렇지도 않아서 그게 더 겁나는 걸 은환은 정말 모르는 것 같았다.

"혹시 말이야. 저 친구들 중에 저 남자만큼 괜찮은 남자 없어?"

"뭐?"

"남자는 남자로 치료해야지. 안 그래?"

이젠 숫제 한쪽 눈까지 찡긋 감았다 뜬다. 아무렇지도 않은 게 아니라, 내내 아팠기 때문에 그것이 무뎌지고 무뎌져 그렇게 느껴지는 게 아닐까. 여전히 아픈데 늘 아팠던 사람이라 그저 평소와 같다고 느끼는 건 아닐까. 하지만 은환의 말처럼 어쩌면 다른 사람이 대안이 될 수도 있겠다 싶어졌다. 한의 곁에 있던 그 남자들은 경쾌했고, 항상 즐거웠고, 심지어 멀쩡하게 잘생기기도 했으니까.

우리가 F4라니까.

F4 같은 소리. 이 새끼는 뭔 드라마를 봐도 그딴 걸. 아후. 창피해. 새끼야.

일단 드라마든 뭐든 비주얼로다가 이렇게 되는 남자들 넷이서 친구 먹은 게 비현실적인 거거든.

누가 좋을까. 일단 약혼녀가 있는 재영은 패스. 남은 건 준과 윤범. 둘 다 나쁜 선택은 아니다.

"틀린 말은 아니야. 일단 엮어 보자."

킥 웃으며 정원이 은환을 향해 말했다.

"대충 촬영 끝난 거 아니야? 근데 뭐가 그렇게 둘이서 얘기가 긴데?"

한이 성큼성큼 둘 사이로 다가왔다.

"이 얼굴은 어때?"

"뭐?"

한이 얼굴을 찡그렸다.

"아아. 쌍둥이랬지?"

은환이 박수를 탁 치며 정원을 향해 되물었다. 정원이 고개를 끄덕이자, 은환이 한을 머리끝에서부터 발끝까지 천천히 스캔하듯 훑어 내렸다. 그 시선에 찡그리고 있던 한의 얼굴이 급격히 굳어진다. 정원이 그런 한을 보며 웃었다.

뭔데?

한이 머리로 은환을 가리키며 입술로만 묻는다.

"윤범 씨가 좋겠어."

"윤범이가 뭐?"

"은환이랑 소개팅."

"어?"

"싫어요?"

어리둥절한 얼굴로 멍하게 대꾸하는 한을 보며 두 눈을 동그랗게 뜬 은환이 물었다.

"소개팅요?"

"내가 맘에 안 드는 거냐구요."197

"은환 씨도 내가 마음에 안 드니까."

"허어. 그래서요?"

"그래서는 뭐요. 소개팅합시다. 성공하면 술이 석 잔이라던데."

"자신만만하네요?"

은환이 두 눈을 가느다랗게 뜨며 한을 향해 물었다.

"어마어마한 녀석이라서. 훗."

"와우. 기대돼라."

어깨를 들었다 놓으며 은환이 과장스럽게 웃어 댔다.

✜

"여긴, 내가 말했던 그 어마어마한 녀석."

제 소개에 새하얀 이를 드러내며 아이처럼 웃는 남자.

"오오. 소개 한번 제대로 했네? 안녕하세요. 김윤범입니다."

윤범이 은환을 향해 손을 내밀었다.

"서은환입니다."

피식 웃으며 은환이 내밀어진 윤범의 손을 잡았다.

"방금, 느꼈어요?"

악수를 끝낸 손을 놓으며 윤범이 자신의 손을 폈다 오므렸다를 반복했다. 못 말린다는 듯 한은 픽 웃었고, 정원 역시 고개를 절레절레 흔들었지만 은환만이 눈썹을 홱 추켜올리며 궁금증을 표했다.

"방금 전기가 찌릿 통했는데? 나만 느꼈어요?"

"정전기요."

무표정한 얼굴로 은환이 곧장 대꾸했다. 크크. 한이 웃었다. 하하. 정원이 한을 따라 웃었다. 당황한 듯 언뜻 굳어진 윤범의 얼굴을 보며 나중엔 은환이 훗, 소리 내어 웃어 버린다. 그 웃음에 언제 당황했었나 싶게 윤범의 얼굴이 환해졌다.

"와, 비슷해서 친구 먹었나 보다."

"아뇨. 친구 먹었더니 비슷해진 거죠."

"그런가?"

"그렇죠."

따박따박 곧장 대꾸하는 은환을 흥미로운 눈으로 바라보고 있는 윤범. 한이 정원을 향해 눈짓했다.

마음에 드는 모양이야.

"붙여 줬으니까 알아서들 해요. 우리도 우리끼리 할 일이 많아서. 훗."

한이 자리에서 일어서며 정원에게 손을 내밀었다. 정원이 곧장 그 손을 잡고 자리에서 일어났다. 그러자 한이 잡은 손을 은환과 윤범을 향해 흔들어 댄다.

"재수 없죠?"

윤범이 한을 찌릿 흘기며 은환을 향해 물었다. 은환이 픽 소리 내어 웃으며 격하게 공감했다.

"완전."

"와아. 진짜 내 스타일이야. 나랑 완전 취향 비슷해."

어이없는 듯 둘을 번갈아 쳐다보는 한을 향해 윤범이 꺼지라며 손을 까딱거렸다.

"좋은 시간 보내요."

한이 은환을 향해 말했다.

"은환이 잘 부탁해요."

정원이 윤범에게 말했다.

"내가 뭐 애야?"

은환이 어이없다는 듯 정원을 타박했다. 한이 정원의 손을 꽉 쥐었다. 진짜 갈게. 그야말로 화기애애한 분위기를 풍기는 둘을 뒤로한 채 한과 정원은 흐뭇한 표정으로 카페를 나섰다.

"분위기 괜찮지?"

"일단은."

그렇다. 일단은 좋다. 윤범 씨가 은환이 마음 좀 잡아 주면 좋겠는데. 스무 살에 시작한 풋사랑. 첫사랑. 외사랑. 은환에게 사랑은 온통 태화다. 바보같이 잡는 법도 모르고, 놓는 법도 모르는. 은환에게 태화는 독이다.

잊으려고 한 적 없어. 어떻게 잊어. 그 녀석이. 그 녀석이랑 상관없이 내가 사랑한다니까. 그냥 그거로 만족하려고 한다고. 근데 왜 제가 그만하라 마라냐고. 어?!

태화의 뜻대로 멈추어 주겠다고 했음에도 그런 식으로 제 마음을 깎아 먹었다. 여전히 아프면서, 여전히 모른다. 바보같이.

남들 다 하는 고백 꿈도 못 꿨어. 내가 내 마음 인식한 그때에 태화는 사랑을 시작해 버렸거든. 그 사랑을 나한테 너무나 행복해하면서 보여 줬거든. 거기다 어떻게 말해. 내가 널 사랑하게 되었다고. 어? 어떻게 말해. 내가.

"우린 뭐 해?"
"뭐 할까? 내가 하고 싶은 건 따로 있긴 한데."
은근하게 정원의 목덜미를 쓸어내리며 한이 낮게 웃었다.
소름 돋아.
정원이 목을 움츠리며 중얼거렸다.
어? 그거 발동 걸린 건데?
한이 정원의 손을 잡고 잰걸음으로 주차장으로 향했다. 손을 잡힌 채 뒤따라가는 정원의 얼굴에 미소가 한가득 피어났다.
"배 안 고파?"
점심이 많이 늦었다. 정원의 촬영이 늦어지는 바람에. 한이 정원을 향해 고개를 끄덕거렸다.
"집에 뭐 있어? 이따 배고플 거야."

"그럼 우리 마트 가서 장 보고 가자."

재밌겠다.

정원이 한에게 팔짱을 끼며 활짝 웃었다. 웃는 거, 제법이다. 자꾸만 더 웃게 만들어 줘야지. 사명 같은 다짐이 생겨난다.

"사랑해. 정원아."

우뚝 선 채로 한이 정원의 이마에 입을 맞추었다. 정원이 한의 허리를 끌어안고 그의 가슴에 머리를 기댔다.

사랑해. 정말. 정말. 사랑해. 한아.

널따란 가슴에 얼굴을 비볐다. 따뜻하다. 포근하다. 뛰는 심장 때문에 아늑한 기분이 든다. 정작 난감하게 제 가슴에 안긴 작은 머리통을 내려다보는 한은 알지도 못하고.

"이러지 말자. 나 운전도 해야 되고, 우리 마트에 가서 장도 볼 거고. 와아. 그래 가지고 또 운전해서 집까지. 갈 길이 아직 멀다고. 인마."

픕.

따스한 입김이 그의 가슴으로 쏟아졌다. 한은 정원을 화들짝 떼어 냈다.

일단 가자. 얼른.

"그래서 소개팅을 주선한 거라고?"

카트를 밀며 정원을 따라오던 한이 뜨악한 얼굴로 물었다.

"미안해야 해?"

"딱히 그럴 일은 아니다만. 산뜻한 기분은 아니네."

"어마어마하다며."

딸기 한 팩을 카트로 던져 넣으며 정원이 한을 향해 대꾸했다. 뭐, 한이 어깨를 으쓱인다.

"기대하는 중이야. 아까 분위기 봤지? 윤범 씨가 재밌잖아. 또 막 사람 정신없게 하는 것도 잘하고. 윤범 씨한테 조금 미안하긴 한데, 그래도 왠지 잘될 것 같거든. 난."

사실이다. 막상 두 사람의 소개팅을 주선하면서도 미심쩍은 마음이 없지 않았다. 하지만 그 어느 때보다 은환은 적극적이었고, 그래서 더 밀어붙이고 싶었다. 은환은 태화를 벗어날 필요가 있었다. 그리고 기회가 왔다면 마땅히 잡아야겠지. 윤범은 그런 은환에게 충분한 기회가 될 터이고, 어쩌면 윤범에게도 꽤 멋진 선택이 될 수도 있을 것이다.

"대단하네. 은환 씨. 보기엔 안 그래 보이는데."

"안 그래 보인다니?"

"한 사람만 주구장창 바보처럼 바라만 보는 거. 사랑. 회의적이게 볼 것 같아 보였거든."

"무슨 근거로?"

"근거랄 게 뭐 있나. 친해질 기회도 없었고, 친해지고 싶어 하지도 않는 사람한테서 근거씩이나 어떻게 찾아? 그저 느낌이 그렇단 얘기지."

"아무튼 정말 잘됐음 좋겠어. 윤범 씨 맘에 들거든."

"거기까지만 해. 네 맘에 드는 남자는 나 하나로 족하니까."

기분 좋은 얼굴인 데 반해 한이 입술을 삐죽이며 불퉁거렸다.

뭐. 어련하시겠어. 정원이 앞서 걸으며 혼잣말로 중얼거렸다.

"우리 휴가 어디로 가?"

뜬금없는 소리에 정원이 걸음을 멈추곤 한을 돌아보았다. 천천히 카트를 밀며 따라오던 한도 덩달아 그 자리에 멈추어 섰다.

"어?"

"여름휴가. 어디가 좋겠냐고."

"우리 여름휴가 가?"

"어. 우리 여름휴가 가."

피식 웃으며 한이 곧장 대꾸했다.

"그러니까 휴가 잡히면 바로 얘기해. 네 시간을 알아야 일정을 잡지."

"어. 신나겠다."

"어. 신날 거야."

자신의 말과 같은 대답에 정원이 픽 웃으며 걸음을 떼었다. 한은 정원의 뒷모습을 느긋하게 바라보았다. 살짝씩 까딱이는 고개, 경쾌한 걸음, 간간이 뒤돌아보며 웃는 얼굴. 더없이 즐겁다. 원없이 행복하다. 가슴 언저리가 간질거리고, 손끝이 짜릿했다.

무표정한 얼굴로 혼자서 칵테일을 마시던 정원을 흘끔거리던 그때만 해도 이런 날이 있으리라고는 생각지 못했다. 그저 자꾸만 시선이 가기에 당혹스러웠고, 조금씩 욕심이 생겨나기에 혼란스러웠다. 머뭇거렸던 것도 처음이었고, 머뭇거렸던 것이 무색하게 급격히 빠져든 것도 이례적이었다.

도대체 네가 무엇이기에.

여태껏 묻는 그 말엔 아직 답을 찾지 못했다. 그저 사랑한다는 것 하나로는 부족하다. 사랑 그 이상의 무엇. 눈빛 하나에, 손짓 하나에 그저 맥없이 흔들려 버리고 마는 가볍디가벼운 마음. 작은 일에 쉽사리 상처받고, 그래서 아프고, 그러면서 자괴감에 휩싸이는. 여리고 여린 감정. 그럼에도 끝끝내 잡고 가고 싶은 단단한 다짐. 정원을 향한 모든 것이 그러하다.

"류한."

지척에서 한을 부르는 소리가 들렸다. 뒤를 따르던 카트가 멈추고, 정원의 고개가 한의 고개가 돌아간 곳으로 움직였다.

"어머니."

흑발과 백발이 조화를 이룬 단정한 커트머리, 깔끔한 흰색 셔츠에 이상하게 잘 어울리는 찢어진 구제 청바지.

어머니라고?

정원의 시선이 한의 어머니에게서 다시 한에게로 옮겨졌다. 부드럽게 풀어져 있던 표정이 삽시간에 굳어졌다. 그리고 곧장 한의 시선이 정원에게로 와 꽂혔다.

한이 어깨를 으쓱이며 자신의 어머니를 소개했다.

"우리 어머니."

"안녕하세요. 한정원입니다."

꾸벅 고개를 숙였다.

"반가워요. 진중연이에요. 이 녀석 어미고."

내민 손을 잡았다. 작은 손이 정원의 손을 묵직하게 꾹 잡았다 놓는다.

"왜 여기에 계세요? 여긴 본가랑 멀잖아."

"준이네 갔다가 네 이모가 점심이 늦어서 배고프다고 장 좀 봐 오래잖아. 당최 먹을 게 없다고."

"아아."

"우리 둘이 각자 자기소개는 했다만. 네가 중간에서 소개를 해야 할 필요가 있다고 보는데, 난?"

중연이 흥미로운 시선으로 한과 정원을 번갈아 쳐다보았다. 한이 딱딱하게 굳은 채 불편하게 서 있던 정원에게 바짝 붙어 섰다.

"진지하게 만나는 사람이에요."

"오호. 그런데 아직 소개를 안 했어?"

"제대로 된 소개는 여기서 하고 싶진 않은데?"

"뭐. 마찬가지야. 내 아들의 아가씨를 이 시끄러운 데서 정식으로 소개받고 싶진 않아. 나도. 정식으로 초대할게요. 이 녀석 통해서. 그때 다시 봐요. 제대로. 만나서 반가웠어요. 정원 씨."

"네. 감사합니다."

정원이 다시금 꾸벅 중연을 향해 인사했다.

"보던 장, 마저 봐. 난 다 끝냈거든."

중연이 재밌다는 듯 웃으며 한을 향해 말하고는 몸을 틀었다.

"근데, 우리 본 적 없나? 왜 낯이 익지?"

그러다 다시 몸을 돌려 정원을 향해 물어 왔다.

"죄송합니다. 저는 잘……."

"인연인가. 왜 난 낯이 익어? 이상하네. 훗. 아무튼 다음에 봐요."

중연이 한의 팔을 톡톡 두드리고는 자리를 벗어났다.

"뭘 긴장해."

한이 정원의 어깨에 팔을 두르며 장난스럽게 말했다. 픽. 정원의 입에서 기운 없는 바람이 쏟아졌다. 그러게.

"일반적인 어머니는 아닌 듯 보여. 찢어진 청바지도 근사했어. 뭐 하시는 분이야?"

"화가. 대학교수시기도 하고."

"멋지시네."

"어. 멋지시지. 그저 지지해 주는 것만 해도 부모로서의 임무는 다 하는 거라고 누누이 말하시는 분이지. 너랑 나도 분명히 지지해 주실 거야. 그래서 넌 긴장할 필요 없고."

긴장한 게 무색하게 그 긴장이 의미 없다고 말해 주는 남자. 정말 그랬으면 좋겠는데 말이야.

근데, 우리 본 적 없나? 왜 낯이 익지?

살피는 시선. 하지만 정말 떠오르지 않는다는 얼굴.

하지만 정원은 처음 보는 얼굴이었다. 다만 언뜻 그 얼굴에서 한의 이미지가 묻어 나오는 것이 느껴질 뿐. 저런 멋진 중년 여성을 만난 적이 있었다면 쉽게 잊지는 않았을 것이다. 하지만 무언가 걸린다. 살피는 그 시선이.

부드러운 미소와 흥미로운 눈빛이 함께였지만 이상하게 그 시선이 자꾸만 생각났다.

"우리도 대충 다 본 것 같은데?"

"어."

반쯤 채워진 카트 안을 보며 정원은 그 생각을 털어 버렸다.

"아직 한여름도 아닌데 더워. 1년에 반이 여름인 느낌이야. 먼저 씻을게."

냉장고 정리를 마친 한이 윗옷을 훌훌 벗어 던지곤 욕실로 들어갔다. 그러다 다시 빠끔히 욕실 문 사이로 얼굴을 내민다.

"왜?"

"이리 와."

"뭐?"

"이리 와 봐."

반쯤 장난이 섞여 있다. 두 눈은 더없이 반짝거리고 있었고, 입술은 부드럽게 양옆으로 늘어져 있었으며, 흥미로운 일을 발견할 때면 늘 그렇듯 한쪽 눈썹은 기이하게 위쪽으로 치솟아 있다.

"씻으러 들어갔음 씻기나 해."

부러 퉁명스럽게 말했다. 하지만 한은 양보할 생각이 없는 듯 다시 말했다. 이번엔 짐짓 엄하게.

"오라고."

"류한."

"빨리."

"그럴 시간에 얼른 씻고 나오겠다."

"아니. 이럴 시간에 얼른 했겠지."

벌거벗은 나신으로 그는 성큼성큼 욕실 밖으로 걸어 나왔다. 정말 이런 건 익숙해지지 않는다.

이 남잔 대체!

"느긋하려던 마음은 이미 날아가 버렸다고."

한은 열이 오른 채 제자리에 서 버린 정원의 셔츠를 벗겼다. 순식간에.

"스킨 컬러에 레이스. 이건 내 취향."

브라 위로 입을 맞추며 한이 찡긋 정원을 향해 윙크했다.

못 말려.

피식. 정원의 입에서 힘 빠진 웃음이 흘러나왔다.

"그러게. 굳이 말리지도 못할 걸 왜 고집을 피우나 몰라."

한의 말이 끝나기 무섭게 브라가 톡 하고 풀렸다.

미치지. 내가.

한이 중얼거리며 머리칼을 쓸어 올렸다. 한은 앙증맞게 솟은 유두를 잽싸게 머금고 빨았다. 씻자. 한아. 찌릿 무언가 발끝을 건드리며 머리끝까지 타고 올라왔다. 정원이 한의 머리를 가슴에서 떼어 냈다.

"알았어. 씻어. 씻고 해. 아니. 씻으면서 해."

킥 소리 내어 웃으며 한은 정원의 손을 잡아끌었다. 잠깐만. 정원이 욕실 앞에서 바지를 벗었다. 그리고 거침없이 마지막 보루처럼 남아 있던 속옷도 마저 벗어 버렸다.

장난스럽던 한의 시선이 금세 짙어진다. 진지해졌고, 또 다급해졌다. 언젠가 한은 말했었다. 느긋하게 최대한 느긋하게 가지고 싶은데, 조급증이 인다고. 빡 돌아 가지고 정신이 온전치 못하다 고도. 가끔은 그래서 자신이 정신병자 같기도 하다고.

정원은 말하지 않았지만 이해했다. 자신 역시 그러했으니까. 사랑하는 남자와 몸을 나누는 일은 더없이 짜릿한 일이고, 그 극 치는 그 어디에서도 느껴 보지 못하는 일이다. 몸을 부딪치며 느 끼는 욕망은 거짓됨이 없었고, 그것으로 느끼는 환희는 그 어떤 것보다 황홀하다.

"혼자 있을 때 막 너랑 이러는 상상만 해. 정말 정신병자 같다 니까."

쏟아지는 물줄기 아래서 한은 정원의 입술을 먹어 치웠다. 아 껴 먹겠다는 생각은 애초에 없었다. 그저 양껏 먹어야겠다는 생각 만 할 뿐.

정원은 한의 목을 끌어안았다. 맨몸이 틈 없이 딱 맞물렸다. 미 지근한 물줄기가 몸을 적시고 있었지만, 막상 몸은 더없이 뜨겁 다. 어찔어찔 열이 오르고, 미친 듯이 달리기라도 한 것처럼 숨이 차오르기 시작했다.

정원은 한의 입술에 매달렸다. 마치 세상 마지막 키스라도 되 는 것처럼. 입술이 떨어지기라도 하면 죽을 것처럼 그렇게 매달리 고, 물고 빨고 핥기를 반복했다.

욕심쟁이.

목덜미로 입술을 움직이며 한이 나지막이 중얼댔다. 쿡 소리 내어 웃자 그가 제법 아프게 어깨를 깨문다.

아픈 거 싫다고 몇 번 말해.

앙칼지게 소리쳤다.

와작 씹어 삼키고 싶어질 때도 있는데. 난.

그렇지만 그 말과는 다르게 금세 물었던 어깨를 부드럽게 핥았다. 그리고 입 맞췄다.

미안.

거품을 일으킨 퍼프를 정원의 가슴에 댄 한이 언제 미안하다고 말했냐 싶게 장난스럽게 히죽 웃었다. 천천히 몸을 문지르는 손은 거침없는 듯 보였지만, 언뜻 떨리는 것 같기도 했다.

매일 씻겨 주고 싶을 것 같은데?

허리를 지나 동그란 엉덩이를 문지르던 한이 시선을 들어 정원을 쳐다보았다. 나쁜 눈. 욕망이 가득 들어찬. 하지만 그것과는 다르게 입가에는 개구진 미소가 걸려 있다.

"장난은 그만 쳐."

"와. 가까스로 노력 중인 남자한테 이 여자가 또 발동 걸리게 만드네?"

거품을 잔뜩 묻히고 선 두 사람 위로 다시금 세찬 물줄기가 쏟아지기 시작했다. 거품에 가려졌던 몸이 완전하게 시야에 들어찼다. 그는 돌진했다. 장난치듯 시간을 버는 행동은 할 필요가 없다. 원대로 가질 테고, 또 끝까지 가질 거니까. 정원의 호흡이 가빠지기 시작했다.

#13

잔디의 푸름과 커다란 플라타너스 나무가 인상적인, 이름 모를 꽃들이 한데 어우러진 2층짜리 목조 주택. 낮게 둘러진 울타리와 그에 꼭 맞춘 듯한 두 쪽짜리 나무 문. 한이 앞서 문을 열자 삐걱 소리가 났다.

꽃 좋아해. 우리 어머니. 딴 건 필요 없고. 예쁜 꽃다발 하나면 충분할 것 같아.

한의 당부대로 정원의 손엔 어여쁜 분꽃나무 화분이 들려 있다.

두고두고 보기엔 화분이 좋잖아.

꽃다발이 아니라 화분을 샀냐는 말에 정원이 한을 향해 답했다. 그렇게 저에게 시집이 오고 싶냐며 어머니에게 되게 잘 보이고 싶나 보다고 장난을 치던 한은 정원에게 악 소리가 나게 아플 만큼 등짝을 얻어맞았다. 하지만 그렇게 맞고 나서도 싱글벙글 웃기만 하는 한을 보며 정원 역시 그저 웃어 버릴 수밖에 없었다.

"잠깐만."

후우. 정원 초입에 멈추어 선 정원이 길게 심호흡을 했다. 제 아무리 괜찮다고. 지지의 표상이라고 말하는 어머니라고 해도 긴장이 되는 건 어쩔 도리가 없다. 그저 편하게 밥 한 끼가 쉬운 게 아니다. 더군다나 혈혈단신인 정원의 입장에선.

"왔어. 언니!"

호들갑스럽게 뛰듯 정원에까지 나온 사람은 아마도 어머니의 하나뿐인 동생이자 동거인이고, 한에게 역시 하나뿐인 이모일 것이다. 부러 그런 건지 사자 갈기 같은 파마머리를 하고 있는 그녀는 흥미롭고 신나는 표정으로 정원을 대놓고 쳐다보았다.

"안녕하세요."

얼떨떨한 얼굴로 꾸벅 인사부터 했다.

"뭘 이런 걸 다 사 오고 그래. 와. 꽃 예쁘다. 들어가자 어서."

그랬더니, 금세 히죽 웃으며 건네지도 않은 화분을 뺏듯 받아 들었다.

"말했지? 우리 이모. 진해연 씨."

화분을 가지고 먼저 안으로 들어가는 해연을 보며 정원이 멍한 얼굴로 고개를 끄덕거렸다. 원래 좀 정신없어. 속삭이듯 정원을 향해 말한 한이 앞서가는 해연을 향해 고개를 절레절레 흔들었다.

입가엔 부드럽게 미소가 걸려 있다. 긴장한 듯 굳어 있던 정원의 입가가 천천히 풀리는 것 같았다.

"어서 와요. 와. 이거 무슨 꽃이야? 예쁘네."

어느새 해연에게서 건너간 분꽃 화분이 중연에게로 가 있었다. 중연은 두 손으로 화분을 든 채 흠뻑 꽃향기를 들이마시며 정원을 반겼다.

"분꽃나무래요. 그게 눈에 들어서 그걸로 가져왔어요. 마음에 드세요?"

"맘에 들어요. 고마워. 일단 좀 앉아요. 앉아. 한아."

정원은 한과 나란히 앉았다. 정원이 고스란히 보이는 통유리창이 인상적이었다.

"예뻐서 반했구나?"

해연이 눈을 반쯤 접으며 한을 향해 말했다.

"뭐."

습관대로 어깨를 으쓱이며 한이 쿡 웃었다.

"몇 살이에요?"

정원의 맞은편에 앉은 해연이 눈을 빛내며 물어 왔다.

"서른입니다."

"아아. 딱 좋네. 그럼 일은? 무슨 일 해요?"

"사진작가입니다."

"오오. 멋지다. 사진. 우리 한이랑은……"

"누가 보면 네 며느릿감인 줄 알겠다. 아서. 그만해. 뭘 그렇게 물어. 이해해요. 흥분해서 그래. 한이는 통 여자 친구를 집으로 데려온 적이 없었어. 그래서 그래. 얘가."

중연이 정원을 향해 말하면서 사이사이 해연을 흘겼다. 해연의 입술이 툭 튀어나온다. 쿡. 갑자기 웃음이 나 버렸다. 그에 셋의 시선이 일제히 정원에게 꽂힌다. 정원이 아랫입술을 깨물었다.

"죄송합니다."

"죄송하긴. 왜 웃는지 알겠는데. 우리가 그래. 나이 먹어도 그냥 자매고, 서로 흰머리 난 지가 언젠데도 여전히 철부지 동생이고 그래."

"네. 그래서요. 보기 좋으세요. 부럽기도 하고."

"외동이야?"

그 사이를 또 잽싸게 치고 들어오는 해연이다.

"네."

정원이 미소를 머금은 채 곧장 답했다.

"아직 저녁 준비 좀 더 해야 돼. 한이 넌 집 구경이나 시켜 줘. 네 방도. 식사는 30분쯤 있다가 먹어요. 배 많이 고파요?"

"아뇨. 괜찮아요. 괜찮습니다."

"일어나. 내 방 보여 줄게."

한이 정원의 손을 잡고 일으켰다.

"저기……."

"괜찮아요. 오늘은 손님이야. 다음에 오면 거들어. 그땐 암말 안 해도 해요. 막 시킬 거야."

레인지의 불을 줄이며 중연이 어색하고 불편해하는 정원을 향해 말했다. 편하게 해 주려는 의도가 다분한 말. 긴장이 조금 풀리는 것 같기도 했다.

아버지는 돌아가셨어.

그 빈자리가 외로울 틈은 없었을 것 같다. 좋은 어머니. 늘 그 곁을 지키던 누나 같은 이모. 그리고 서로 의지하는 게 당연했을 준.

다행이다. 저처럼 아픈 남자가 아니어서.

어쩌면 그래서 맘껏 투정 부릴 수 있는 것이다. 제 손을 쥐고 계단을 오르는 한을 따라가며 정원은 마음이 따뜻해졌다.

"내 방."

방의 구조는 단순했다. 커다란 창 아래로 책상이 놓여 있었고, 그 옆으로 두 쪽짜리 옷장이 있고, 그 앞으로 침대가 놓여 있는.

"이쪽은 준이 방."

한이 침대가 놓인 벽을 밀었다. 그저 벽인 줄로만 알았던 것은 문이었다. 벽을 가장한 미닫이가 열리자 바로 옆에 놓인 침대가 보였다. 마치 데칼코마니 같은 광경이 펼쳐졌다. 꼭 거울 같기도 한.

"이 집, 아버지가 지으셨거든. 준이랑 둘이 사이좋게 지내라고 이렇게 지으셨대. 밤에 나란히 누워 자면서도 도란도란. 그래도 크면 자기만의 공간은 필요하다고 미닫이를 설치하셨지. 서로 기분 좋을 땐 확 열어 놓고 한방처럼 지내고, 뭐 싸우거나 하면 쾅 닫아걸고 풀릴 때까지 열지 않았지."

어린 한과 준이 떠올랐다. 불퉁한 얼굴도, 장난 가득 개구지게 웃는 얼굴도. 상처와 고통으로 점철된 자신의 어린 시절이 함께

215

떠올랐다. 창을 통해 부서지듯 양껏 쏟아지던 빛 속에서 행복해하던 아이들 아래로 꽁꽁 닫힌 창문 아래에서 웅크린 채 흐느껴 울던 자신이.

아팠다. 그래서 힘들었고. 슬펐다. 늘. 그래서 불행했다. 어느 순간 스러진 미소 앞에 한의 표정이 굳어졌다.

"비교하지 마. 그저 내 어린 시절이 그랬다는 거야."

영악한 남자. 섣불리 위로하지 않는다. 그저 인정하라는 거겠지. 정원은 산뜻하게 고개를 끄덕였다. 한이 정원을 가만히 끌어안았다. 동그란 이마에 입을 맞추고, 정수리에 얼굴을 비볐다. 아프지 마. 싫다.

"차린 건 없어도 많이 먹어요."

중연이 식탁 한가운데 찌개를 내려놓으며 정원을 향해 말했다. 그러자 해연이 앵무새처럼 그 말을 따라 한다. 물론 전혀 다르게.

"엄청 열심히 차렸으니까 남기지 말고 다 먹어요."

찌릿 다시금 중연이 해연을 흘겼다. 하지만 그러거나 말거나 해연은 제 할 말을 멈추지 않았다.

"그 말이야. 이렇게 부러 요리하고 사람 부르고 이런 거 못 하는 사람이거든 진중연 여사는."

"동의."

숟가락을 든 채 한이 해연의 말에 맞장구를 쳤다. 해연을 흘기던 중연의 시선이 한에게로 옮겨졌다.

"잘 먹겠습니다."

한이 크게 소리쳤다.

"잘 먹겠습니다."

정원이 한을 따라 중연을 향해 말했다.

"자. 먹자."

중연이 숟가락을 들었다. 집밥. 어머니의 요리. 무언가 가슴이 뜨끈해진다. 조금 울컥해지는 마음이 들어 정원은 부러 입술을 옆으로 길게 늘였다. 중연이 그런 정원을 보며 갈비찜 하나를 들어 밥 위에 올려 주었다.

"많이 먹어요."

"감사합니다."

"요리가 취미는 아닌데, 손맛 있다는 소리 종종 듣거든. 내가. 맛이 어때요?"

"맛있습니다. 손맛이 있다는 말이 그냥 하는 소리가 아닌가 봐요. 정말 맛있어요."

"다행이다."

중연의 입이 활짝 벌어졌다. 곱게 접힌 눈이 한을 향했다. 입안 가득 잡채를 넣고서 한이 배시시 웃었다. 저리 좋을까. 못 말리겠다는 듯 혀를 쯧 차며 해연이 한을 흘긴다. 그러거나 말거나 한은 여전히 배슬거리는 중이었고.

"딱 걸리지 않았음 언제 소개할 작정이었는데?"

식사를 마치고 거실로 나와 막 차를 마시는 중이었다. 해연이 대뜸 한을 향해 물었다.

"딱 걸려서 횡재했다고 생각하는 중이야. 소개야 당장 하고 싶었지만, 조마조마 눈치 보는 중이었어."

"와아. 언니. 얘, 하는 말 들었우?"

"나도 귀 있어. 뭘 물어. 호들갑 떨 일도 아니구먼."

"이러다 우리 올해 가기 전에 국수 먹는 거 아니야?"

"기대해도 돼요?"

해연의 호들갑에 중연이 부드럽게 웃으며 정원을 향해 물었다. 정원의 얼굴이 언뜻 붉어지는 것도 같다.

"그걸 왜 원이한테 묻는데?"

"그럼 소개하는 것도 조마조마 눈치 보는 내 아들놈한테 물으랴?"

"솔직히 말해. 언니가 대놓고 저렇게 물어봐 주는 것도 횡재다, 생각하고 있잖아. 아냐?"

"정답."

한이 쿡크 소리 내어 웃었다.

"우리끼리 얘기 되면 말할게요. 그건."

한이 부드럽게 웃으며 정원을 향해 말했다.

"응. 기다리마. 여자 친굴 데려오는 것도 고무적인데, 결혼 얘기가 서슴없는 걸 보니, 임자를 만나긴 만났나 보네. 우리 아들."

한을 바라보는 두 눈에 신뢰가 물결친다. 그저 아들의 여자라는 이유 하나로 둘을 당연하게 지지를 해 줄 것이라는 한의 말은 틀림이 없는 것 같다. 한의 어머니 중연은 처음부터 지금까지 따스한 눈으로, 부드러운 시선으로 그렇게 정원을 바라봐 주었다.

"종종 봐요. 우리. 난 딸이 없어서 늘 딸 있는 친구들이 부러웠거든. 같이 쇼핑도 하고, 같이 마사지도 받으러 다니고, 머리하러 다니고."

"네. 어머니."

"처음인 거 알아요?"

"네?"

"맞아. 처음 집에 와서부터 지금까지 한 번도 어머니라고 안 했거든. 방금 어머니라고 했어. 우리 언니 감동했나 본데?"

무슨 말인지 몰라 얼떨떨하던 정원을 향해 해연이 잽싸게 끼어들어 설명했다. 아아. 저도 모르게 한 말에 조금 당황했나 보다. 잠깐 멈칫했던 정원이 고개를 천천히 끄덕였다.

"엄마라고 불러 주면 더 좋을 것 같은데. 보통 딸들은 엄마라고 부르지 않나?"

"언니도 주책이네. 정원 씨는 언니 딸이 아니잖우."

"딸 같은 며느리가 아니라, 딸이 되어 주면 좋을 것 같아서 그래요. 내가 너무 앞서가나?"

"아니요. 감사합니다."

울컥 가슴에서부터 뜨거운 무언가가 치고 올라오는 느낌이 들었다. 정원은 애써 그 마음을 다잡으려 무릎 위로 마주 잡았던 두 손을 꽉 쥐었다 놓았다.

"엄마라고 부를게요. 대신 말씀 편하게 하세요. 대체로 엄마들은 딸에게 친구처럼 말하잖아요."

정원의 말에 중연이 부드럽게 웃었다. 그리고 둘을 바라보는 한의 눈이 더없이 깊어졌다.

"그럼 나도 조카며느리가 아니라 조카로. 보통 여자애들은 이모랑 친구처럼 지내지. 엄마만큼이나 가깝고."

마지못해 끼어드는 것처럼 입술을 삐죽였지만 해연의 눈도 반짝 빛이 났다. 곧 입술을 늘이며 웃었고, 종국엔 하하하 소리 내어 웃기 시작했다. 좋은 날이었다. 긴장했던 것이 무색하게 너무나 편안하고, 너무나 즐겁고, 또 너무나 행복한.

"나는 나밖에 줄 게 없는데, 난 너를 통해 얼마나 더 많은 걸 갖게 되는 걸까."

본가를 나와 한을 안으면서 정원은 물기 어린 음성으로 그에게 말했다. 한은 정원의 등을 부드럽게 쓸었다. 그리고 말해 주었다. 너로 충분해. 절대 너밖에가 아니야. 너 하나로 나는 충분하니까. 정원은 그래서 조금 울었다. 볼을 타고 내리는 눈물과 함께 한의 입술이 함께 흘렀다.

✛

"와. 그 남자 월척이었네?"

한의 본가에 인사를 다녀왔다는 얘기를 들은 은환은 꼬치꼬치 캐묻더니 그와 같은 결론을 내어놓았다. 매번 못마땅하다는 듯 흘기고, 빈정대기만 하더니 그의 가족에 대한 이야기로 그는 대번에 월척이 되었다.

"따뜻했어. 행복하게 자랐겠더라. 한인. 좋은 엄마, 이모에 친구 같은 형제에. 아버지의 부재는 충분히 견딜 수 있었겠더라. 그래서 좋았어. 그리고 부러웠어."

"응. 나도 부러워. 잔소리꾼 엄마에, 사고뭉치 남동생만 있는 나도."

"넌, 그걸 말이라고."

정원이 눈을 흘기며 은환의 팔을 탁 소리 나게 쳤다. 은환이 혀를 빼물고 큭크 웃는다.

"윤범 씬 어때?"

화제를 전환하는 정원의 시선에 궁금증이 가득 일었다. 피식 은환이 그런 정원을 보며 웃었다. 김윤범. 그는 재밌는 남자다. 유쾌 상쾌 통쾌. 그 세 가지로 점철되는 세상 참 재밌게 사는 부류. 동요되어 즐겁기도, 그러다가 부럽기도, 그러다가 우울해지기도 했다.

"그 남잔 잘생겼지."

"뭐래."

정원이 대책 없는 그 말에 다시 한 번 은환을 흘겼다.

"고작 세 번 만났어. 아직 뭘 말하고 그럴 건 없어. 그저 유쾌해. 함께 있음 시간 가는 줄 모르겠어."

태화는, 태화와 함께 있을 땐 시간을 보내며 자꾸만 시간만 확인했다. 그러면서도 막상 헤어지는 순간엔 야속하기만 했지. 그저 보내 버린 시간이 말이다. 하지만 윤범은 다르다. 웃느라 시간 가는 줄 모른다. 함께하는 대화 속에 빠져들어 온통 그 얘기만 해 댈 뿐이다. 감정의 지나침도, 부족함도 없는 상태. 그래서 너무 편안한 상태.

"이 정도면 시작으로 좋은가?"

"시작해 보재?"

"그래서 두 번만 더 만나 보자고 했지. 내가 의외로 콧대가 높다고 튕겼어. 나도 튕길 줄 알더라. 훗."

"그래서?"

"두 번 더 만나 보고 지금보다 더 괜찮아지면 정식으로 교제해 보려고."

"진짜 괜찮아?"

"어. 그 남잔 잘생겼잖아."

또 그 대책 없는 소리. 하지만 은환은 그저 웃었다. 제법 편안한 얼굴로. 확실히 윤범이 약이 된 모양이다. 어쩌면 쉬울지도 모른다. 태화는 그저 습관 같은 것일 수도 있다. 습관은 쉽게 바뀌는 것은 아니지만, 아무런 힘도 없다. 그저 반복되어 온 습관일 뿐.

이쪽을 지나다 생각이 나서 연락했어. 따로 점심 약속이 있는 게 아니면 함께 할래요?

생각지 못한 전화에 조금 당황하긴 했다. 하지만 반가웠다. 정원은 중연과의 약속 장소에 다다라서 다시 한 번 연습했다.

"엄마……."

익숙지 않은 어감에 입술을 깨물었다. 어색하고, 어색하고, 또 어색하다. 후우. 한숨이 터졌다. 막상 그렇게 부르겠다고 말한 건 자신이면서 정작 그 상황에 놓이자 그저 어색하기만 하다.

"왔어요?"

손을 들어 정원을 맞는 중연은 그러나 여전히 편하게 말을 놓지 않고 있었다. 외려 다행인가. 정작 자신도 엄마라는 소리가 나올 것 같지는 않으니 말이다.

"촬영이 늦어져서 조금 늦었어요. 죄송해요."

"죄송은 무슨. 나도 일하는 사람인데. 충분히 이해하니까 그럴 필요 없어요."

뭘까. 본가에서와 별반 달라 보이진 않는다. 두 눈을 곱게 접고 웃는다거나, 입꼬리를 올린 채 부드럽게 미소 짓는다거나 하는 모습. 그런데 그때와는 달리 뭔가 거리감이 느껴진달까. 문득 서늘한 느낌이 들어 바짝 긴장이 되기 시작했다.

"여기 와 봤어요? 한이랑 한번 와 봤던 덴데, 좋더라고."

"네. 함께 왔었습니다."

"주문은 미리 해 뒀어요. 금일 특별 정식으로다가. 한이 말로는 여기는 당일 요리로 해야 좋다더라고. 말 그대로 특별하니까."

중연이 눈은 찡긋하며 씩 웃었다. 바짝 긴장이 되었던 것이 무색하게 스르르 풀려 버렸다. 괜한 기우였던가 보다. 그저 곧장 말을 놓는 것이 생각보다는 어려운 일인가 보다.

"와. 오늘은 새우 요리네. 새우 좋아해요?"

"네. 좋아해요. 어머님도 많이 드세요."

"음. 그래요. 들어요."

식사 내내 좋았다. 각자의 일에 관해 이야기를 풀어 놓았고, 간혹 서로의 작업에서의 공감으로 유쾌하기도 했다. 한의 어린 시절 얘기로 소리 내어 웃기도 했고, 한의 상처에 대해 함께 안타까워하기도 했다. 각자의 이야기는 말이 되어 나오는 순간부터 부드럽게 어우러졌고, 분위기는 제법 무르익었다.

"한 달 전쯤에 애들 아버지를 보러 갔어요. 결혼기념일이었거든. 워낙에 그날은 혼자 가요. 먼저 가 버린 사람한테 푸념도 하고, 어리광도 피우러. 그날도 지난해와 같았지. 혼자서 주절주절 한참을 늘어놓았어. 그러다 돌아가는 길이었어."

굳은 채 서서 납골함 앞으로 놓인 사진을 향해 짓이기듯 쏟아내는 날카로운 말을 들었다. 걸음이 멈추어 버릴 만큼 시리고 아픈 말들이었다. 독한 말들이었다.

나로 아플지는 모르겠지만 그래도 깃털만큼이라도 더 아프라고 안 갔어. 조금 고민하기도 했지. 그렇게 말라 죽어 가는 걸 보면서 조소해 줄까. 거봐라. 당신은 지은 죄 그대로 받는 거야. 그러니 죽어. 그렇게 죽어!

이를 앙다물고 씹어 뱉는 그 말은 악독했다. 여자는 주먹을 꼭 쥔 채였고, 입술을 질끈 깨문 채였다.

하지만 그것보다 아예 보여 주지 않는 게 더 당신에게 고통일 것 같았어. 당신은 그까짓 사랑 때문에 아버지를 죽였고, 나를 버렸고, 우리를 깨 버렸어. 그런 당신에게 지옥을 선물하고 싫었어. 아니…….

깊은 사연이 있을 테지만 이미 이 세상 사람이 아닌 사람을 두고 저토록 아픈 말을 쏟아 낸다는 게 이해가 되지 않았다. 죽음은 강력하다. 그래서 죽음은 용서로 귀결되는 일이 많다. 하지만 죽고서도 용서받지 못하는 사람이라…….

지옥이긴 했어?

그 물음엔 언뜻 울음이 묻어나는 것도 같았다. 상처가 많은 사람이구나. 그래서 아직 아프구나. 안쓰러운 마음이 들었다.

죽어도 용서 못 해. 죽을 때까지 용서 안 해. 당신도. 아빠도. 내 인생을 걸고 당신을 증오할 거야. 죽어도 안 잊어. 그러니까 거기서도 당신, 고통스러워하길 바랄게.

더 듣고 싶지 않아 그곳을 빠져나왔다. 심장이 두근거렸다. 정작 저한테 한 말도 아니건만 쿵쾅쿵쾅 가슴이 요동을 쳐 댔다. 집에까지 오는 내내 그 말들이 뇌리에 박혀 기분이 언짢았다. 그리고 잊었었다.

"어째 자꾸 낯이 익다 했어. 그래서 자꾸만 나도 모르게 되짚어 봤던가 봐. 오늘 아침에서야 떠오르더라고."

"어머니. 전……."

"독한 말로 저를 상처 입히는 사람일 줄은 몰랐어. 지나치면서는 섬뜩하기도, 반대로 안쓰럽기도 했지. 그런데 내 아들의 여자로는…… 어렵네."

안타까운 시선이 흔들리는 정원의 눈과 마주쳤다. 입술이 떨린다. 그만두라 할 건가 보다. 또 그런 건가 보다. 나는 또 놓쳐야 하는 건가 보다. 또 당신 때문에 난…….

"정원 씨가 마음에 들어. 다른 건 하나도 중요하지 않아. 내 아들이 사랑하는 사람이라서. 그것만으로도 충분해. 그것만으로 어여쁘지."

"죄송합니다."

무엇이 죄송한 줄 모른다. 그저 그 말이 튀어나왔다. 제발 멈추라고만 말아 달라 애원이라도 해야 하는 걸까.

사랑하는데. 정말 사랑하는데. 그래서 안 되는데. 죽어도 안 되는데.

정원의 시야가 어느새 뿌옇게 흐려졌다. 허공을 향해 눈을 깜빡거렸다. 질끈 입술을 깨물었다.

"정원아."

"저는……."

"네가 아픈 사람이 아니었으면 좋겠어. 용서하는 건, 그 사람을 위해서가 아니라 너를 위해서 해야 되는 거란다. 네 사정을 다 알진 못해. 하지만 그것만은 확실해. 넌 너를 위해 그 사람을 용서해야만 해. 그래야 네 사랑이, 우리 한이의 사랑이 완전해질 수 있지."

"어머니……."

참던 눈물이 기어이 흘러내렸다. 정원은 얼른 그 눈물을 닦아
냈다.

"너를 위해 뒤돌아봐. 너를 위해 놔 버려. 그리고 한일 위해서
용서해."

중연은 타이르듯 정원을 향해 말했다. 언뜻 설득 같은 그 말엔
간절함이 깃들어 있었다. 사랑은 다 다르다고 생각했다. 하지만
모든 사랑은 이어지기 마련인가 보다. 완전해지기 위해선 버려야
할 것이 있다는 것도 처음 알았다.

아픈 마음을 독하게 쏟아 내면서도 슬펐던 그것을 애써 외면했
다. 그래야 하는 건 줄로만 알았다. 늘 마음속에서 다짐했다.

용서하지 마.

그렇게 단단하게 차곡차곡 그 다짐을 쌓아 올렸다.

죽을 때까지 당신을 용서하지 않아.

그렇다. 하지만 그것으로 피폐해진 건 정작 자신의 마음이었다.

"한이만 생각해. 충분할 거야. 내 아들은 사랑이 많은 녀석이니
까."

가까스로 참고 있던 울음이 터졌다. 방울방울 떨어지는 눈물이 볼
을 적시고 손끝을 적셨다. 중연은 그런 정원에게 손수건을 건넸다.

"코도 풀어도 돼."

빙긋 웃으며 중연이 정원을 향해 말했다.

#14

　중연은 당황스러운 시선으로 한을 쳐다보며 멍하니 입만 벙긋 대고 있었다. 원체 버럭 하는 일이 없던 녀석인지라 적잖이 당황해 버렸다. 그저 안타까워서 얘기해 주고 싶었다는 그녀의 말을 한은 이해하고 싶은 마음이 없는 것 같아 보였다. 대번에 두 눈엔 날이 서고, 유하게 풀어져 있던 얼굴이 굳어졌다. 조금 많이 울었다는 말은 아마도 괜히 했나 싶게 한은 화가 난 것처럼 보였다.

　"내 입장에서는 해 주고 싶은 말이었어. 타박하는 말도 아니었고. 그래도 정원이 눈에서 눈물 뽑은 일이라 귀띔은 해 주어야 한다고 생각했고. 그렇게 대번에 소리칠 만큼 잘못한 거라고 생각 안 하는데 난? 네가 나한테 소개를 했다는 건, 이제 나와도 상관이 있는 사람이란 얘기고 난 정원일 제대로 받아들이고 싶었던 거였어. 찜찜한 일이 떠올라 버린 터라 그냥 넘기기도 싫었고. 이렇게 화낼 일이니?"

중연이 물을 한 잔 따라다 한의 앞에 놓았다. 두 눈을 질끈 감았다 뜬 한이 앞에 놓인 물 잔을 집어 들었다.

"죄송해요."

차가운 물이 몸 안으로 들어가자 조금 진정이 되는 것 같았다. 그제야 당황스러운 것이 역력한 중연이 보인다. 웬만해선 느끼기 힘든 둘 사이의 이런 분위기도.

"속속들이 다 말하고 싶지 않아요. 솔직히 말하면 입으로 꺼내 놓는 것도 가슴 아파요. 좋은 것만 보여 주고 싶고, 좋은 일만 만들어 주고 싶어요. 어머니는 좋은 사람이니까 원이에게도 좋은 어머니가 되어 줄 걸 믿기 때문에 데려왔던 거였어요."

"한아."

"원이 부모님에 대한 이야기 들었을 때, 가장 먼저 든 생각은 장하다, 그거였어요. 잘 커 줘서 고맙다. 그 생각이었어요. 그만큼 지독한 상처였고, 그 이유로 그 미움과 증오는 어쩌면 당연해요. 채워 주면 된다고 생각했어요. 하나씩 하나씩 나로 채워 주면 된다고. 그러면 옅어지겠지. 그 생각 했고. 지금도 그 생각은 변함 없어요. 어머니 입장에서 그럴 수도 있다고 생각하지만, 그래도 원이 걱정이 더 돼요. 죄송합니다."

"준이가 그러더구나. 한이 네가 온통 한정원이라는 여자로 가득 찼다고. 부럽기도 한데, 걱정이 좀 된다고."

"걱정되세요?"

"아니. 사랑이란 게 원래 그런 거니까."

중연의 얼굴에 옅은 미소가 그려졌다.

"섣불리 상처를 건드리는 것일 수 있단 건 생각 못 했어. 그저 안타까웠고, 보듬어 주고 싶었고, 또 한편으론 내 마음을 덜어 보고 싶었어."

"이해는 할 거예요. 바보 같은 여자는 아니니까. 그런데 아팠겠죠. 그건 어쩔 수 없잖아요. 한편, 거부같이 들렸을 수도 있겠고."

그렇다. 정작 가장 마음에 걸리는 것이 그것이다. 사랑의 거부. 가장 잔혹했던 친어머니로부터의. 그래서 자신의 손을 잡고 본가까지 오는 게 얼마나 떨리는 일이었을지 안다. 사랑에 지독하게 회의적일 수밖에 없는 그 상처들을 안고서도 두 팔 벌려 마주 안아 주는 것 같아서 너무 고맙고 어여뻤다. 더 사랑스러워졌고, 더 행복해졌었다.

처음 어머니에게서 어머니의 일방적 일화에 대해 들었을 때 얼마나 떨었을지, 또 얼마나 겁났을지 알 것 같아서 마음이 아프다.

좋았어. 같이 밥 먹고, 얘기하고, 웃고. 나 되게 좋았어.

바보 같은 여자. 울었단 얘긴 쏙 빼놓고서 말이다.

"사실을 말하자면 상처 없는 아이였다면 더 좋았겠다, 그 생각은 해. 말은 그럴 듯하게 하고서도 정작 속에선 몇 번이나 그랬었어. 하지만 진심으로 받아들이고 싶었어. 그렇게 이해해 줘. 아들."

"알아요. 고맙습니다."

"준이도 얼른 짝이 나타나면 좋겠는데 말이야."

장난처럼 픽 웃으며 중연이 한을 향해 말했다. 그러게요. 한이 바로 대꾸했다.

"가 봐. 실은 바로 가 보고 싶잖아."

"죄송해요."

"다음엔 정원이랑 둘이 와. 그땐 준이도 불러야겠다. 그래야 배 아파서 얼른 제 여자 찾겠지."

너 자꾸 그렇게 빡 돌게 해라? 여자가 겁도 없이. 얼른 들어 가. 들어가서 곧장 전화해. 알았어?

한이 그 소리에 피식 웃었다. 어쩌면 이미 찾았는지도 모르겠는데 말이에요.

✤

생각이 많아졌다. 들었던 말이 윙윙 머리 위를 부유하는 것 같았다. 그래. 맞아. 수긍했다가 어떻게 이해하겠어. 이해 못 해도 어쩔 수 없어. 울컥 화도 났다가 한이와는 별개인 문제로 내가 왜 이래야 해.

머리를 싸쥐었다.

한이만 생각해. 충분할 거야. 내 아들은 사랑이 많은 녀석이니까.

그건 안다. 그랬기에 그렇게 떨었고, 그렇게 겁냈고, 그래서 안 도했던 거였다.

당연히 미워하고, 증오할 수밖에 없었던 거였다. 더 다른 어떤 생각도 할 수 없었고, 할 필요도 없다고 생각했다. 엄마의 손이 절실했던 그때 버림받았다.

그리고 그때에 아빠 역시 자신을 외면했다. 당신들이 사랑에 눈멀어 그렇게 놓아 버린 딸은 상처투성이가 되었고, 남은 건 증오와 악뿐이었다.

그 증오로 버텼고, 그 악으로 살아 냈다. 어찌 하루아침에 잊힐까? 어찌 용서라는 게 될까 말이다.

하지만 처음으로 인정했다. 그들로 인해 자신의 삶이 지옥이 되었다는 거. 그래서 정작 더 아팠고, 더 상처받았다는 거. 떠올리지 않으면 되는 일이라 생각하고 있었다. 떠올릴 때마다 밉고, 떠올릴 때마다 악에 받치고, 가슴을 치고, 때리고. 그러니까 더 생각하지 말자고. 이제 다 끊고 생각 안 하겠다고.

그런데 어쩌면 그게 틀릴 수도 있다는 생각이 드는 것이다. 어쩌면 그의 어머니는 이럴 줄 알고 있었던 건 아닐까. 깊은 곳에 묻어 두고 봉인해 버리는 것만이 답이 아니다. 꺼내 놓고 확인하고 떨쳐 내라. 그 얘기를 하고 싶었던 것이 아닐까.

너를 위해 그 사람을 용서해야만 해.

그렇다면 성공이다. 그 순간 이후로 머릿속을 맴도는 건 온통 그 생각이었으니까.

"후우."

한숨이 터져 나왔다. 정원은 컴퓨터 화면을 꺼 버리곤 한껏 고개를 젖혔다. 그리고 눈을 감았다. 마무리는 내일 해야겠다. 도통 집중을 할 수가 없으니 말이다.

"목하 열애 중인 사람한테서 나올 만한 한숨은 아닌 것 같은데?"

언제 들어온 건지 은환이 정원의 어깨에 손을 얹으며 가볍게 물었다.

"그러게."

조그만 소리로 답했더니, 의아한 시선으로 눈썹이 위로 솟는다.

"그러게 말이야."

다시 한 번 중얼댔더니, 이번엔 표정이 굳는다.

"걱정할 일은 아니구."

"진짜야?"

"응."

"불안해? 너무 좋은 날만 이어져서?"

"그런가?"

"그런 거면 그런 불안쯤은 즐겨. 행복해 죽겠다는 반증이야."

얄밉단 듯 눈을 흘기며 은환이 옆자리로 털썩 소리 나게 앉았다.

"실은 어제 한이 어머니 만났어."

"좋은 분이라며? 근데 아니야? 따로 만나서는 딴말해? 그래?"

통통 목소리가 튄다. 걱정이 반, 화나는 게 반이다. 내 편. 앞 뒤 다 자르고도 그냥 내 편. 정원의 입술이 호를 그린다.

"아니."

"그럼?"

"납골당에 갔었을 때, 그때 날 봤던 게 기억이 나셨던가 봐."

"납골당? 너, 해준이 어머니한테 갔었어?"

아무것도 아니라고. 그러니까 아무 느낌도 없다고. 속이 다 시원하다고. 벌받는 거라고. 담담하게 말하던 정원을 잊을 수 없었다. 울며불며 소리치는 것보다 배는 더 아파 보였다. 하지만 그저 어깨만 토닥여 주었을 뿐이다. 그 역사를 모르지 않았다. 켜켜이 쌓여 단단하게 굳어 버린 그것이 얼마나 큰 고통이었을지 모르지 않는다.

"환하게 웃고 있는 사진을 보니까 열이 오르더라. 화가 나서 미치겠더라. 은환아. 그날, 그걸 보셨던가 봐. 그걸 기억해 내셨던 가 봐."

"그래서? 그거 가지고 뭐라 해? 뭐라고 그랬기에?"

앞에 놓인 물을 벌컥벌컥 소리 나게 들이켜곤 은환은 답답한 듯 재촉했다.

"나를 위해 놓으라고. 한일 위해 용서하라고."

"그렇게…… 말하셔?"

"말을 놓으시겠다고 해 놓고도 안 놓으시기에 불안했어. 납골 당에서 보았다는 그 말엔 덜컥 심장이 떨어지더라. 그런데 그렇게 말하시더라. 정원아. 그러시더라."

"맞네. 월척."

은환이 멍한 얼굴로 중얼거렸다. 훗. 정원의 입에서 웃음이 터졌다.

"그런데 뭐가 한숨인데?"

"미워하면서, 그렇게 증오하면서 나만 들들 볶였더라. 미워하면서 악이 차고, 증오하면서 아프고, 내가 그랬더라. 빤한 건데 그게 이제야 깨달아지는 거 있지. 바보 같아. 정말."

후우. 정원의 입에서 다시 한숨이 흘러나왔다.

"그래서 복잡했구나?"

"응. 그러네."

"한 번쯤은 닥칠 일이었어. 한 번쯤 나도 해 주고 싶던 말이었는데, 해 줄 수 없던 말이기도 했고. 고민해 봐. 가볍게 떨쳐 낼 수 있는 방향으로. 그리고 힘들면 의지해. 네 남자한테."

내 남자.

마음이 뜨끈해졌다. 정원은 은환을 향해 활짝 웃었다. 맞다. 그의 존재 자체가 위로다. 언제 이렇게까지 온 걸까. 어떻게 이쯤에 이런 남자가 있었던 걸까. 제게.

"원아."

정원의 고개가 돌아갔다. 그 옆의 은환의 고개도 같이.

월척이네. 픽 웃으며 은환이 중얼댔다.

"왔어?"

입술 끝에 웃음 한 자락을 물고 정원이 한을 향해 물었다.

"잘 있었죠?"

"저야 늘 잘 있죠."

은환이 어깨를 으쓱하며 대꾸한다. 한이 정원에게 바짝 붙으며 허리를 끌어안았다. 자연스럽게 안긴 그 모습에 은환이 새침하게 눈을 흘겼다. 하지만 그러거나 말거나 한은 바짝 당겨 안은 정원의 얼굴을 살피기 바쁘다.

"데려가요. 일은 아직인데 급한 건 아니고, 얘가 일이 하기 싫은 모양이니까."

"어. 나가자. 일이 속도가 안 나. 이럴 땐 그만하는 게 예의지. 훗. 조금만 있을래? 세수 좀 하고 올게."

정원을 보며 한이 싱긋 웃었다. 하지만 이내 표정이 굳어졌다.

"괜찮아요?"

"뭐가요?"

"원이."

"눈치가 빠른 건가요? 아니면 모자 관계가 특별히 좋은가?"

"둘 다."

"모른 척해요. 조금 혼란스러운 마음이 없진 않은 것 같지만, 차라리 잘된 일이라고 생각해요. 한 번은 겪고 넘어가야 할 일이었어요. 죽을 때까지 미워만 할 순 없잖아요. 제 속 깎아 가며 아픈 건 이제 그만할 때도 됐죠. 저 끝으로 밀어 놓고 미워하고 증오만 했죠. 버리는 것도 방법이 있는 걸 몰랐을 테니까. 제대로 버릴 수 있도록 지켜봐 주자구요."

이렇게 좋은 사람 하나쯤 남겨 놓았다는 게 새삼 고마워졌다. 이런 사람이 그간 옆을 지켰다는 것이 얼마나 다행인지 모르겠다.

때아닌 감사가 물결친다. 영 자신을 별로라고 생각하는 위인이건
만, 그것과는 별개로 이 여자가 마음에 든다.

"결혼 생각 하는 거죠?"

예상 못 한 질문이다.

"그래서 집에까지 데려간 거고?"

"당장에라도 하고 싶은 심정이죠. 그건."

망설임 없는 한의 답에 은환이 피식 웃었다.

"윤범인 어때요?"

"잘생겼어요."

예상한 대답 중 그 어느 것도 아니다. 한의 표정이 어색하게 일
그러졌다.

"생긴 게 참 내 취향이라구요."

"취향 참 독특하네요."

"훗."

"시작은 그 어떤 것으로도 가능해요. 좋은 징조죠?"

"그런가?"

확실한 답을 피하며 은환이 빙글 웃었다.

"한아. 나가자. 은환아. 나 먼저 갈게."

"다음엔 윤범이랑 같이 봐요."

"그러든가요."

은환이 정원을 향해 성의 없이 한 손을 들었다 놓으며 한을 향
해 더 성의 없이 답했다. 쯧 소리 나게 혀를 차는 한을 보며 은환
이 하하하 소리 내어 웃었다. 열린 문 사이로 은선이 빠끔히 고개

를 내미는 것이 보였다.

"어째 이 자식은 올 때마다 없냐?"

"이러다가 언제 갑자기 가게 접겠다고 그럴까 봐 저도 불안불안해요."

준이 현민을 향해 삐딱하니 묻자, 현민이 픽 웃으며 준을 향해 답했다. 준의 옆에 앉아 있던 윤범이 흥, 코웃음을 친다.

"누가 연애 한번 변변히 못 해 본 자식 아니랄까 봐 티를 내요. 티를."

칵테일을 홀짝이며 윤범이 불퉁거렸다.

"근데 넌 언제 소개시켜 줄 거냐?"

별말 없이 칵테일만 들이켜던 재영이 이제야 생각났다는 듯 윤범을 향해 물었다. 윤범이 구긴 미간을 긁적이며 글쎄, 혼잣말처럼 중얼거렸다.

"뭔데? 그 글쎄의 의미는."

"의미는 인마. 아직이란 소리지. 제대로 못 잡았단 소리잖아. 큭큭."

준이 왠지 고소하단 듯 재밌어하며 웃었다.

"산뜻한 거 같으면서도 깊고, 가벼워 보이다가도 더디네. 그 여자. 통통 튀기에 쉬울 줄 알았는데, 잘못 본 건가 싶기도 하고."

"오오. 심오한 여자군."

준이 킬킬 웃으며 말했다.

"뭐야? 별소리 없더니."

한이 정원과 함께 셋이 앉아 있던 테이블에 자리를 잡고 앉았다. 재영이 그런 한은 가볍게 무시한 채 정원을 향해 인사했다.

"오랜만이에요. 정원 씨."

"진중연 여사 만났다면서요? 넌 언제 데려올 거냐고 등짝 한 대 시원하게 얻어맞았어요. 덕분에."

재영의 인사에 반갑다고 말하던 정원이 준의 소리에 웃음이 터졌다.

"벌써 인사도 갔어요? 이러다 올해 가기 전에 국수 먹는 거 아니냐?"

윤범의 말에 한이 별다른 답 없이 정원을 쳐다보았다.

"와. 이 새끼 봐 봐. 정원 씨가 하자면 당장이라도 할 기세잖아."

"할래?"

"와아. 이 새끼 뻔뻔한 거 봐."

할래? 곧장 정원을 향해 묻는 한을 바라보는 정원의 눈이 잠깐 흔들렸다.

"너는 뭔 청혼을 이딴 식으로 해? 미친 거 아냐?"

"정신 빠진 새끼."

셋의 타박이 연달아 이어졌다. 그 열렬한 반응에 정원은 그저 피식 웃어 버렸다.

"하다못해 알반지 하나는 준비해야지 인마. 프러포즈 그거 두고두고 회자되는 거다. 어이없이 했다간 두고두고 씹힌다고 인마."

경험자인 재영이 반쯤 걱정스럽게 얘기했다.

"두고두고 씹혀 봐야지 너처럼 두고두고 후회하겠지. 머리 좋은 놈은 뭔가 다를 줄 알았는데, 이건 뭐 죄다 거기서 거기야. 충고 하나 하자. 나오는 대로 막 다 하지 마. 나오는 대로 막 다 했음 난 벌써 애가 셋이야."

"이 새끼는 뭔 소리가 또 그리 튀어?"

덤앤더머 또 시작이네.

티격태격하는 준과 윤범을 보며 재영이 고개를 절레절레 흔들었다.

"아참. 깜빡했다. 아까 손님 왔었어요. 사장님 찾던데? 금발에 쭉쭉빵빵. 친구라던데요. 제니스 러너?"

현민이 다시금 메모를 확인하고는 한을 향해 말했다.

"맞네. 제니스 러너. 여기 연락처요. 전화 달래요."

현민이 테이블 위로 메모지를 내려놓고 되돌아간 순간. 잠깐의 정적이 그들의 테이블을 감싸고 돌았다. 힐끗 윤범이 정원을 쳐다보았고, 준은 슬쩍 한의 눈치를 보았다. 재영은 말없이 칵테일을 들이켰다. 한이 정원을 쳐다보았고, 정원은 어깨를 으쓱였다.

뭐라 말 좀 해 보시지?

"친구야. 미국서 같이 연구소에 있었던."

"아아. 그래? 현민이 저 새끼는 뭔 쭉쭉빵빵이라고 괜한 소리를 해서는."

"그 녀석이 쭉쭉빵빵이던가?"

진정 이해할 수 없다는 듯 한이 눈을 빙글 굴렸다. 대번에 정원이 찌를 듯 그를 쏘아보기 시작했다. 준이 팔꿈치로 한을 쿡 찌른다.

"나 빠지고 나서도 그 녀석은 팀원들하고 같이 계속 연구하고 개발하고 그랬거든. 2차까지 성공했다는 것만 전해 들었는데, 한국엔 무슨 일이지?"

"그건 네가 물어봐서 알 일이고."

말 그대로 그저 친구라 저는 아무 생각 없이 하는 말이겠지만, 정원의 표정은 산뜻하지만은 않았다. 괜히 제가 찔려 재영이 곧장 한의 말을 자르고 나섰다.

"그래. 그건 내일 네가 전화해 보고. 자. 마시자. 마셔. 마셔."

재영의 의도를 곧장 알아챈 윤범이 호들갑스럽게 잔을 들어 올려 차례차례 잔을 부딪친다.

"어어. 그래. 마시자. 마셔."

준이 동조하자, 한 역시 잔을 든다. 그러면서 한은 어깨를 으쓱이며 정원을 향해 눈을 찡긋하며 윙크했다.

뭐지?

잔 너머로 그런 한을 보며 정원이 미간을 찌푸렸다. 그 모습에 한이 보다 더 활짝 웃었다. 그러니까 자신이 질투하고 있다는 걸 약삭빠르게 눈치를 챘다는 거다. 그래서 부러 의도를 했던 것이고.

허어!

정원이 칵테일을 벌컥벌컥 들이켰다.

한의 눈이 반짝거리기 시작했다. 한이 정원의 손을 끌어다 꼭 쥐고, 제 허벅지 위에 놓았다. 빼내려는 정원을 간단하게 무시하고 그는 내내 그 손을 놓지 않았다. 눈치 없이 계속 한을 향해 눈짓하는 윤범과 괜히 딴소리만 해 대는 준, 거기에다 재영은 아예 말없이 칵테일만 들이켠다.

크크. 한이 참지 못하고 웃어 버렸다.

"너희들은 우리 원이가 질투를 한 것 같냐, 안 한 것 같냐?"

정원이 잠시 화장실에 간 사이에 이때다 싶어 타박하는 셋을 향해 물었다.

"어이가 없네?"

"어이가 뭔 줄은 아냐? 맷돌 손잡이를 어이라 그래요. 진짜 내가 어이가 없다?"

덤앤더머의 반응은 이랬고.

"나 참 별."

재영의 반응은 이랬다. 하하하. 한이 경쾌하게 소리 내어 웃었다. 누가 그랬더라? 사랑하는 관계에 있어 질투는 맛깔나는 양념이라고. 양념이 쳐지니 더없이 맛깔난다. 표현하지 않으려 하지만 기어이 드러나는 눈빛. 바짝 열이 올라 언뜻 치켜뜬 눈.

어여뻐 죽지 내가.

한의 미소가 더 깊어졌다.

외부 촬영이 있다는 정원에게 전화를 걸었다. 그런데 신호가 감과 동시에 벨소리가 귓가로 들린다. 아주 생생하게. 응? 벨 소리를 따라 움직이던 한의 걸음이 침대 아래서 멈추었다. 정원의 휴대전화가 거기에서 푸른 불빛을 내며 부드럽게 울리고 있었다.

"어?"

제 번호 위로 딱 떨어지게 두 글자가 떠올라 있었다.

[월척]

대박이네. 이 여자.

큭크. 웃음이 터졌다. 하하하. 웃음이 멈추어지지 않는다. 한은 부러 몇 번을 더 걸었다. 덩그렇게 뜨는 [월척]이라는 단어가 그렇게 재밌을 수가 없다.

그렇다면!

[사공님]

제 휴대전화에 [우리 정원이]라고 저장되었던 것을 지우고, 한은 그렇게 세 글자를 입력했다. 그러고는 다시 제 전화로 정원에게 전화를 걸었다. 제 화면엔 사공님이라는 단어가 정원의 화면엔 월척이라는 단어가 동시에 떠올랐다. 기분 좋은 얼굴로 한이 집을 나섰다.

#15

"히야. 한!"

제니스가 벌떡 일어나 한을 끌어안았다. 화려한 녀석의 외향상 카페 내의 사람들의 시선이 일제히 그들에게 꽂혔다. 후우. 한은 녀석이 들을 수 없게 작게 한숨지었다.

웨이브가 굽이치는 밝은 금발, 푸른 에메랄드빛 눈동자, 새하얀 피부에, 늘 제 자랑이라며 당당하게 자부하던 몸매엔 제 몸인 양 딱 들러붙은 푸른색 미니 원피스가 입혀진 채였다. 어딜 가도 눈에 띄는 여자. 그래서 부담스럽기도 했다.

한은 반가움에 어쩔 줄 몰라 하는 제니스를 제 몸에서 떼어 내었다. 금세 입술을 삐죽이며 힐끗 노려본다. 한이 피식 웃음을 흘렸다.

"넌 몰라도 난 사람들 시선 집중되는 거 싫댔다?"

"앉기나 해."

쌜쭉한 표정으로 제니스가 한을 향해 퉁명스럽게 말했다. 기껏 해야 곧장 웃어 버리고 말았지만.

"어떻게 지냈어?"

"그냥. 그럭저럭."

한이 제니스를 향해 어깨를 으쓱였다. 그렇다. 그럭저럭 지냈다. 생각지도 못했던 일로 어그러진 미래는 분명히 그에게 고통과 좌절을 주었지만, 그의 인생에서 볼 때 그것은 그렇게 참혹하기만한 일은 아니다. 따지고 들자면 그 일이 있었기에 정원을 만날 수있었고, 어쩌면 그것은 그의 인생에서 볼 때, 더 찬란한 행운이었다. 그는 좌절을 통해 가 보지 못했던 길에 들어섰고, 그 길에 들어서게 되었기에 정원을 만난 것이니까.

"근데 한국엔 무슨 일이야?"

"연말에 한국 대진자동차에서 스폰서 의뢰가 들어왔었어. 연초에 계약했고, 이번에 그쪽에서 주최하는 프로그램 진행차 들르게된 거고."

"무슨 프로그램인데?"

"미래 자동차 산업과 로봇의 혁신?"

"훗."

"정작 그 혁신을 주도했던 남자는 여기 이러고 있네?"

장난처럼 빈정댔지만 제니스의 눈엔 아쉬움과 안타까움이 역력했다.

"사실은 널 설득하고 싶어서 왔어."

어느새 진지해진 표정으로 제니스가 한의 눈을 똑바로 쳐다보았다. 순간 한의 표정이 굳어진다.

"난 네 팀이야. 한."

"[휴머노이드 이오]는 진작부터 네 팀이었어."

"누구도 그렇게 생각하는 사람은 없어."

제니스는 단호했다.

"제니. 난 벌써 손을 놓은 지 5년이야."

"여기 와서도 진행했던 걸로 알아. 그래. 3년. 길어. 특히나 급
격히 변화하는 과학기술 분야에서는. 그래도 넌 달라. 내가 아는
한은 누구보다 뛰어난 사람이고, 로봇을 이해하는 사람이지. 너만
한 적임자는 없어."

"제니."

"돌아가자. 우리 팀은 여전히 널 기다려. 나 혼자서는 벅차. 알
잖아."

"엄살 부리지 마. 제니."

"엄살은 네가 부리고 있잖아."

제니스가 한을 새침한 눈으로 흘겼다.

"혼자가 아니야."

"뭐?"

당황한 듯 놀란 표정이 되는 제니스가 설마 하는 시선으로 그
를 쳐다보았다. 한이 피식 웃으며 고개를 끄덕였다.

"설마 결혼을 한 건 아니지?"

언뜻 떨리는 목소리였다.

"왜 그렇게 놀라? 오해하겠어."

"오해?"

"네가 날 좋아하는 걸로. 훗."

장난스럽게 말했지만 제니스는 그저 입을 다문 채 쳐다만 볼 뿐 별다른 답을 해 주지 않았다. 이번엔 한의 표정이 스륵 굳어졌다. 그제야 제니스가 피식 소리 내어 웃었다.

"좋아했었지. 하지만 5년 동안 보지 못했던 남자를 가슴에 담고 있을 만큼 순정파는 아니라서. 그저 조금 놀랐어. 그쪽으로 영 재미없는 남자잖아, 한은."

"결혼은 아직이야. 마음은 하루라도 빨리하고 싶은 마음이지만."

"어떤 여잔지 되게 궁금하다."

제니스의 눈이 궁금함으로 반짝거렸다.

"예뻐. 근사해. 사랑스러운 여자지."

생각만으로도 좋은지 한은 두 눈을 반쯤 접고 연신 웃음을 흘렸다.

"재고도 없어?"

"제니."

"고민해 봐. 고민이 된다면 그녀를 설득해서 같이 와도 돼."

"난 지금도 만족해."

"틀렸어. 지금이 만족스럽다고 했어야지. 지금도란 의미를 굳이 내가 알려 주지 않아도 알지? 한은 천재니까."

걸려들었다는 듯 제니스가 턱을 치켜든 채 어깨를 들었다 놓았다. 한이 못 말린다는 듯 고개를 절레절레 흔들자 제니스가 하하하 웃었다. 힐끔거리던 사람들의 시선이 다시금 일제히 그들에게로 꽂혔다.

✤

해준의 표정이 굳어진 채 풀릴 줄을 몰랐다. 남자의 시선은 내내 행복해 죽겠다는 표정이었고, 그 시선을 받고 있는 여자는 정원이 아니다. 날선 눈이 찌를 듯 노려보는 것도 모른 채 남자는 여자에 집중하고 있었다.

"여자라고 다 같은 의미는 아니야."

태화가 담담하게 해준을 향해 말했다.

"알아. 내가 바보 같아?"

사나운 소리로 금세 대꾸하는 해준을 보며 태화가 픽 웃었다. 아직도 그러면 어쩌자는 건데? 미련한 자식. 태화가 여전히 남자를 노려보고 있는 해준을 향해 혀를 쯧 찼다.

"저 자식이 마음에 안 들어. 깔끔하지 못한 자식이야. 그래서 불안해. 정원이가 상처받을지도 모른다고."

우연한 기회에 저 자식의 교수 생활에 대한 이야기를 들었다. 천재의 몰락이라고 했던가. 천재면 뭐하느냐, 인성이 그 모양인데부터 시작해서 천재도 별수 없네, 까지. 다른 것도 아니고 여자 문제였다. 교수와 학생. 부적절한. 와전되었을 가능성을 배제 못하는 건 안다. 하지만 아니 땐 굴뚝에 연기 날까.

속속들이 파고들어 죄다 까발리고 저 멀쩡한 얼굴 속에 든 날

것을 보고 싶은 마음이었다. 하지만 그러다 생각이 든 것이다. 그래서 어쩔 건데?! 기든 아니든 정원은 저 자식을 사랑하고 있고, 정원은 더 상처받으면 안 되는 여자다. 그래서 멈추었다. 멈출 수밖에 없었다. 그런데 또 여자다. 국적불문인 건지, 이번엔 쭉쭉빵빵 무슨 할리우드 여배우처럼 생긴 화려한 여자로. 도대체가!

"그렇든 아니든 간에 네가 상관할 일은 아니라고 본다."

남자를 노려보던 해준의 시선이 그대로 태화에게로 꽂혔다.

"그건 알아? 은환이 남자 생겼더라?"

느긋하게 몸을 기대고 표정 없이 앉아 있던 태화의 얼굴이 급격하게 굳어졌다. 저도 단속 못 하는 자식이 그러니까 왜 난리냐고 글쎄. 저나 나나 오십보백보인 건 왜 모르냐고.

"그래?"

한참 만에 나온 답이 그다지 산뜻하지 않은 건 모르나 보다. 해준이 쓰게 웃었다. 태화나 자신이나 어찌나 병신 같은지.

"잘됐네."

빙글 웃는 얼굴에 저 눈이 하나도 안 어울리는 건 모르지. 멍청하게. 후우. 해준이 한숨을 내쉬었다. 저쪽으로 정원의 남자가 금발의 여자와 함께 자리에서 일어나는 것이 보였다. 여자는 처음 만났을 때 그랬던 것처럼 남자의 목을 한껏 끌어안았다. 약간 불편한 기색이긴 했지만 남자도 가슴 한가득 여자를 끌어안고 환하게 웃었다.

빌어먹을 자식!

"참견하지 마. 완전하게 떨려 나간 거 잊지 말라고. 저 남자가 정원이에게 상처를 주든 안 주든 이제 넌 상관없다고."

촌철살인의 극치.

재수 없는 자식.

방금 막 카페를 나서는 저 남자만큼이나 앞에 앉은 이 자식이 싫다. 해준은 한참을 더 그렇게 태화를 쏘아보았다. 하지만 차갑게 굳어진 얼굴로 태화는 창밖을 응시한 채 별다른 반응이 없었다.

❖

"내가 월척이야?"

한이 빙글 웃으며 정원에게 휴대전화를 건넸다.

"은환이가 월척이래."

"설마."

피식 웃으며 답하는 소리에 한의 표정이 금세 의아해졌다.

"와. 윤범이가 그렇게 맘에 든대? 내가 월척이 될 만큼?"

"거기서 윤범 씨가 왜 튀어나오는 건데?"

"은환 씨 나 별로잖아."

산뜻한 얼굴인 데 반해 목소리는 불퉁하기 그지없다. 대체 왜 내가 싫은 건데?

"별로인 건 맞구요."

하여튼 저 여잔 양반은 못 되지. 어느새 사무실에서 나온 은환이 정원 옆으로 섰다. 대놓고 하는 말에 정원이 큭 웃었고, 카메라를 닦고 있던 규호가 픕 웃다 입을 가렸다. 은선은 도대체 무슨 일인가 사무실 밖으로 빠끔히 얼굴을 내민 채다.

"어머니랑 이모님 얘기 했더니 그래. 월척이라고."

아아. 한이 고개를 끄덕인다.

"우리 휴가 계획 잡았어요. 정원이 휴가 제대로 보낸 적 없거 든요. 기억에 딱 남게 근사하게 놀아 줘요. 요번 여름휴가 땐."

"그건 당연하고. 은환 씬요? 윤범이랑 보낼 생각이에요?"

"그건 그쪽에서 신경 쓸 건 아니구요."

빙글 웃으며 얄미움을 투척한 은환이 다시 사무실로 쏙 들어가 버린다. 허어. 닫힌 사무실 문을 보며 한이 고개를 절레절레 흔들 었다. 다시 규호가 웃었고, 이번엔 사무실 밖에서 소품 정리를 하 던 은선도 소리 내어 웃어 버린다. 얄미운 여자. 한이 닫힌 사무 실 문을 대놓고 째려보았다.

"언젠데?"

그래 놓고는 팔짱을 껴 오는 정원을 향해 얼른 묻는다. 그것도 배시시 웃으면서.

"7월 셋째 주."

"3주 남았네. 오늘부터 천천히 알아보자."

"어."

활짝 웃는 정원의 손을 끌어다 쥐고 한이 규호와 은선에게 인 사를 건넸다. 수고!

"들어가세요!"

큰 소리로 인사하는 규호와 은선을 뒤로하고 스튜디오 문을 열었다. 한이 정원의 이마에 입을 맞추자, 금세 우우 하는 야유 소리가 천천히 닫히는 문 사이로 흘러나왔다. 피식 한이 웃었다.

"만났어?"

"어. 좀 아까."

"반가웠어?"

"5년 만이니까."

"무슨 일 때문에 왔대?"

"대진자동차랑 스폰서 계약 했다나 봐. 관련 행사 참여차."

"그게 다야?"

정원이 한을 올려다보며 물었다. 가느다랗게 뜬 눈이 제법 날카롭다.

"그게 다가 아니면?"

"빤히 알면서 그렇게 묻는 거 되게 얄미운 건 알지?"

새치름하게 한을 흘기며 정원이 물었다. 입술을 삐물은 채다.

"나한테 너밖에 없는 거 알면서 그렇게 물으면 예뻐 죽는 거 알지?"

"늘 듣는 말이니까. 훗."

어깨를 으쓱이며 하는 말에 한이 어깨를 꼭 끌어안았다.

어? 또 왜 이러지?

배슬거리며 정원이 묻자, 이러려고 그러지. 한이 정원의 입술에 쪽 소리 나게 입을 맞추었다.

어디가 좋을까?

침대 위에 나란히 엎드린 채 정원과 한이 노트북을 살피고 있었다.

"여기 어때?"

"응. 좋네."

"아니다. 여기가 더 좋다. 안 그래?"

"어. 거기도 좋다."

"아무래도 바다에 인접한 데가 더 좋겠지? 여긴 어때? 여기도 괜찮은데."

"어."

이어지는 성의 없는 대답에 정원이 참지 못하고 제 가슴께로 막 진입하려는 한의 손을 냅다 소리 나게 쳐 버렸다.

"보기는 제대로 보고 있는 거야?"

눈이 째져라 노려보자 한은 대답했다.

"물론!"

"넌 온통 그 생각밖에 없지?"

"난 누누이 그렇다고 얘기했었다? 그 생각밖에 없다고. 미친놈처럼."

더 힘껏 노려보는 정원을 보며 한은 양손을 들어 항복을 표시했다.

"눈 빠지겠네."

보자. 봐. 한이 그제야 노트북에 떠오르는 호텔 객실을 살피기 시작했다.

"난 아무래도 좋다니까."

"이것도 재미야."

"알아. 것도 재미지."

시큰둥하게 답한 한이 맨 처음 정원이 골랐었던 호텔을 딱 집었다.

"여기. 좋네."

"뭘 또 그렇게 금방 정해?"

"것도 불만이야? 다 거기서 거기야. 내 눈엔. 내 눈엔 너밖에 안 보인다고."

몸을 들썩이며 한이 노래를 부르기 시작했다. 반짝이는 눈으로 입가엔 웃음을 매단 채. 결국 정원은 웃어 버렸다.

"못 당하겠어. 정말."

한이 경쾌하게 몸을 흔들며 정원의 손을 끌어다 손끝에 입을 맞추었다.

"너뿐이야."

한은 두 눈을 맞춘 채 노래를 부르다가 드러난 그녀의 어깨에 입을 맞추었다.

"너뿐이야."

그리고 입술에 키스했다. 정원이 참지 못하고 한의 목을 끌어안았다. 한도 정원을 깊이 끌어안았다. 스륵 흘러내리는 시트 위로 새하얀 몸이 드러났다. 한은 정원의 입술 위로 속삭였다. 사랑해.

온통 이 남자밖에 안 보였다. 이 남자가 사랑이고, 사랑이 이 남자고, 또 그래서 너무 행복했다. 정원은 자신의 몸을 깊이 안은 단단한 그의 팔을, 그의 몸을, 그 따뜻한 체온을 너무나도 절절하게 느끼고 있었다.

문득 스치는 생각이 있다. 난 절대로 그렇게 하지 않았을 거지만, 누구도 그렇게 하지 못했을 거지만…… 그래도 사랑은 인정할게. 비겁하고 잔인했지만 당신한테 그것이 전부였단 건 인정해준다고.

하지만 순간에도 날카롭게 베이는 제 마음이 아파 정원은 두 눈을 감았다. 그를 더 꼭 끌어안았다. 놓으면 천 길 낭떠러지로 떨어지기라도 하는 듯 필사적으로 그의 입술에 매달렸다. 한은 장난처럼 말할 것이다. 욕심쟁이라고.

"욕심쟁이."

거봐.

하지만 정원은 그에게 안길 때마다 그를 안을 때마다 그렇게 필사적이 되었다. 놓고 싶지 않아. 천천히 목덜미로 미끄러지는 그의 입술을 고스란히 느끼며 정원은 필사적으로 그의 머리를 끌어안았다.

⁙

카메라 너머로 보이는 얼굴이 낯익다. 정원은 카메라를 내리고 여자를 쳐다보았다.

어디서 보았더라.

기억을 더듬는 사이 어느새 여자가 정원에게까지 다가섰다.

"안녕하세요."

그리고 기억이 났다.

안녕하세요. 오랜만이에요. 교수님.

그날, 한은 정말 하고 싶지 않은 이야기를 하는 듯 내내 불편한 모습이었다.

몰랐음 싶었던 일이야. 네 이야기를 풀어 놓았던 그날, 망설였어. 해야 하나. 해야 할까. 하지만 안 했어. 몰랐음 싶었던 거야. 그냥. 그랬어.

마치 무언가 크게 잘못한 일인 양 한은 그렇게 자신의 눈치를 보았다. 정작 자신의 잘못은 하나도 없는 일이었음에도 불구하고. 여자를 쳐다보는 눈에 날이 섰다.

"어? 어떻게 알아? 한 작가님 우리 해영이 알아요? 우리 해영이가 딴 건 몰라도 인간관계가 심각하게 협소한 사람인데. 어? 어떻게 아는 건데?"

배우 진승현. 그러니까 이 여자는 그와 함께 온 거였다. 스캔들 하나 없는 깔끔한 녀석이다. 현재 알려진 연인도 없는.

"누구?"

모니터를 살피던 은환도 흥미로운 눈으로 셋 사이로 끼어들었다.

"친구요. 한국에 잠깐 들렀는데 이미 잡혀 있던 스케줄을 뺄 수가 없어서 데리고 왔어요. 구경도 시켜 줄 겸."

승현이 여자의 어깨에 팔을 두르고는 여자의 머리칼을 쓸어내린다. 더없이 사랑스러운 시선으로. 분명 친구는 아니다.

"진승현! 의상 갈아입자."

"잠깐만. 잠깐만요."

승현이 드레스 룸으로 쏙 들어갔다. 은환 역시 반갑다는 인사를 끝으로 다시 모니터 안의 승현을 체크하기 바빴다.

"이렇게도 만나네요. 그다지 반갑지는 않지만."

부러 차갑게 말했다. 차갑고 딱딱한 어투에 여자가 움찔 몸을 움츠리며 두 눈을 깜빡거린다.

"들으셨구나."

"듣고 싶지 않은 얘기였지만."

정원은 깔끔하게 말을 놓아 버렸다.

내 남자를 상처 입힌 네가 난 너무 미우니까.

"혹시 교수님과 제니스가 만났나요?"

생각지도 못한 말에 정원이 인상을 찌푸렸다. 그 쭉쭉빵빵 미국 친구를 이 여자가 어떻게 아는 거지? 날카롭게 쏘아보자 여자는 저기, 그러니까…… 하고 머뭇머뭇 말을 이었다.

"제니스는 다시 교수님과 함께 일을 하고 싶어 해요. 교수님이 만든 팀이고, 교수님이 있어야 완벽하게 이룰 수 있다고 생각하죠. 아마 설득하기 위해 만났을 거예요."

여자는 그것도 모르냐는 식으로 말하지 않았다. 하지만 문제는 정원에게 그렇게 들린다는 것이었다. 기분이 나쁘다. 그것도 몹시.

"한 쌤! 준비 다 끝났어요!"

정원의 고개가 은선에게로 돌아갔다. 승현이 완벽하게 촬영 준비를 한 채로 이쪽을 향해 히죽 웃고 있었다. 고개를 돌린 여자 역시 그를 향해 활짝 웃는 것이 보였다.

"시간이 되신다면 촬영 끝나고 잠깐 이야기를 나누고 싶어요."

"내가 왜 그래야 되지?"

"제가 보기에 교수님은 한 작가님의 말에는 귀를 기울일 것 같으니까요."

"건방지네."

"이렇게라도 하지 않음 전 평생 죄책감에 시달려야 하니까요."

"그 죄책감 본인 때문이었잖아."

"정원아!"

은환이 저쪽에서 소리쳤다.

"하지만 들어는 줄게."

"고맙습니다."

꾸벅 여자가 정원을 향해 고개를 숙였다. 의아한 듯 커진 눈으로 고개를 갸웃하는 승현이 보였다. 여자가 그를 향해 고개를 가로 젓는다.

#16

"저녁 먹으러 왔어요."

정원이 중연에게 프리지어 한 다발을 내밀며 활짝 웃었다.

"뭘 또 꽃까지. 으음. 향기 끝내준다. 어서 와. 안 그래도 해연이 없어서 혼자 뭘 먹나 그랬는데, 너 때문에 제대로 밥하고 국 끓이고, 대충 안 먹어도 되겠다 했어, 얘."

집 안으로 들어서자 구수한 된장찌개 향이 떠돈다. 배가 많이 고프지 않았는데, 막상 음식 냄새를 맡고 보니 절로 배가 고파졌다.

"손 씻고 와. 일단 먹자."

"네. 어머니."

중연은 욕실로 쏙 사라지는 정원을 흘낏 넘겨보며 부드럽게 웃었다. 모가 날 만도 하고, 그래서 마음이 너르지도 못할 것 같아 걱정했는데 기우였나 보다. 어쩌면 그렇지만 노력하고 있는 걸지도 모르겠다. 하지만 그것도 어여쁘다. 예쁘게 보이고 싶다는 얘기니까. 그거로도 어여쁘게 보아 주어야지 싶어진다.

"그래서 넷이 모였다고?"

"네. 윤범 씨 말이 F4 정기모임이래요."

"그놈의 F4는 언제까지 우려먹을 작정이라니? 훗."

식탁에 앉으며 정원이 중연의 웃는 얼굴을 보며 마주 웃었다. 우려먹는 게 아니라 윤범은 진심이었다. 진심으로 그같이 생각했고, 그래서 늘 그렇게 으스대는 것이다.

잘생겼어.

은환의 말이 문득 떠오른다. 좀 우스꽝스러운 비유이긴 하지만 딱히 틀린 말도 아니니 문제다. 훗.

"맛있어요."

된장찌개를 한 숟가락 떠먹은 정원이 눈을 동그랗게 떴다.

"그래? 빈말 아니고?"

"먹는 거 가지곤 빈말이 안 되더라구요. 그냥저냥 아무거나 먹는 타입인데, 한 씨 때문에 입이 자꾸 고급이 되어서 걱정이에요. 가리게 되더라구요."

"요즘은 천지가 맛집인데 뭐. 가려 먹어도 돼. 먹는 게 얼마나 큰 즐거움인데."

"그건 그래요."

된장찌개에 특별할 것 없는 반찬들. 하지만 정원은 진심으로 맛있게 먹고 있었다. 차린 입장에서 기분이 좋을 수밖에 없는 노릇이 아닌가. 중연의 얼굴에 빙글 웃음이 떠올랐다.

"나 혼났어, 얘."

"네?"

"한이한테 너 만나서 한 얘길 다 털어놨거든. 이유야 어떻든 네 눈물 뽑은 게 영 걸려서. 어쩌면 나도 모르게 너보다 선수 치려다 그런 걸 수도 있어."

그건 아니다. 그렇게 약삭빠른 짓을 할 줄은 모르는 아이다. 그저 지레 털어놓은 것뿐. 뭐 한의 반응이 어떨지 궁금했던 것도 일조하긴 했고.

"어머니."

"그렇게 화내는 거 첨이었어. 당황스러울 만큼."

"죄송해요."

"아니. 처음엔 되게 당황스러웠는데 나중엔 신나더라. 한이 보내 놓고 내내 히죽히죽 웃었어."

감정 표현이 그다지 다채로운 녀석은 아니다. 한은.

좋고 싫음이 분명한 사람이긴 하나, 그렇다고 해서 매번 그렇게 드러나게 표현을 하는 일은 드물었다. 한데 그랬던 한이 파르르 열을 올리며 화를 냈다. 그것도 자신에게. 당황스럽고, 기막혔다.

하지만 한편으론 기뻤다. 앞뒤 재지 않고 버럭 화를 내 버리는 게 진심으로 반가웠다. 한이 돌아가고 나서 내내 피식피식 혼자 그렇게 웃었다. 기어이 해연에게 한 소리 듣기도 했다.

왜 그래? 독하게 시집살이시키던 얄미운 막내 시누 시집이라도 갔우?

하하하하.

어딜 거기다 비교를. 멀쩡하게 제 일 하면서 잘 살고 있던 녀석이었어도 3년 전 그 일로 인해 한쪽 가슴이 내내 아팠다. 저 좋아하던 일에 얼마나 열심이었는지 곁에서 보아 오지 않았던가. 정작 제가 더 속상하고 더 아팠을 걸 알기에 그저 묵묵히 하는 양을 지켜만 보았었다.

딱히 말을 하진 않았지만 어미 된 사람으로 어찌 모를까. 그 상실감을. 그 목마름을. 그 허무함을. 딱히 표현한 건 아니지만 알고 있었다. 무표정 속 그 혼란함을.

"고마워. 정원아."

어찌 널 밉다 하겠니. 당연히 예쁘지. 어쩔 줄 몰라 하는 정원의 표정을 보며 중연은 그저 웃었다.

"득달같이 쫓아가 미안하다 나대신 사정할 줄 알았는데, 아무런 말도 안 했나 보구나?"

"어쩌면 어머니와 같은 생각인지도 모르죠."

그럴 것이다. 알은체를 하지 않은 이유는. 그저 곁에서 함께해 주는 걸로 대신하겠다는 거였겠지. 어쩌면 이 남자는 이다지도 마음을 흔드는가. 더 흔들 것도 없이 꼭 쥐고 있는 걸 알면서도 이 남자는 절대 멈추어 있지 않았다.

"나한텐 쓸데없는 소리로 불안하게 했다고 버럭 하더니만."

흐음. 중연이 알 수 없단 듯 얘기했다. 하지만 이내 산뜻하게 결론지었다.

"역시 내 아들은 속이 꽉 찼어. 안 그러니?"

"감사해요."

"음?"

"그런 아드님을 낳아 주셔서."

정원이 활짝 웃었다. 먹어. 먹자. 길어진 대화만큼 식어 가는 음식들을 보며 중연이 정원을 향해 재촉했다.

"이렇게 상투적일 수가."

터벅터벅 어느새 식탁까지 온 해연이 정원을 향해 툭 던졌다.

"왔니?"

"오셨어요?"

"왔으니 여기 있지. 나도 밥."

해연이 정원의 옆자리로 앉으며 중연을 향해 말했다.

"늦을 거라더니?"

"태화 씨가 리딩 끝나고 곧장 튀었어. 저녁은 그래서 금방 별로가 됐고."

익숙한 이름에 정원의 눈이 커졌다.

"태화 알지? 요즘 말로 덕후란다. 태화 덕후. 나이 먹고 저게 뭐 하는 짓인지 모르겠다."

중연이 대놓고 쯧 소리 나게 혀를 찼다.

"배우 태화요?"

"어. 설득의 설득, 거기다 애원에 애원을 더해서 이번 작품 하게 됐거든."

"태화, 다시 연기한대요?"

목소리가 튀어 오른다. 지독한 실연 이후, 태화는 연기를 그만두었었다.

"너도 태화 팬이었어?"

대단한 일인 양 해연의 얼굴이 기이하게 모아졌다.

"친구예요."

"진짜?"

담담하게 하는 말에 해연의 목소리가 튀어 올랐다.

"네."

"세상에. 근데 못 들었어? 다시 연기하는 거."

"아주 가끔 살아 있나 안부만 묻는 사이라서."

"별로 안 친한가 보네. 아무튼 태화가 다시 연기를 시작했어. 그 복귀작으로 내 작품을 선택했고."

"아아."

잘 지내?

일주일 전쯤 태화는 느닷없이 연락을 해 왔다. 무슨 일이 있는 거냐 묻는 정원에게 태화는 그저 아무 일도 아니라고 답했었다.

은환인 잘 지내?

시답지 않은 인사말들이 오간 후 통화를 끝낼 즈음이었다. 태화가 그렇게 물은 건.

잘 지내겠지. 그 자식은 그게 더 사람 신경 쓰이게 하는 걸 모르더라. 훗.

더 이상 신경 쓰지 말라고 해 줬던가. 그래야겠지 답하는 녀석의 음성이 어찌나 침잠되던지 가슴이 먹먹했던 기억이 난다.

"한인?"

"넷이서 모였대."

밥을 욱여넣으며 해연이 별다른 표정 없이 고개를 끄덕거렸다.

✥

저 하는 일에 너무 신나 하던 녀석이었어. 안 되면 안 되는 대로 몰두하며 풀어내고, 잘되면 잘되는 대로 신나서 죽었지. 아쉬워. 내가 이런데 저는 어떨까 싶기도 하고. 한편으론 설마 저대로 정말 손 놓는 거 아닌가 걱정되기도 하고.

어떤 이들은 한을 몰락한 로봇 천재라고 부른다고 했다. 일선에서 떠난 그는 사람들 관심 밖으로 물러났고, 편안한 일상이 주는 행복을 느끼고 있다고는 하지만 그는 목마르겠지. 원하던 일이 아니었으니까.

땅을 치고 후회해 본들 이미 돌이킬 수 없다는 거, 알아요. 지금 작가님의 눈빛이 말해 주듯 저는 교수님께 죄인이죠. 감당할 수 없다는 이유로 어렸던 그 감정을 교수님을 향해 잔인하게 휘둘렀어요. 가장 비겁했던 건 그 일에서 쏙 빠져 버린 거죠. 정작 가해자면서.

여리게 생겨서는, 그것도 금세 눈물이라도 흘릴 듯 어른어른 물기 어린 눈을 하고서는 말은 잘했다. 또박또박. 한 자 한 자. 정원은 사이사이 치받고 싶은 마음이 들었지만 애써 참으며 그 말을 들어 주었다.

해 봐. 어디. 들어는 준다니까?

팀을 처음 꾸렸던 건 교수님이셨어요. 한국으로 나오기 전 일이죠. 제니스는 그때 당시 교수님의 팀원이었어요. 친구기도 했고. 지금은 그녀가 팀의 보스죠. 그녀는 아니, 우리는 교수님과의 시작을 토대로 한 걸음 한 걸음씩 앞으로 나아갈 예정이에요.

'우리는' 이라는 말에 정원의 눈이 번쩍 뜨였다. 그러고는 날카롭게 물었다. 그 팀에 그쪽도 있는 거냐고. 어떻게 그쪽이 있을 수 있는 거냐고. 여자는 담담하게 답했다.

우리 같은 사람들에겐 그 팀은 꿈이에요.

그리고 들어갈 수만 있다면 언젠가 교수님을 만날 수 있을 거라고 생각했다고. 그 말은 참아 주고 싶지 않았다. 정원은 벌떡 자리에서 일어났고, 여자는 생각지도 못한 말로 정원을 붙잡았다.

제 사랑은 변했어요.

한을 주저앉힌 그 사랑은, 자신을 그토록 아프게 만들던 그 사랑은 흔적도 없이 사라졌다고. 그리고 깨달았다고 했다. 자신이 무슨 짓을 저지른 것인지.

제니스는 교수님을 다시 우리 팀으로 데려가길 원해요. 저는 교수님이 그 기회를 다시 잡길 바라요. 교수님이 시작했던 그 일을 교수님이 다시 멋지게, 완벽하게 이루어 내길 바라요.

그리고 한참 만에 덧붙였다.

작가님이 멈추었던 교수님의 걸음이 다시 움직일 수 있도록 설득해 주세요.

비겁했던 주제에 건방지기까지 하다는 정원의 말에 여자는 서글프게 웃으며 죄송하다고 말했다.

그건 내게 할 사과는 아니고.

눈물을 참는 듯 눈두덩을 꾹꾹 누르는 여자를 남겨 두고 정원은 먼저 자리에서 일어났다.

테이블 위로 탁 소리를 내며 맥주 캔을 놓았다.

"생각이 많을 땐 술만큼 좋은 것도 없지."

비죽 웃으며 은환이 맥주 중 한 캔을 땄다. 피슉. 김빠지는 소리가 시원하게 둘 사이를 가로질렀다.

"마셔."

은환이 건넨 맥주를 마셨다. 시원했다. 은환이 샤워 전에 냉동실로 넣어 두고 간 맥주는 쨍하게 시원해져 있었다. 은환이 맥주 한 캔을 더 따고는 챙 하고 정원의 맥주에 부딪쳤다.

"그래서 어쩌려고?"

정원을 따라 맥주를 한 모금 들이켠 은환이 정원에게 물었다. 흥미롭게 그간의 이야기를 듣던 은환이 맥주를 냉동실에 넣어 두고 샤워를 하고 나온 지 꼭 30분 만이다.

"답은 어쩌면 정해져 있는 거겠지?"

"아마도."

은환이 곧장 긍정했다. 하지만 빤히 알고 있는 그 결과에도 정원은 길게 한숨을 쉬었다.

"왜?"

"화가 나."

"뭐가?"

"내게 의논할 순 없었을까? 왜 내가 그 여자로부터 한의 얘길 들어야 하지? 그 팀으로 다시 가든 안 가든 하던 연구를 더 하든 안 하든 그것보다 가장 신경이 쓰인 건 그거야. 같은 팀원이었던 친구를 만나겠다고 나갔어. 전날 바에서 고스란히 다 들은 내용이었고. 그런 생각이 들더라. 혹시 그 자리에 내가 없었더라면 그 친구란 여자를 만났단 것도 난 몰랐지 않았을까."

"너무 멀리 가잖아."

은환이 피식 웃으며 말했다.

"그래?"

"별일 아니잖아. 뭘 그렇게까지 생각해. 그 앙큼한 여자가 중간에 껴들어 얘기하지 않았으면 한 씨가 얘기했겠지. 먼저. 바로 얘기하지 않은 건 무언가 생각할 게 있다는 뜻이고, 미루어 짐작하건데 한 씨는 자신이 하던 연구에 대해 미련이 있다는 얘기고. 그쪽으로 가든 안 가든 그건 결정을 하고 나서 말하려는 거겠지. 어려울 게 하나도 없는 얘기잖아? 민감하게 네가 그럴 필요 없단 말이야."

풀어 얘기하면 그렇다. 은환의 말이 맞고 당연히 이해도 한다. 하지만 문제는 그거다. 자신과 함께할 미래를 생각했다면 결정하기 전에 미리 의논해 주어도 좋았지 않았을까.

거기에서 오는 서운함. 그리고 약간의 서러움. 그 여자 앞에서 처음 듣는 얘기로 발끈하고 싶지 않았다. 이유야 어떻든 그것은 자존심이 상하는 일이었다.

그 설득은 내가 할 일이 아니에요. 그리고 그 결정은 한이 하는 걸 테고. 하지만 내 입장에서 하나 묻죠. 한이 그 팀에 다시 합류할 결정을 한다면 그쪽은 어쩔 거죠? 한과 별개로 난 내 남자가 그쪽과 함께 같은 공간에 있는 게 싫거든.

바짝 열이 올라 못되게 말했다. 차가운 말에 여자가 바짝 어는 걸 보는 것도 나쁘지 않았다. 그만큼 기분이 나빴다. 어디서 참견이냔 말이야.

내가, 싫다고.

너도 하나쯤 포기해야지. 그 생각이었다. 그도 너 때문에 그렇게 허무하게 주저앉았으니까 너도 그래야 공평하지. 그 생각이었다.

한국 들어오려고 준비 중이에요. 교수님이 합류하시면 거기 저는 없어요.

씩씩댔던 게 무색하게 여자는 담담하게 준비한 마지막 말을 꺼냈다. 정원은 그런 여자를 있는 대로 쏘아보고 카페를 나와 버렸다. 그러곤 곧장 중연을 찾아갔던 거였다. 답답한 마음이 들었고, 그래서 지지받고 싶었다. 조언을 듣고 싶었고, 그 후에 제대로 생각해 보고 싶었다.

내 아들의 진심은 할 수 있을까가 아니라 하고 싶다일 거야.

편안하게 오가던 말들 중에 가장 정원의 마음을 울린 건 중연의 마지막 말이었다.

"쉬운 얘긴데, 쉽게 생각되지 않는 게 연애 같아. 상식적인 사람이고, 생각보다 무난한 사람인데도 그게 점점 어려워져."

"무난?"

말이 되는 소리냐 은환이 눈썹을 일그러뜨린다.

"나 정도면 무난이야."

정원이 받아치자, 퍽이나! 은환이 소리치며 픽 웃었다. 포인트가 어긋났지만 나쁘지 않았다. 어차피 듣는 순간 결과야 빤하다는 걸 알고 있었으니까. 그가 원하면 정원도 원한다. 그가 행복해야 그녀가 행복하듯이.

"마시기나 해."

정원이 은환의 캔에 자신의 것을 부딪치며 피식 웃었다.

✢

다음 날, 정원은 한의 가게 구석 자리에 한과 마주 앉아 있었다. 할 말이 있다는 정원의 말에 언뜻 긴장한 것 같은 한의 표정을 보고 정원은 먼저 피식 웃었다. 그제야 한의 표정이 스륵 풀린다.

"할 말이 있는 건 맞아. 하지만 그건 네 말을 먼저 듣고 난 뒤야."

"내 말?"

"기회를 줬을 때 해."

"무슨 소린지 모르겠어."

"무슨 소린지 알아야 할 텐데."

의아한 듯 고개를 갸웃하는 한을 향해 기회는 한 번뿐이라는 뉘앙스로 느릿하게 말했다.

뭐지? 그의 표정의 천천히 굳어졌다.

대체 뭔데? 하지만 궁금해 죽겠는 그의 표정에도 정원은 먼저 풀어놓을 생각이 없어 보였다. 그러다 생각이 났다.

그게 다야?

"그 녀석은 진짜 친구야. 아무 사이도 아니라고."

한의 말에 정원이 미간을 찡그렸다. 너무 앞서갔네. 고개가 절로 흔들어졌다.

"그 쭉쭉빵빵이 친구인 건 알아. 아는 얘길 듣겠다, 그런 말인 거 같아?"

"그럼……."

"그 여자가 같은 팀원이었다고 했지?"

한이 고개를 끄덕거렸다.

"그저 같은 팀원이었던 친구가 보고 싶어 들른 것뿐이었다는 말이야?"

그제야 한이 아아. 소리 냈다.

"윤범이야?"

"뭐가?"

"제니스랑 나눴던 얘기."

"윤범 씨도 알고 있는 걸 내가 몰랐단 소리야?"

정원이 한을 있는 대로 흘겼다.

"원아. 그럼 누군데?"

"지금 중요한 건 그게 아니잖아."

"뭐?"

한이 어울리지 않게 멍청한 얼굴로 정원을 향해 물었다.

"간단하게 생각해. 끌리는 쪽이 어느 쪽인지. 어느 쪽이 후회하지 않을 것 같은지."

"원아."

"나는 생각하지 마."

"그런 말이 어디 있어?!"

어디서 화를 내? 숨기고 있던 게 누군데?!

쏘아보는 정원의 눈에 불쑥 화를 냈던 게 무색하게 한이 입을 다문다.

"나는 네가 좋은 쪽으로 결정했음 좋겠어. 그리고 대충 알겠어. 어떤 결정을 내릴지. 빤히 나온 결정을 가지고 고민하는 건 나 때문인 것도. 하지만. 그러지 마."

"원아."

"하고 싶은 걸 해."

한의 눈이 반짝 빛났다.

"그리고 나로 인해 네가 무언가 포기하는 게 생기는 걸 바라지 않아. 난 너를 사랑하는 사람이지, 너의 짐이 아니야."

"그런 생각은 해 본 적도 없어."

"그렇담 답은 나왔네."

정원이 한을 향해 부드럽게 미소 지었다.

"그럼 결혼해."

"뭘 또 곧장 청혼인데? 알반지도 준비 안 했으면서."

당황한 얼굴로 정원이 혼잣말 같은 말을 중얼거렸다. 그리고 그녀의 말이 끝나기 무섭게 정원의 앞으로 반지 케이스가 탁 소리를 내며 놓였다.

"뭐야?"

"얼마 전에 골랐고, 휴가 가서 근사하게 프러포즈할 예정이었지. 그런데 네가 이렇게 나오니까 급해졌고."

한이 반지 케이스를 열어 반지를 꺼냈다. 하얀 백금의 링 위로 자잘한 다이아가 불규칙적으로 박혀 있었다. 멍하니 그 반지를 쳐다보는데 한이 정원의 손을 끌어다 반지를 끼운다.

"딱 맞네."

한이 어깨를 으쓱하며 시원하게 웃었다.

"결혼해. 그리고 같이 가. 너랑 함께가 아니면 싫어. 그게 뭐든."

"청혼이 맘에 안 들어."

예쁘다. 정원이 중얼거리며 자신의 손가락에서 반지를 뺐다. 한의 얼굴이 급격히 굳어지기 시작했다.

"다시 준비해. 청혼을 이렇게 얼렁뚱땅 받기는 싫어."

피식 웃으며 한을 향해 말했지만 굳어진 한의 얼굴은 풀릴 줄을 몰랐다.

"아직은 아니야."

"……."

"바꿔 말할게. 너로 인해 나 역시 무언가 포기하지는 않아. 너에게 짐이 될 생각은 없어."

"원아."

"너는 너대로 나는 나대로 우리는 우리가 원하는 일을 하면서 지금처럼 사랑하면 돼. 난 여기에 내 일이 있어. 너로 인해 그걸 포기하고 언젠가 그것으로 널 미워하고 싶지 않아."

"어떻게 넌……."

일그러지는 한의 얼굴에 마음이 아팠다. 하지만 정원은 준비한 말을 정확하게 마쳤다.

"난 너를 사랑해."

정원은 흔들리는 마음을 애써 다잡으며 한을 향해 환하게 미소 지었다.

♯17

　한은 답답한 표정으로 자신의 얼굴을 쓸었다. 제니스에게 제의를 받자마자 고민했다. 알고 있었다. 고민을 하는 것 자체가 이미 그쪽으로 생각이 기울었다는 뜻이라는걸. 그저 아니라고 한편으로 밀어 두었던 생각들이 어쩌면 너무 원하게 될까 불안한 마음에 더 그러했다는 것도.

　그게 다야?

　정원이 그렇게 물었을 때, 실은 죄다 털어놓고 싶었다. 그런 제의를 받았고, 나는 가고 싶고, 가게 된다면 너와 결혼해서 함께 가고 싶다고. 반지를 고르면서도 혼자서 얼마나 들떴는지 모른다.
　결혼이라니!
　무언가 가슴 안에서 자꾸만 뽀글거려 간지러워 죽을 것만 같았다. 그러던 중이었다. 근사한 프러포즈가 뭐가 있을까. 내내 그 궁리였다. 그런데 갑작스러운 청혼을 하던 중에도 정원이 이렇게 나올 줄은 예상하지 못했다.

"난 너를 사랑해."

그 고백은 하나도 위로가 되지 않았다.

"그건 나도 잘 아는 사실이고."

한이 정원을 향해 힘없이 웃었다.

당황스럽네.

한이 혼잣말처럼 중얼거렸다.

"나만 할까."

정원이 그런 그를 향해 피식 웃으며 대꾸했다.

한은 정원을 물끄러미 바라보았다. 정원은 한의 그 시선을 피하지 않았다. 짙은 눈동자가 애원한다.

"이러지 마."

자꾸 말한다.

"네가 필요해."

정원은 그 시선을 참지 못하고 질끈 두 눈을 감았다가 떴다. 찰나의 차단이 그나마 마음의 위로가 되었다.

헤어지긴 싫다. 아주 잠깐이라도. 한이 떠난다면 그는 이제 돌아오기 힘들 것이다. 당분간은. 그것은 자신이 그에게 가겠다는 결정을 하지 않는다면 원치 않는 헤어짐을 맞게 될 수도 있다는 얘기가 된다. 그래서 망설였다. 그 결심을 하기까지. 두려운 일이었다.

그와 함께 가는 것도. 그를 혼자 보내는 것도. 그가 당황해 버린 이유도, 또 지금 저렇게 불안해 보이는 이유도 그거겠지.

　"단 한 순간도 헤어지기 싫어. 거기서 여기가 얼마야? 한 달에 한 번도 못 봐. 그걸 견디라고? 싫어."

　한이 화가 난 얼굴로 단호하게 말했다.

　"몸이 멀어지면 마음도 멀어진다, 뭐 그런 걱정이야?"

　부러 웃으며 말했다. 하지만 그 웃음이 무색하게 한의 표정은 무섭도록 굳어졌다.

　"안 그럴 수도 있어. 뭐 일어나지도 않은 일을 걱정해. 보고 싶음 보러 갈 거야. 너도 그럼 되잖아."

　"너를 두고!"

　여전히 미소를 띤 채 설득하듯 말하고 있는 정원의 말을 한이 매섭게 끊어 냈다.

　"그런 모험 따윈 하고 싶지 않아."

　답답한 듯 한의 음성은 조금 짓이긴 듯 일그러졌다. 정원의 입에서 한숨이 터져 나왔다.

　"한아."

　"나를 위해 한 번만 져 주면 안 돼?"

　애원 같은 말이 한의 입을 통해 흘러나왔다. 그 말이 애써 참고 있던 마음을 건드린 모양이다. 정원은 눈가가 뜨거워지는 것을 느꼈다.

　"똑똑한 사람이 왜 말귀를 못 알아먹니? 나 영어 못 해. 덜컥 따라가서 뭐 하라고. 여기 내 일은 어떡하라고. 가서 너만 보고 살아? 아니. 아무것도 없는 상태에서 뭘 어떻게 시작해? 아무런 생각도 없고, 그 어떤 다짐도 못 했는데……."

"미안. 내가 이기적이었어."

정원은 그만 입을 다물었다. 그것이 현실이고, 당연한 말이라고 해도 그렇게 말하지 말았어야 했나 보다. 한은 미처 깨닫지 못했던 그 사실에 황망한 얼굴이 되어 버렸다. 그리고 어느새 그는 상처받은 얼굴로 망연히 앉아 있을 뿐이었다.

"내가 미안. 네 청혼에 세상 다 얻은 여자처럼 행복해하면서 기꺼이 함께 가 주겠다고 하지 못해서."

"아니."

한은 기운 빠진 얼굴로 고개를 가로저었다.

"촬영 가야 한댔지?"

"한 시간 전이야. 그래도 먼저 일어날게. 우린 서로 각자 더 생각할 필요가 있겠어."

그리고 한은 붙잡지 않았다. 정원의 말대로 더 생각할 필요가 있었으니까.

✣

취하고 싶었다. 원하는 건 단 하나였는데 그것을 할 수 없는 지금 한은 엉망이었다.

사랑한다면 그저 함께하면 안 되는 걸까. 나로 안 되는 걸까. 정원의 사랑은 그저 거기까지일 뿐이던가. 비겁하게 자꾸만 그런 생각만 들 뿐이다.

알고 있다. 어리석은 생각이란 건. 현실적으로 정원의 말이 백 번 맞는다는 것도. 하지만 그 결정을 그렇게 빨리 내릴 수 있었던 그녀가 원망스럽다.

정작 자신 역시 자신 입장에서만 생각하고 아이가 사탕 조르듯 그녀를 졸랐으면서 말이다.

"너도 포기하고 정원 씨 곁에 있겠다고 안 했잖아. 넌 그래 놓고 정원 씨가 함께 가지 못하겠다고 하는 게 화나? 그게 말이 되냐?"

역시 촌철살인. 재영의 말에 한은 피식 웃음을 흘렸다. 알고 있다. 정작 자신은 하지 못한 그걸 그녀에게 원하고 있다는 건. 이기적인 새끼지.

"말 안 돼. 그래서 고민이야."

"고민은 무슨. 가는 거에 대한 거면 하지 마. 일단은 가. 저 하고 싶은 거 할 수 있으면서 멍청하게 겉도는 거 그만하라고."

"이 자식은 참 눈치도 빨라. 그걸 또 금세 그렇게 받는다?"

"일단은 가고, 조금 떨어져 있으면서 서로 진지하게 더 생각해. 그리고 방법을 찾아. 애냐? 나이가 몇인데 떨어지기 싫어 징징대는데?"

"주연 씨 제주도 갔을 때 울고불고하던 거 너 아니냐?"

"그런 건 좀 잊지?"

"개그도 그런 개그가 없었는데 뭘 잊어?"

키득키득 웃는 한을 보며 재영이 한숨을 폭 내쉬었다.

"헤어질까 봐 겁나?"

"아니."

"그럼?"

"헤어지기 싫어서 겁나. 보고 싶어서 못 견딜까 봐 겁나. 너처럼 울고불고 진상 피울까 봐 겁나."

쓸데없는 소리라 타박해 주려고 했는데, 한은 진지했다. 그 어느 때보다.

"견디다 정 못 견디겠음 보러 오면 되잖아. 전화해서 울고불고 진상 피우면 보내 줄게. 내가."

"쉽게 말한다?"

"어려울 것도 없으니까."

"아니. 어려워. 이렇게 머리 터지게 고민되는 일은 처음이야."

"사랑이 그렇지. 워낙에 어려워. 그게."

재영이 픽 웃으며 한의 말에 긍정했다. 한은 조용히 술잔을 들었다. 그저 오늘은 취하고 싶었다. 이미 답은 나와 있는 거였다. 아무리 머리 싸매고 고민해 봤자 자신이 떠나거나 아니면 남거나. 가고 싶다. 그 언젠가 자신의 전부라고 생각했던 일이었으니까. 하지만 또 정원을 두고 가긴 싫다.

정원은 지금, 자신에게 전부였다.

"고민해서 내린 결론이 그거야?"

촬영을 마치고 대충 정리를 하고 보니 벌써 새벽 4시. 피곤한 몸이 땅 밑으로 축축 처지는 느낌이었지만 정신만은 멀쩡했다. 그럴 땐 술이 약이라며 은환은 스튜디오 건너 편의점에서 맥주를 잔뜩 사 들고 왔다. 사 온 맥주를 주르륵 줄 세워 놓고 산뜻하게 웃어 보인 은환이 맥주 하나를 따며 정원을 향해 물었다.

"별수 없잖아. 덜컥 따라가겠다고 어떻게 그래."

"사랑한다며."

"사랑하니까."

"어렵네."

가볍게만 보자면 따라가는 게 맞겠지. 떨어지고 싶지 않고, 떨어져서는 살 수 없을 것도 같고, 만에 하나 사람 일은 또 모르는 거니까.

너를 두고! 그런 모험 따윈 하고 싶지 않아.

흔들리는 눈동자와는 상반되게 단호한 음성. 어찌 그게 더 애처롭게 들렸다. 꼭 제 마음처럼. 불안. 초조. 막막함. 그 모든 것들이 부유하듯 머리 위를 둥둥 떠다녔다. 정원은 답답한 얼굴로 맥주를 들이켰다.

"청혼받았어. 나."

"뭐?"

"근데 거절했어. 나."

"미친년."

"쿡. 그러게."

"청혼은 받고! 그러고 나서 설득했어야지. 일단은 먼저 나가 있으라고. 준비, 하겠다고."

"사람 일은 모르니까."

"나쁜 년."

은환이 쌜쭉한 표정으로 정원을 흘겨보기 시작했다.

"그런 식으로 말했어? 내가 한 씨면 빡 돌았을 듯. 말은 그렇게 하는 게 아니지. 사랑한다며? 미치겠다며? 근데 어떻게 말을 그렇게 해?"

"가고 싶은 남자를 붙잡을 순 없으니까. 그 남자의 꿈을 내가 아니까. 아니면 내가…… 가지 말라고 매달리고 싶을 것 같았으니까."

"어렵네."

은환이 한숨 섞인 푸념처럼 흘리듯 중얼댔다.

"어. 어려워."

"그렇지만 그 남자 사랑하잖아."

"사랑해. 미치겠어."

"재수 없는 년."

은환의 말에 정원이 피식피식 웃기 시작했다.

"태화, 드라마 시작한다더라."

마시려고 들었던 캔이 허공에 잠시 멈추었다. 그러다 다시 포물선을 그리며 은환의 입가에 닿았다. 별소리 아니라는 듯 꿀꺽 소리와 함께 맥주를 넘긴다. 찡그리는 눈. 씁쓸하게 지어진 얕은 웃음. 잘됐네. 그러곤 힘없이 중얼거리는 말. 한숨.

"윤범 씨랑 정식으로 만나기로 했어. 나."

"어."

"그 남자…… 키스도 잘하더라."

은환이 피식 웃으며 말했다.

"그 남자한테서 키스받는데 심장이 뛰어서 미치겠더라. 뛰더라. 내 심장이. 다른 남자한테 그렇게 시끄럽게 뛰더라. 내 심장말이야."

"어지러워."

"얼마 마시지도 않았으면서."

"보고 싶다."

한도 자신처럼 이렇게 막막하고 아프겠지. 답답하고 서럽겠지. 깜깜하고 슬프겠지. 그래도 보고 싶겠지. 나처럼.

"나도 보고 싶다."

묻지 않았다. 아련한 그 시선 안에 갇힌 이가 누구인지. 정원은 그저 한숨이 터졌다.

✢

어느새 익숙해져 버린 숫자 네 자리를 눌렀다. 문을 열자 머리 위로 센서 등이 환하게 켜졌다. 잠깐 멈추었다. 그랬더니 금세 언제 불이 켜졌었나 싶게 암전이 된다.

한아.

조그맣게 불러 보았다. 답이 없어 휘휘 제 앞을 휘저었더니 다시 불이 켜진다. 그리고 돌린 고개 너머로 그가 보였다. 옷도 갈아입지 못한 채 널브러지듯 침대 위로 쓰러져 자고 있는 한이.

"한아."

비틀비틀 다가가 침대 맡에 섰다. 불러도 대답이 없다. 정원은 가방을 바닥에 놓고 갑갑한 청바지를 벗었다.

씻을까. 잠시 생각했지만 몸이 무거워 그만두었다. 정원은 한의 옆으로 누웠다. 그리고 한의 허리를 끌어안았다. 엎드려 있던 남자가 몸을 돌려 그녀를 껴안는다.

눈을 감았다. 술 냄새도 났고, 씻지도 않았지만 상관없었다. 아늑했고, 편안했다. 정원은 곧 잠이 들었다.

"으으……."

깨질 듯 머리가 아팠다. 한은 잔뜩 인상을 찌푸리며 눈꺼풀을 간신히 밀어 올렸다. 그리고 그 사이로 정원이 보였다. 자신의 팔 끝에 가까스로 안긴. 허리를 잡아당겼다. 말랑한 몸이 제 품으로 부드럽게 딸려 왔다. 숙취로 인해 머리가 깨질 것 같았는데 이상하게 머리가 산뜻해지는 것 같다.

이 정도면 중증이지?

한이 픽 웃음 웃었다.

그러다 벌떡 일어났다. 샤워도 안 하고 술에 절어서 언제 집에 들어온 건지도 모르게 퍼질러 잤다. 그러느라 정원이 온 것도 몰랐다. 한은 핑 도는 머리를 부여잡고 냉장고로 향했다. 시원한 물한 잔을 마시고 나니 조금 살 것 같은 기분이 들기도 했다. 창밖은 언제부터였을지 모를 비가 한창이었다. 어쩐지 사위가 어둑하다 했다. 한은 성큼성큼 욕실로 들어갔다. 쿵쿵 고개를 내려 냄새를 맡아 보니 술 냄새가 진동했다.

쏴아.

서늘한 물줄기가 온몸을 타고 흘렀다. 개운한 기분이 들었다. 절로 콧노래가 나올 만큼. 배알도 없는 놈. 자조했다. 저 여자 때문에 술이 떡이 되게 마셔 놓고선 정말 대책도 없다. 어느새 콧노래난 말이다. 하지만 이내 픽 웃어 버렸다. 어쩌겠는가. 제 인생 최고의 약점이 저 여자일 줄 어떻게 알았겠는가.

샤워를 마친 한이 막 욕실에서 나올 때였다. 그의 휴대전화가 시끄럽게 울어 댄다. 한은 잽싸게 튀어나가 버튼을 눌렀다.

"왜?"

속살거리듯 말했다. 하지만 타박이 분명한 음성. 저쪽에서 재영이 혀를 쯧 차는 소리가 들렸다.

— 깼지? 해장하자.

"회사 안 갔냐?"

— 월차라고 말했잖아.

"그럼 주연 씨나 만나지. 뭘 나를 만나?"

— 주연이 어머님 댁 갔다고 했냐, 안 했냐?

"됐고. 해장은 너 혼자 해. 난 멀쩡하니까."

한은 자신의 침대 위에 폭 파묻혀 잠든 정원을 부드럽게 바라보며 재영을 향해 딱딱하게 말했다.

— 멀쩡하다고? 정신 줄 놔 버린 거 데리고 거까지 간 게 나

거든?

"지금은 멀쩡하다고. 그러니까 너 혼자 해장하라고. 끊는다."

재영이 어이없어하거나 말거나 한은 휴대전화를 죽여 버렸다. 누구의 방해도 받고 싶지 않다. 이 여자와 함께 있을 땐.

한은 성큼 침대로 다가갔다. 그리고 망설임 없이 다시 침대 속으로 들어갔다. 정원을 끌어안았다. 몸이 부딪치고, 부드러운 맨 다리가 제 다리에 얽혀 든다. 사족이 배배 꼬이는 느낌이다. 정원은 그런 한은 모른 채 그의 가슴에 나른한 표정으로 얼굴을 비벼댔다.

미치겠네.

씻고는 이 여잘 끌어안고 다시 자는 것도 좋겠다는 생각이었다. 맹세할 수도 있다. 다른 생각을 했던 게 아니었다. 다만 냄새가 좀 났고, 그래서 씻었고, 그래서 씻고는 다시 침대로 왔던 거였다.

잠귀가 어두운 편이 아닌 여자라 여차하면 깰 텐데도 쉬이 깨지 않기에 아직 더 재워야겠다고 생각했고, 그러니 자신도 좀 더 자야겠다고 생각했던 거였다.

그런데 맨정신으로 정원을 끌어안자 어찔 열이 오른다. 저항 없이 폭 안겨 오는 말랑한 몸에는 대책이 없어진다. 순간 단전에 힘이 들어간다. 돌겠네. 눈을 빙글 돌리다 꾹 감아 버렸다. 그러고는 결심했다. 무엇을? 무엇을!

"큭."

입술을 내리던 순간이었다. 삼키기만 하면 되는 순간이었단 말이다. 그런데 어이없게 정원이 번쩍 두 눈을 떴다. 반짝이는 두 눈이 그대로 와 박힌다.

"씻었어? 냄새 좋아."

쿵쿵대며 그의 가슴에 얼굴을 묻는다.

"언제 왔어?"

"모르겠어. 5시 조금 안 되었나?"

"술 마셨구나?"

"어. 속상해서."

정원이 입술을 삐죽 내밀며 대꾸했다.

"나도."

"알아."

정원이 그를 향해 웃었다.

"놔 봐."

"어?"

"나도 좀 씻을래. 이건 불공평해."

정원이 한을 향해 불퉁하게 말했다. 뭐가?

"넌 향긋하고, 난 술 냄새에 으으."

"싫어."

제 품을 빠져나가려는 정원을 한이 더 꼭 끌어안았다.

"씻고 싶어."

"난 하고 싶어."

"부끄러운 것도 모르고 매번!"

찰싹 가슴을 때리자 한이 아야! 엄살을 피워 댄다. 정원은 그런 한을 보며 속없이 하하 웃었다. 잠깐은 아무런 생각도 하고 싶지 않았다. 미국이든 연구소든, 떠나든 떠나지 않든.

"씻을게. 이러고 안기긴 싫어."

"괜찮은데."

아쉬운 마음에 다시 한 번 붙잡아 보지만 정원은 깔끔하게 자리에서 일어났다. 셔츠 아래로 드러난 하얀 다리가 시리도록 한의 눈을 찔러 왔다. 저도 모르게 입맛을 다셨나 보다. 철썩 정원이 그의 등짝을 사정없이 때렸다.

이 여자, 손이 되게 맵단 말이지.

한이 어느새 욕실로 쏙 들어가는 정원을 보며 픽 웃었다. 등짝 위로 난 벌건 손자국은 당연히 모른 채였다.

"빗소리 좋다."

반쯤 열린 창문 틈 사이로 경쾌하게 떨어지는 빗소리가 듣기에 좋았다. 정원은 한의 품에 안긴 채 두 눈을 감고 있었다.

"응."

한이 정원의 머리에 입술을 내리고 느릿하게 입 맞추듯 비볐다. 가느다란 머리칼들이 부스스 흩뜨려졌다. 한은 빙긋 웃으며 입술을 내려 정원의 목덜미에 댔다. 입술 아래로 팔딱팔딱 뛰는 맥이 느껴졌다. 일정하게 뛰는 맥이 새삼 경이롭다.

한은 저도 모르게 여린 피부를 한껏 빨아들였다. 얕게 항의하지만 달리 타박하지 않는다. 한의 입술이 부드럽게 호를 그렸다.

"장마라더니 정말 끈덕지게도 내린다."

"어. 하루 종일 올 기세야."

"촬영 없어?"

"그걸 이제야 물어?"

"있냐고 물음 있으니까 간다고 그럴 것 같아서."

"없어. 종일 너랑 있을래. 그러니까 너도 쉬자."

몸을 돌려 바짝 그를 올려다보며 정원이 장난스럽게 미소 지었다.

"어. 그러자. 하루 종일 침대서 뒹굴뒹굴. 재밌겠다. 야하고."

"어. 야하고."

정원이 까륵 넘어가는 소리를 하며 웃어 댔다. 그게 또 어여뻐 한은 정원을 꼭 끌어안았다.

"잠깐 야한 건 그만하고 뭐 좀 먹음 안 될까? 배고파."

때맞춘 듯 정원의 배에서 꼬르륵 배꼽시계가 울렸다. 하하하. 탁 제 머리를 치며 한이 웃었다.

"뭐 먹을까?"

"글쎄?"

"아침부터 스파게티는 좀 그런가?"

"지금 12시야. 무슨 아침? 점심이야. 스파게티 괜찮아."

한이 정원의 입술에 쪽 소리가 나게 입을 맞추곤 자리에서 일어났다.

"좋아. 스파게티."

정원의 눈이 한의 동선을 따랐다. 한이 정원의 시선을 느끼곤 팬에 물을 받으면서 슬쩍 돌아보았다. 정원이 그를 향해 배시시 웃었다. 한 역시 그녀를 향해 웃었다. 행복한 느낌. 아늑한 느낌. 말랑말랑 뽀글뽀글 무언가 자꾸만 가슴을 건드려 댄다.

그러다 문득 닥친 일이 생각이 나 버린다. 한은 고개를 돌렸다. 굳어 버린 표정을 정원에게 감출 요량으로. 오늘은 아무런 생각도 하지 않아야겠다고 생각한다.

그저 이대로 행복하자고. 이대로 그냥 웃고, 이대로 그냥 즐겁고, 이대로 그냥 사랑하자고. 미뤄 둔 결정으로 복잡했던 머릿속이었지만 오늘만 비우자고. 정원의 뜻도 그러해 보이니.

"우와. 맛있겠다!"

어느새 한의 셔츠를 꺼내 입은 정원이 식탁에 앉았다.

"먹자."

"응."

정말 배고파 죽을 것 같았다며 내내 너스레를 떨어 대던 정원은 결국 자신의 스파게티를 다 먹고도 한의 것을 욕심냈다.

"이따가 또 야할 건데 배 나오겠어. 한정원."

양껏 먹고 있던 정원이 시선을 제 배로 내린다. 그러다 금세 한을 노려보기 시작했다.

"야하지 말지 뭐."

"아우. 야해야지 뭔 소리야? 배 터지게 먹어도 날씬할 건데 우리 원인."

금방 노선을 바꾼 한을 보며 정원이 피식 웃어 버렸다.

"배부르다. 살 것 같아."

정원이 배를 살살 문지르며 혀를 빼물었다. 귀여워. 한이 코끝을 살짝 쥐었다 놓았다.

어느새 사위가 어두워졌다. 저녁은 시켜 먹었다. 나란히 양치를 했고, 함께 샤워도 했다. 낮은 조명 하나만 남겨 두고 등도 다 꺼 버렸다. 침대에 누워 서로를 가만히 끌어안고 있었다. 비는 여전히 끈덕지게 내리고 있었다.

"사랑해."

한이 정원의 이마에 입을 맞추었다. 응. 정원은 조그만 소리로 답했다.

"그게 다야?"

"그럼?"

"사랑해."

한은 다시 한 번 말해 주었다.

"어. 나도 사랑해."

"훗."

"좋아?"

"어. 좋아."

한이 정원을 바라보며 피식 웃었다. 정원이 한의 가슴에 폭 안겼다. 정원을 안은 한의 팔에 힘이 들어갔다. 정원은 깊게 심호흡을 했다. 한의 냄새가 온몸을 휘감았다. 절로 미소가 지어졌다.

"포기할래. 너를 포기할 순 없어. 단 한 순간도. 우선순위를 정한다면 그건 너야. 그 어떤 것보다도."

한이 정원의 목덜미에 얼굴을 묻은 채 담담하게 말했다. 정원이 그의 말에 놀라 몸을 밀어 내기 시작했다.

　"한아."

　"안 가. 그게 쉬워. 나한텐."

　하지만 안은 팔을 풀지 않으며 한이 말했다.

　"너를 두고 그 어떤 모험도 하기 싫어."

　정원은 있는 힘껏 자신을 안고 있는 그를 더 이상 밀어 낼 수 없었다.

#18

　결정을 못 해 갈팡질팡 고민할 때는 정말이지 미칠 것 같았다. 이러지도 못하고 저러지도 못하는 상황은 정말이지 사람 피를 말린다. 하지만 막상 이거다 결정을 하고 보면 또 별일 아니게 되는 것이다. 여태 고민했던 것이 참으로 무색하게.

　한은 잠이 든 정원을 가만히 쳐다보았다. 정원에게 자신의 말은 폭탄 같은 말이었을지 모른다. 이미 그가 내린 결정은 연구소행일 거라고 생각하고 있었을 테니까. 어쩌면 정말 바보 같은 결정이 될지도 모른다. 후회, 분명히 하겠지. 하지만 상관없다. 어차피 자신에게 더 나은 결정을 한 것뿐이니까. 정원보다 최선은 없다.

　사랑에 빠져 허우적대던 재영을 보며 어지간히도 놀려 댔었다. 그리고 심히 걱정스럽기도 했었다. 도대체 빤히 보이는 상황을 보려 하지 않으니 답답해 미칠 지경이기도 했었다. 그런데 너무 쉽게 그때의 재영이 이해된달까. 재영은 그저 사랑했던 거였고, 사랑할 수밖에 없었던 거였고, 사랑이 아니면 안 되는 거였을 뿐이다.

느닷없이 찾아온 사랑은 생각지도 못했던 여우비처럼 대책 없이 그를 적셨다. 그러니 어쩔까. 목적지까지 그저 맞는 수밖에.

한은 가만히 정원의 머리칼을 쓸었다. 무언가 말하려다 말고, 또 말하려다 말고. 정원은 잠들기 전까지 내내 그 모양이었다.

넌 그냥 가만히 있어. 다른 건 내가 다 할게. 그러니까 그 말은 쭉 네 옆에 있겠다는 얘기야.

눈물이라니. 정원은 울었다. 한참을 달랬는데도 그냥 울었다. 감격스러운 듯 보였다가, 언뜻 짜증이 난 것처럼 보이기도 했다. 그리고 그렇게 더 울다가 지쳐 잠이 들었다. 잠들기 직전, 정원은 혼잣말처럼 중얼거렸다.

넌 천재가 맞아. 아주 얄미운 천재.

그 말이 무슨 뜻인지 알아들을 순 없었다. 하지만 그는 그저 그래, 답해 주었다. 정원이 힘없이 웃었던 것 같다.

❖

그쳤던 비는 낮부터 다시 내리기 시작했다. 창밖으로 색색의

우산들의 행렬이 보였다. 정원은 물끄러미 그 우산들의 움직임을 쳐다보았다.

 넌 그냥 가만히 있어. 다른 건 내가 다 할게. 그러니까 그 말은 쭉 네 옆에 있겠다는 얘기야.

 그저 그 말엔 울컥 눈물이 터져 나와 버렸다. 감당할 수 없을 만큼 무언가 자꾸만 넘쳐 나와 말을 할 수도, 답을 할 수도 없었다. 한은 그런 자신을 그저 안아 주었다. 그저 그래, 답해 주었다.
 "그럴 거면 아예 집을 나가든지."
 따뜻한 녹차를 건네며 은환이 밉지 않게 정원을 흘긴다. 그럴까? 답했더니, 대번에 등짝을 한 대 후려친다.
 "아파."
 "아프라고 때렸어. 이년아."
 "안 가겠대. 은환아."
 "뭔 소리야? 뜬금없이 앞뒤 다 자르고."
 "한이."
 정원이 다시 창밖으로 시선을 던지며 느릿하게 말했다.
 "진짜?"
 은환의 목소리가 통 하고 튀어 오른다. 놀랍겠지. 보통 일은 분명 아니었으니까.
 "와아. 한 씨가 너 진짜 사랑하는구나? 대박!"

포기할래. 너를 포기할 순 없어. 단 한 순간도. 우선순위를
정한다면 그건 너야. 그 어떤 것보다도.

　"어. 나를 진짜 사랑하더라. 그게 쉽다더라. 그거 포기하는 게
더 쉬운 거라더라."

　너를 두고 그 어떤 모험도 하기 싫어.

　그런데 난 그래서 미치겠어. 내가 그 남자한테 뭐라고 한 거
니?

　확실하지 않은 미래에 한과 자신을 걸어 보려 했었다. 붙잡고
싶지만 붙잡아선 안 되고, 따라갈 수도 있지만 따라가기엔 겁나고.
그러니까 각자 할 일을 하면서 할 수 있는 만큼 사랑, 하겠다고.

　몸이 멀어지면 마음도 멀어진다는 그저 흔한 그런 말 말고, 해
보겠다고 그거. 고작 그것도 결심이라고 혼자 머리 터지게 고민했
었다. 고작 떨어질 결심을 하고서 말이다.

　그런데 포기하겠단다. 그 남자는.

　자신이 전부라고 말하는 것과 뭐가 다른가. 멈추어야 할 상황
이 아니었다면 멈출 수나 있었을까. 그런 남자를 멈추게 만들었
다. 겨우 다시 움직이겠다는 남자를.

　참 대단하다. 나란 여자.

　"그래서 아침부터 네 표정이 그런 거였구나?"

　"내 표정?"

"근심 가득. 막막함이 덕지덕지. 하지만 간혹 감격스럽지. 알 것 같아. 역시 그 남자는 월척이었어."

어깨를 으쓱이며 말한 은환이 커피를 홀짝인다. 그리고 테이블 위에 놓여 있던 정원의 휴대전화가 반짝 빛나며 진동하기 시작했다.

"월척? 헐. 그걸 고새 갖다가 찍었냐? 저작권료."

손바닥을 펴 저를 향해 내미는 은환을 보곤 정원이 피식 웃으며 휴대전화를 들었다.

"어."

— 저녁때 따로 일 없으면 본가 가서 밥 먹자. 준이도 온대고. 어머니가 가족 모임 하고 싶으시다는데?

한이 가족 모임을 말하며 하하하 소리 내어 웃는다. 경쾌한 목소리가 휴대전화를 뚫고 밖에까지 흘러나온다. 은환이 고개를 절레절레 흔들고는 사무실 저편으로 멀어져 갔다.

"음. 애매하긴 한데, 갈 수 있어. 좀 늦을지도 모르긴 하지만…… 어머니껜 내가 전화 따로 드릴게."

— 어. 이따 끝날 때 맞춰 갈게.

"어. 지금 뭐 해?"

— 네 생각.

"뭐?"

— 한정원 생각.

장난처럼 킥 웃더니 어느새 진지하다. 느닷없이 코끝이 찡해졌다. 괜히 눈물이 핑 돌아 눈만 깜빡거렸다.

— 원아?

"이따 봐. 나 일해야 해."

— 어. 이따 봐.

종료 버튼을 누르고 다시 창밖으로 고개를 돌렸다. 비는 조금 더 거세졌다. 정원은 문득 드는 생각에 자리에서 벌떡 일어났다.

"나 좀 나갔다 올 거야."

지갑을 챙기고 우산을 챙겨 들었다.

"어디 가는데? 촬영 30분 남았어."

"금방 올게."

조금 전까지 복잡하던 얼굴인 데 반해 너무나도 상기된 표정이다. 은환은 막 스튜디오를 빠져나가는 정원을 갸웃하며 쳐다보았다.

✥

"죄송해요. 늦었어요."

촬영이 늦어져 약속 시간보다 30분가량 늦어졌다. 덕분에 한 역시 함께 늦어지고 말았다. 아무리 양해를 구했다고 하지만 딱 저녁 식사 시간이었기에 조금 죄송스러운 마음이 앞섰다.

"괜찮아. 얘. 통화하고 사정 얘기 다 해 놓고선. 그리고 갑자기 약속 잡은 거잖아. 내가. 외려 내가 미안하지. 들어와. 어서."

"여기요. 어머니."

정원이 빨간 장미 한 송이를 건넸다. 앞치마에 젖은 손을 닦던 중연이 해사하게 웃는다.

"넌 뭘 매번…… 이제 그만해도 돼. 우리 집 식구 될 건데 뭘 손님처럼 매번 이래?"

"그럼 그렇게 좋아하는 티를 내지 말든가요."

이 층에서 막 내려오던 준이 중연을 향해 말했다. 중연이 밉지 않게 준을 흘겨보았다.

"왔어요?"

"네. 왔어요?"

"어서들 들어가. 손 씻고 밥 먹자. 배고프겠다."

"안녕하세요!"

그때 마침 그들을 뚫고 작고 귀여운 여자가 한과 정원을 향해 꾸벅 인사를 해 왔다.

"아아. 네. 안녕하세요."

"반가워요. 말씀 많이 들었어요."

정원이 인사를 건네자 환하게 웃던 여자가 한의 인사엔 부끄러운 듯 슬쩍 눈을 내린다.

"준이 여자 친구래. 같은 병원 의사. 생각지도 못했는데 둘 다 짝 맞춰 와 주는 바람에 기분 무지 좋아, 애."

"이지우예요. 저도 말씀 많이 들었어요. 두 분."

여자가 준을 슬쩍 올려 보며 또 활짝 웃는다. 구김 없이 맑고 밝다. 주위를 기분 좋게 만드는 사람이다. 그런 여자를 향해 픽 웃는 준의 얼굴에도 사랑이 뚝뚝 떨어진다.

"이모는?"

"이모부 전화 받고 나갔어."

중연을 대신해 준이 답을 하고 나섰다. 준의 답에 한이 혀를 쯧 찬다.

"그럴 거면 대체 이혼은 왜 한 건지 모르겠어."

"냅 둬. 사는 방식이 다 다른 거지. 같이 살면서 지지고 볶는 것보단 연애하는 것처럼 저렇게 사는 것도 안 나빠."

다 데워진 전골냄비를 식탁 한가운데 놓으며 중연이 한을 향해 말했다.

"뭐."

한이 어깨를 으쓱인다. 준이 그런 한과 중연을 번갈아 쳐다보며 피식 웃었다.

"와. 해연이가 없어도 식탁이 꽉 차네. 너무 좋다. 얘. 식탁을 바꿔야 할까 보다. 얼마 안 있음 손자 손녀들도 태어날 테고……."

"또 앞서가신다."

준이 전골 국물을 한술 뜨다 고개를 절레절레 흔들어 버린다. 이번엔 한이 그런 준을 보며 픽 소리를 냈다.

"그런가?"

식탁을 빙 둘러앉은 한과 정원, 준과 지우를 보며 중연이 눈을 굴렸다.

"노력할게요."

한이 숟가락을 들고 선서하듯 말했다. 쿡. 지우가 웃음을 터뜨린다. 정원이 한의 옆구리를 쿡 찔렀다. 뒤이어 준이 하하하 큰 소리로 웃었다. 역시 좋다. 이 집. 이 분위기. 이 사람들. 정원은 따뜻한 밥을 한술 뜨며 부드럽게 미소 지었다.

"연구소 다시 갈 것 같다며?"

도란도란 얘기꽃을 피우며 한창 맛있게 식사를 하던 중이었다. 중연이 한을 향해 물었다. 내가 말했어. 준이 심드렁하게 대꾸했다. 한은 잠시 먹던 걸 멈추고 물 잔을 집어 들었다.

"안 가요."

"뭐?"

한의 대답에 중연이 황당한 표정으로 되물었고.

"뭐?!"

준이 어이없다는 듯 인상을 찌푸리며 소리쳤다. 그러다 둘의 고개가 정원을 향해 동시에 돌아갔다. 정원은 당황한 듯 두 눈을 깜빡였다.

"대답은 내가 했는데 왜 원일 봐요? 내가 안 간다는 건데."

다시 숟가락을 들며 한이 심드렁하게 둘을 향해 대꾸했다.

"가요. 어머니."

정원의 말에 한의 고개가 잽싸게 돌아갔다. 처음엔 두 눈이 흔들렸고, 그다음엔 차갑게 표정이 굳어졌다. 정원은 그런 한을 향해 빙긋 웃었다. 그러곤 다시 중연과 준을 향해 확인시켜 주듯 다시 말했다.

"갈 거예요."

재차 확인하듯 하는 말에 한의 표정은 이미 딱딱하게 굳어져 버린 채였다.

"한정원."

한이 서늘한 음성으로 한 자 한 자 힘주어 불렀다. 그러거나 말거나 정원은 산뜻하게 말을 이어 나갔다.

"가기 전에 약혼할게요. 어머니. 저도 한 일 년 이것저것 준비해서 내년 이맘때쯤 들어갈게요. 그리고 들어가기 전에 결혼도 할게요. 그래도 되죠?"

"말해 뭐해. 그러럼. 나야 완전 환영이야."

중연이 손뼉을 탁 치며 호들갑스럽게 곧장 답했다. 하지만 그에 반해 한의 표정은 뭐랄까. 느닷없이 폭탄 맞은 얼굴이랄까. 이보다 당황스럽고 이보다 더 놀랄 수는 없는 기이한 표정. 멍청하게 입을 벌리고 정원을 바라보는 그를 보며 준이 혀를 쯧 찼다. 아마도 불시에 맞은 모양이지.

"이 자식은 몰랐나 보네."

"말 안 했니?"

"놀래 주려고요."

정원이 킥 웃으며 한을 쳐다보았다. 씰룩. 한의 입가가 기이하게 움직였다.

"정원 씨 안 간대서 쫄았었거든. 이 자식."

"그랬어?"

"죄송해요. 골려 주고 싶었어요."

실상 그랬던 건 아니었지만 정원은 중연을 향해 그같이 말했다. 사정을 다 알고 있었던 듯 준이 정원을 향해 의미심장한 웃음을 보였다. 정원은 거기에 활짝 웃어 주었다. 준의 미소가 깊어졌다.

"두고 보자. 한정원. 골려 준 건 두고두고 갚을 거야."

"두고 보자는 사람 하나도 안 무서워."

훗. 정원이 한을 향해 가소롭다는 듯 웃었다. 한의 시선이 깊어
진다. 정원은 그런 한을 깊이 바라봐 주었다. 그 눈엔 고마운 마
음이 가득했고, 사랑이 가득 찼다.

"어떻게 그런 기특한 생각을 한 거지?"

집으로 돌아가는 길이었다. 한은 차에 오르기 전 정원을 껴안
은 채 감격스러운 음성으로 그녀를 향해 물었다.

"기특한 생각을 한 건 당신이지."

"당신?"

포인트가 어긋났다. 정원이 한 말의 포인트는 그게 아닌데. 뭐
별거라고 두 눈을 동그랗게 뜬 채 정원의 팔을 붙들어 제 몸에서
떼어 낸다.

"당신?"

정원은 대체 이 남자는 왜 그 단어에 이 같은 관심을 보이는
것인가에 대해 순간 당황했다. 매번 너, 너 했더니, 그새 익숙해
져서 별반 다를 리 없는 당신이란 말에 혹하나 보다.

"당신이랬어. 너."

"알아. 설마 내가 한 말도 모를까."

"맞아. 잘못 들은 게 아니었어. 당신이랬어."

세상에.

감격스러운 표정이다. 정작 자신을 따라 미국에 가겠다는 것을
알았을 때보다 더.

이건 좀······.

"그게 그런 표정으로 그렇게 감격할 일은 아니지 싶은데?"

묘하게 눈썹을 찡그린 정원이 한을 향해 말했다. 정말 도통 이해 못 할 반응이었으니까.

"뭔가······ 여보. 당신. 뭐 그런 느낌이잖아. 내 사람. 내 거 뭐 그런 느낌? 아무튼 너랑은 완전히 다르지. 앞으로 이렇게 부르자. 어?"

사족이 배배 꼬인달까. 한은 어깨를 움츠리며 몸을 떨었다.

"아니. 난 이렇게 부를 거야. 한아."

혀를 빼문 정원이 먼저 차에 올라탔다. 한이 슬쩍 노려보며 운전석에 오른다.

"천재라는 거 인정."

"무슨 소리야?"

차에 시동을 걸던 한이 정원을 돌아보았다.

"설득할 요량이었다면 완전 성공. 나 때문에 주저앉겠다는 그 말. 내 사랑으론 감당 못 하는 거더라."

"그런 거 아니야."

한이 곧장 변명하듯 말했다. 그러자 정원이 한의 손을 잡았다. 꾹 힘을 주어 쥐었다. 알아. 긴장 어리던 표정이 금방 스르륵 풀어졌다. 정원이 한을 향해 미소 짓곤 따스하게 눈을 맞추며 천천히 말했다.

"정신이 번쩍 들더라. 그리고 할 수 있겠더라. 내가 너를 그렇게 너무······ 사랑하더라. 한아."

출발하려던 한이 시동을 꺼 버렸다. 한은 참지 못하고 정원의 얼굴을 부여잡고 그대로 키스했다. 말랑한 입술이 부딪치며 부드럽게 열렸다. 촉촉하고 부드러운 혀가 달콤한 숨결과 함께 밀려든다. 정원이 한의 목을 끌어안았다.

너는 어쩜…… 이렇지?

한은 자신의 여자가 너무 사랑스러워 죽을 것만 같았다.

침대 위에서 나란히 마주 보며 누운 한과 정원이 서로에게 시선을 맞추었다. 한은 정원의 머리칼을 쓸어내리고, 정원은 한의 팔을 느릿하게 쓸어내리기를 반복했다. 한이 입술 끝을 올려 미소 지으면 정원 역시 그렇게 한을 향해 웃었다.

"은환이가 말이야."

"은환 씨가 왜?"

"자꾸 이럴 거면 아예 집을 나가래."

"뭐? 쿡크."

"등짝도 한 대 얻어맞았다니까?"

"진짜?"

"어. 진짜."

"어디 보자. 우리 원이 등짝."

한이 장난스럽게 웃으며 정원의 셔츠를 밀어 올리기 시작했다.

"간지러워."

정원이 키득거리며 한을 밀어 내기 시작했다. 한이 정원의 손을 잡아 입을 맞추었다. 그리고 바지 주머니에 있던 반지를 꺼내 약지에 끼워 넣었다.

"예쁘다. 우리 원이 손."

"어. 무지 예쁘네."

정원이 벌떡 일어나 손을 쫙 폈다. 한은 활짝 펼쳐진 손가락들에 하나하나 입을 맞추었다. 정원이 그런 한의 입술에 입을 맞춘다. 자연스럽게 한의 입술이 열렸다. 하지만 정원은 곧장 한을 밀어 냈다.

"왜?"

의아한 시선이 되는 한. 정원이 고개를 돌리며 말했다.

이것 좀 풀어 줄래?

백금의 가느다란 목걸이는 정원이 늘 하고 다니는 거였다. 따로 장식은 없었는데 풀고 보니 백금의 링이 달려 있다.

"그때 물렸던 청혼 내가 할게. 이번엔."

정원이 목걸이에서 반지를 빼냈다. 그리고 한의 손을 잡아다 약지에 끼웠다. 예상치 못한 상황에 한에게선 말이 없다. 정원이 그런 한의 손가락에 입을 맞추었다. 달빛을 받아 더 반짝이는 정원의 눈동자가 오롯이 한의 시선에 담겼다. 한의 눈이 깊어졌다.

"나랑 결혼해 줄래?"

빌어먹을. 이 여잘 어쩌지?

한이 정원을 덥석 끌어안았다.

"넌! 넌…… 왜 이러는데. 왜 이렇게 넌……."

더 말을 잊지 못하고 입을 맞춰 오는 한을 정원은 있는 힘껏 끌어안았다.

#19

　여행이 시작되었다. 이글거리는 여름 태양에 맞서 뜨겁게 타고 있는 아스팔트를 달렸다. 강원도 어느 산골. 이름 없는 시골 마을. 그리고 그곳에 자리한 아버지의 자그마한 별장.

　아버지의 첫 작품이자, 어머니에게 프러포즈를 했던 곳이었다. 소박하지만 아름답고, 아담하지만 더없이 찬란했던 [다솜].

　한은 이곳에서 정원과의 약혼식을 하고 싶었다. 단둘이서.

　"와아!"

　산골에서 굽이굽이 한참을 더 들어온 곳. 그곳에 한이 말한 [다솜]이 있었다. 작은 정원을 품은 낮은 울타리 안의 오래된 통나무집.

　수풀은 우거졌고, 졸졸졸 통나무집 뒤편으로 개천이 흘렀다. 이름 모를 풀꽃이 흐드러졌고, 작렬하는 태양 아래서 그 모든 것들은 반짝였다. 정원은 차에서 내리자마자 감탄했다.

"세상에. 이게 말이 돼? 마치 동화 속 같잖아. 이건!"

그녀답지 않게 호들갑스러운 모습으로 정원을 가로지르는 정원을 보며 한의 미소가 한결 깊어졌다. 마음에 들어 할 줄 알았다. 한은 천천히 정원을 따라 걸었다.

"결혼 선물로 이런 걸 받으셨단 말이야?"

열쇠로 문을 열자마자 마치 먼지 한 톨도 제 시선에 다 담겠다는 듯 정원은 꼼꼼하게 집 안을 살펴보았다. 볕이 쏟아지듯 들어오는 너른 창, 기둥을 싸고도는 계단, 한쪽으로 놓인 침대 아래로 이어진 계단식 의자. 30년이나 되었다는 것이 믿어지지 않는 견고한 모습, 그리고 세련된 디자인이다.

비단 패브릭만의 느낌은 아니라는 얘기였다. 흘러간 추억이 고스란히 느껴지는 모습이면서도 감각이 돋보이는 현대적인 아름다움. 집 안을 둘러보며 정원은 한없이 감탄했다.

"우리 아버지 좋아하시겠네."

정원을 보며 한이 피식 웃었다.

"맘에 들어. 여기."

"어. 어머니 말씀이 이 집이 맘에 들어서 청혼 받아들이셨다니까. 홋."

"신의 한 수야. 이런 근사한 집을 선물 받았다면 나도 단번에 허락했겠어."

"그래서 후회했지. 발끈해서 반지부터 내어놓을 게 아니라 여기로 먼저 데려와 버리는 건데 하고."

"그러게. 실수했네."

정원이 제 약지에 끼워진 반지를 보며 부드럽게 웃었다.

"관리하는 사람이 있어? 어떻게 집이 이렇게 깨끗해?"

"아랫마을에 관리해 주시는 분이 있어. 아버지와는 어릴 적 친구분이신데 한 번씩 와서 살펴 주시지. 오기 전에 살짝 귀띔도 해 드렸고. 내 색시와 올 거라고."

색시란 말에 정원은 또 피식 웃어 버렸다. 왠지 간지럽달까.

"배고프지 않아?"

한이 정원을 향해 물었다. 정원이 고개를 끄덕이자 한은 기다리란 말과 함께 후다닥 집 앞에 주차해 놓은 차로 뛰어갔다. 트렁크를 열고 먹을거리와 며칠 묵을 동안 필요한 것들이 든 비닐봉지를 꺼내 들었다.

"얼른 밥해 먹자."

"어. 밥은 내가 할게. 찌개는 당신이 해."

당신이란 말에 비닐봉지에서 재료들을 꺼내던 한이 정원을 보며 히죽 웃는다. 유독 당신이란 말에 반응이 저러하다. 정원은 아직도 그것을 이해하지 못하겠다. 하지만 어쨌거나 한이 기분 좋아하는 건 환영할 만한 일이니까.

정원이 양푼에 쌀을 부으며 한을 향해 마주 웃었다. 한이 정원을 향해 찡긋 윙크했다. 못 말려. 쌀을 씻으며 정원은 고개를 흔들었다.

"잘 먹겠습니다!"

하얀 쌀밥과 얼큰한 된장찌개, 거기다 간소한 몇 가지 반찬들. 소담한 식탁이 이토록 풍요로울 수 있을까. 정원은 활짝 웃으며 한을 향해 소리쳤다. 한이 히죽 웃으며 숟가락을 든다.

"와아. 제대로야."

제가 한 찌개에 감탄하며 한이 두 눈을 동그랗게 뜨고는 빙글 굴렸다.

"오. 맞아. 제대로야."

숟가락을 흔들며 정원이 격하게 반응해 오자 한은 그렇지? 되물으며 으스댔다.

밥은 맛있었다. 적당히 윤기가 도는 쌀밥도 차졌고, 찌개는 더 말할 것도 없이 얼큰했다. 간단하게 만든 겉절이도 먹을 만했고, 아저씨가 살짝 넣어 둔 냉장고 안의 장조림이랑 나물들도 기가 막혔다.

식사를 마친 둘은 함께 나란히 서서 설거지도 했다. 엉덩이를 부딪치기도 하고, 손가락으로 물을 튀겨 가며 장난을 쳐 대는 통에 설거지는 한참이 걸렸다. 흐른 시간을 보며 어이없어할 정도로.

설거지를 마친 둘은 나란히 테라스에 놓인 벤치에 앉아 차를 나누어 마셨다. 서로에게 기대어 나른한 행복을 만끽했다.

산골의 저녁은 이르게 찾아왔다. 가벼운 농담이 오가고, 반쯤 장난치듯 입을 맞추고, 몸을 부딪치는 동안 나무 꼭대기 위로 어느샌가 별이 보이기 시작했다. 정원은 한껏 고개를 젖히고 하늘을 올려다보았다.

"쏟아지겠다."

"이 집의 포인트."

"어. 맞아. 그런 것 같아. 마치 저 별들이 비처럼 쏟아질 것 같은 느낌이야. 근사해."

눈을 반짝이며 하늘을 올려다보고 있는 정원을 한은 감동한 듯 넋을 잃고 바라보았다.

"방금 봤어?"

"어? 뭘?"

"별똥별. 방금 저기서 떨어진 거. 못 봤어?"

당연히 보지 못했다. 한은 하늘이 아닌 정원을 바라보고 있었으니까. 정원이 벌떡 일어났다. 아오. 어떡해. 소원을 못 빌었어!

정원이 어울리지 않게 발을 동동 굴렀다. 괜찮아. 한이 그런 정원을 끌어안았다. 문득 나지막한 소리로 아프게 읊조리던 정원이 떠올랐다. 한은 안은 팔에 힘을 주었다.

"왜 그래?"

정원이 의아한 듯 대번에 물어 왔다. 한은 그저 웃었다. 정원이 금세 가느다랗게 실눈을 뜨며 살피듯 한을 쳐다보기 시작했다. 꼭 끌어안긴 채 허리를 딱 붙인 자세로 얼굴만 떨어뜨린 모습이었다.

그냥.

한은 다시 정원을 꼭 끌어안아 버렸다.

난 네가 안쓰러웠다고.

사랑했고, 사랑할 수밖에 없었고, 사랑밖에 할 게 없었지만, 그래도 그러는 중에도 안쓰러웠다고.

안쓰러웠어.

하지만 안쓰러워하는 그 마음을 들키고 싶지는 않았다. 그저 사랑이라고. 모든 이유가 다 사랑뿐이라고. 그렇게 알게 하고 싶었다.

한은 정원의 이마에 입 맞추었다. 한의 입술이 정원의 이마에서 떨어지는 순간 저쪽으로 별똥별이 떨어졌다. 이번엔 정원이 그 별똥별을 보지 못했다. 정원이 눈을 뜨는 순간 이미 별똥별은 자취를 감추고 없었기 때문이다.

한은 그 별똥별에 소원을 빌진 않았다. 그저 그 순간 다짐했을 뿐이다. 영원히 사랑하기를. 그의 다짐은 소원이 되었고, 별똥별과 함께 기원한 소원은 아마도 이루어질 것이다. 한은 부드럽게 웃으며 정원의 입술을 삼켰다.

풀벌레 소리가 더 아늑함을 느끼도록 만들었다. 침대 위에 누워 쏟아지듯 수놓인 별들을 바라보았다.

저 창이야말로 신의 한 수다. 고스란히 하늘이 보이는 천장의 널따란 창. 당장이라도 후드득 떨어질 듯 반짝이는 별빛들. 한과의 매 순간순간을 절대로 잊을 수 없을 것이라고 생각했지만, 오늘은 그중 단연 최고다.

별들이 가슴에 박히듯 한의 숨결이 한의 시선이 가슴으로 더럭 박혀 들었다. 정원은 한을 향해 돌아누웠다. 한은 이미 정원을 향해 돌아누워 팔을 괸 채 정원을 바라보고 있었다.

"사랑한다고 말해 봐."

한이 나지막이 속삭였다.

"어? 말해 봐. 사랑한다고."

대답하지 않았더니, 어느새 재촉이다. 정원은 가만히 그를 들여다보았다. 별을 박아 놓은 듯 자신을 바라보는 두 눈이 반짝거렸다. 정원은 한의 입술에 입 맞췄다.

"말해 봐."

집요하게 눈을 맞춰 오며 한은 다시금 정원을 향해 재촉했다. 아끼지 않았다. 사랑을 깨닫는 그 순간부터. 하지만 한은 그거로도 부족한지 늘 확인받길 원했다. 정작 그러고 싶은 건 정원이였는데, 앞서 한이 그렇게 나와 버리면 그녀는 마치 그만큼은 아닌 듯한 느낌이 들어 버린다. 언뜻 오해하는 건 아닌가, 괜한 걱정이 들어 버렸다.

"사랑해. 한아."

똑바로 눈을 맞추고 한 자 한 자 마음을 담아 속삭였다. 한의 눈이 부드럽게 접혔다. 입술은 부드럽게 호를 그렸다. 목덜미를 그러쥐고 정원의 얼굴을 내렸다. 옅게 입술을 비볐다. 깊게 키스할 것 같은 느낌이었는데 한동안 그는 그렇게 입을 맞추고 느릿하게 비비기만 한다.

정원은 뭔가 약이 오른 느낌이 들었다. 고개를 들었더니 한은 금세 다시 그녀의 얼굴을 원래의 자리로 데려간다. 시야에 가득 찬 얼굴. 한의 눈은 더 이상 부드럽지도, 장난스럽지도 않다.

정원은 눈을 감았다. 그리고 그와 동시에 한이 정원의 입술을 파고들었다. 느리지만 힘 있고, 욕심냈지만 조급하지 않았다. 한은 그 어느 때보다 느릿하게 정원의 살결을 음미했고, 그의 움직임은 그 어느 때보다 경이로웠다. 살갗 위로 느껴지는 떨림이 고스란히 전해졌다.

부드러운 입술이 몸 위를 지날 때마다 정원은 낮게 신음했다. 한은 수없이 많은 입맞춤과 함께 사랑한다고 고백했다. 너를 사랑한다고. 너밖에 없다고. 이미 알고 있는 사실임에도 정원은 매 순간마다 감격했다.

그리고 마침내 한이 자신의 몸속으로 들어왔을 때, 정원은 울어 버렸다. 감정의 홍수. 그리고 감각의 태풍. 한의 그 모든 것이 정원을 휘몰아쳤다.

한은 정원의 눈가에 혀끝을 댔다. 그리고 이내 입 맞췄다. 가팔라지는 움직임 속에 그는 정신을 놓지 않으려고 애써야 했다.

그러다 그 소용돌이가 제 속에서 폭발했을 때, 한은 지독한 포만을 느꼈다. 옅게 떨고 있는 정원을 가득 안은 채 한은 옆으로 돌아누웠다.

"원아. 사랑해."

"또."

"사랑해. 원아."

"또."

"사랑해."

정원의 미소가 한결 더 깊어지기 시작했다.

조금 늦은 아침. 둘은 부산했다. 대충 끼니를 챙겨 먹고, 한은 딱 떨어지는 슈트를 꺼내 입었다. 머리는 대충 빗어 자연스럽게 만졌다. 옅은 화장과 함께 새하얀 원피스를 입은 정원은 정원에서 카메라를 손보고 있었다.

"와. 근사한데?"

정원의 말에 한이 어깨를 으쓱이며 비잉 몸을 돌린다.

"그런 건 여자가 하는 거야."

정원이 제자리에서 비잉 몸을 돌렸다. 차분했던 스커트가 접시 꽃처럼 활짝 펴졌다가 하얀 다리로 착 감긴다.

"훗."

"저기쯤 서면 될 것 같아. 서 볼래?"

한은 정원의 말에 따라 카메라에서 2미터 정도 떨어진 곳에 섰다. 정원이 손가락으로 동그랗게 원을 만든다. 카메라를 작동시킨 정원이 치마를 펄럭이며 한에게로 뛰어왔다.

한은 들고 있던 풀꽃 다발을 정원에게 건넸다. 꽃다발을 받아 들고 정원은 한의 팔짱을 꼈다. 은은한 꽃향기를 맡으며 정원이 슬쩍 한의 어깨에 머리를 기댔다.

그리고 그 순간 찰칵! 카메라가 촬영을 시작했다.

한은 정원에게 입 맞추었다. 순간 찰칵! 카메라는 정원이 입력한 대로 시간에 맞춰 사진을 찍었다.

찰칵 소리 뒤로 한은 번쩍 정원을 안아 들었다.

순간 또 찰칵! 카메라가 터졌다.

한과 정원은 마치 모델이라도 된 듯한 자신들의 모습에 웃음이 터졌다.

하하하하. 경쾌하게 웃는 둘을 또 찰칵! 카메라는 놓치지 않았다.

둘만의 약혼식은 그렇게 소소하게 치러지고 있었다. 반짝이는 햇살 아래, 푸른 나무들과 이름 모를 풀꽃들, 그리고 졸졸 흐르는 계곡의 물소리가 약혼식을 축하하는 듯했다.

촬영이 끝나고 나서는 가벼운 옷으로 갈아입은 후 손을 잡고 집 근처 산길을 걸었다. 나무숲이 더 뜨거워진 태양을 가리며 시원한 바람을 만들었다. 산뜻한 공기를 마시며 길을 따라 걷는 둘의 발 아래로 떨어진 지난해의 낙엽들이 사각사각 소리를 냈다.

한이 잡은 정원의 손을 당겨 손등에 입 맞추곤 부드럽게 미소 지었다.

"잊지 못할 거야. 여기. 그리고 지금."

"평생 얘깃거리가 되겠지. 여기 너, 나, 약혼식. 말 못하게 근사했으니까. 특히 너. 한정원."

"큰일이야."

"뭐가?"

"듣기 좋은 소리에 익숙해져서. 내가 무슨 대단한 여자라도 된 기분이야. 자꾸만 으쓱해져서는 되지도 않는 것들 죄다 요구할 수도 있을 것 같아."

"바라는 바야."

"뭐?"

"바라는 바라고. 다 해 줄게. 뭐든."

"이거 봐. 자꾸 더 그러면 나 버릇 나빠져. 알긴 알고 자꾸만 그러는 거야?"

"버릇 나빠져도 돼. 다 감당할 수 있으니까."

한이 깊게 웃으며 정원을 당겨 안았다. 모든 걸 보상받는 느낌이 들었다. 여태 아팠던 거. 여태 죽을 만큼 아팠던 그거. 생애 여기쯤 이렇게 멋진 보상이 있어 그렇게 힘들었나 보다고. 그 힘든 걸 견딘 건가 보다고.

매 순간 감동하게 만드는 이 남자를 정원은 사랑했다. 그리고 지금 이 순간을 사랑했다. 자신의 삶을 사랑하기로 했다.

❖

여행은 끝났다. 그리고 한은 이제 곧 떠난다. 탑승 수속을 마친 한은 가만히 정원을 끌어안고 있었다. 사람들이 흘끗흘끗 둘을 쳐다보며 지나갔다. 하지만 그런 시선은 하나도 중요하지 않았다. 한은 곧 떠날 거고, 한동안 보지 못할 거고, 그리워 죽을 것 같을 테니까.

"괜찮아?"

"안 괜찮아. 1년이 너무 길면 어떡하지?"

"나올게. 나올 수 있을 때. 한 번은 너도 오면 되고."

"어."

한의 품에서 정원이 고개를 끄덕거렸다.

"착하다. 우리 원이."

"아기한테 하는 것처럼 하지 말라니깐."

신경질을 부리는 건 헤어지기 싫다는 반증이다. 그것을 알기에 한은 그저 미안하다고 말했다. 정원이 곧장 아니야 답한다.

"밥 잘 챙겨 먹고, 영어 공부 열심히 하고."

한이 함께 가서 등록한 영어 학원이었다. 최선을 다할 거긴 하지만 두려운 것도 사실이었다. 학창 시절 수학이 차라리 좋던 정원이었다.

"어. 그럴게."

"도착하자마자 전화할게. 그리고 자주 전화할게."

"어. 나도."

"미안. 이렇게 너 두고 먼저 가서."

어떡하지? 물색없이 눈물이 흘러내릴 것만 같았다. 정원은 한의 가슴으로 더 깊이 파고들었다. 눈물을 들켜 마음을 상하게 하고 싶지 않았다. 헤어지는 것만으로도 충분히 불안하고 걱정이 될 그다.

"걱정이네. 안고 싶어 죽을 텐데."

장난 섞인 그 말에 웃음이 터졌다. 한이 정원의 몸을 떼어 냈다. 눈을 맞추었다. 정원이 물기 어린 눈을 깜빡거리기 시작했다.

"우리 이번만 이렇게 떨어져 있자."

"어."

"죽을 만큼 그리운 것도 이참에 한번 해 보지 뭐."

"그래."

"사랑해."

"어. 나도."

탑승 안내 방송이 흘러나왔다. 언뜻 정원의 표정이 굳어졌다. 한은 정원의 입술에 짧게 입 맞추었다. 그리고 힘주어 안았다.

"건강하게 잘 있어. 곧 보자."

"어. 당신도."

안은 팔을 풀던 한이 다시 정원을 꼭 끌어안았다.

"사랑해. 원아."

"나도."

한을 태운 비행기는 인천 상공을 날았다. 정원은 뭔가 기운이 빠진 듯 의자 위로 주저앉았다.

"괜찮아요?"

갑작스러운 음성에 고개가 들렸다. 준이다.

"괜찮아요. 그냥 뭔가 좀…… 힘 빠져요."

"나로 위로가 안 될까요?"

준이 눈을 찡긋하며 윙크했다.

"저거 말하는 것 봐라. 오글거리게."

준의 말에 윤범이 뜨악한 표정으로 혼잣말로 중얼거렸다. 정원에게서 큭 웃음이 터졌다.

"가끔 그 녀석 면상이 보고 싶어 죽겠으면 나랑 봐요. 어쨌거나 이만큼 한이랑 닮은 면상은 없으니까."

윤범을 향해 찌릿 눈을 흘긴 준이 정원을 향해 말했다. 맞아요. 정원이 준을 쳐다보며 답했다.

"가끔 만나서 밥도 사 주고, 얘기도 들어 주고 하라던데요?"

윤범이 정원을 향해 말했다.

"너한테도 그랬어?"

준이 윤범을 향해 물었다. 와아. 너한테도? 윤범이 별 시답잖은 녀석 다 보겠다며 뭔 저만 연애하나 보다고 투덜댄다.

"부득불 정원 씨랑만 가겠다더니 막상 저 보내고 혼자 돌아갈 정원 씨가 걱정되나 보더라구요. 공항 출발하기 전에 부탁했어요. 공항에 와 달라고."

"아아."

준의 말에 정원이 힘없이 웃으며 고개를 주억거렸다.

"이 녀석이랑은 통화하다 같이 온 거고."

준이 옆의 윤범을 힐끗 쳐다보며 덧붙였다.

"일단 밥부터 먹어요. 나 아침 전인데?"

"뭔 지금 몇 신데 밥을 안 먹었냐?"

"못 먹을 수도 있지. 자식아. 정원 씨. 아침 먹었어요?"

못 먹었다. 헤어질 걸 생각하니 뭔가 넘어가지가 않더라. 정원이 윤범을 향해 고개를 가로저었다.

"거봐. 자식아. 정원 씨도 안 먹었다잖아. 좋겠다. 넌? 매끼 시간 맞춰 꼬박꼬박 챙겨 먹어서?"

윤범이 준을 향해 비아냥거렸다. 가요. 그럼. 윤범이 그러거나 말거나 준은 정원에게 말했다.

"걱정 말아요. 한이 없는 동안 우리가 정원 씨 책임져요."

부러 어깨를 활짝 펴며 윤범이 정원을 향해 말했다.

✤

"잘 도착했어?"

— 어. 잘.

"응."

— 근데 벌써부터 보고 싶어 죽겠다. 정원아.

영상통화를 하려다 참았다며 얼굴 보면 또 당장 가고 싶어질 거라고 한은 너스레를 떨어 댔다. 정원은 생각보다 힘들다는 말은 하지 않았다. 그래서 최대한 바쁘게 지낼 예정이라는 말도.

— 준이 왔었지?

"어. 윤범 씨도 같이. 기운 빠져 늘어질 것 같았는데 그래서 재밌었어. 당신 생각 안 나더라."

— 에이. 설마?!

과장된 목소리에 정원이 소리 내어 웃었다. 맞은편에서도 웃음소리가 난다. 정원은 휴대전화를 더 가까이 댔다. 옅은 숨소리가 들리는 것 같았다. 천천히 눈을 감았다. 벌써 난 네가 보고 싶어 죽겠어.

— 하루하루 헤아리지 마. 바쁘게 살다 보면 어느새 금방이야.

"달래려고 애쓰지 마. 어린애 아니랬잖아. 할 일 열심히 하고 있어. 나도 그렇게."

— 어. 그래.

"사랑한다고 말해 줄래?"

— 사랑해. 원아.

"또."

— 사랑해.

"또."

— 사랑해.

"나도."

통화를 끝내고 정원은 침대 위로 쓰러졌다. 감았다 뜬 눈가에 촉촉이 물기가 어렸다.

"보고 싶다."

중얼거려 보지만 볼 수 없어 마음이 아팠다.

#20

보고 싶다.

아침, 눈을 떴을 때 정원이 가장 먼저 생각하는 것은 그것이다. 하루에 하루가 거듭될수록 그 마음은 더 커지고, 더 감당할 수 없어졌다. 가끔 시간이 날 때 컴퓨터를 켜고 바로 코앞인 양 얼굴을 마주 대고 얘기를 하지만, 그야말로 가끔이었다. 한은 정신없이 바빴고, 정원은 그런 한을 향해 투정 부리고 싶지 않았다.

— 보고 싶다.

장난기 없는 표정으로 한이 말했다. 피곤해 보여. 그 말로 시작한 화상통화는 20분째 이어지고 있는 중이었다.

"보고 있잖아."

울컥해지는 마음을 숨기고 부러 더 해맑게 웃으면서 말했다. 피식. 그가 힘없이 웃었다.

— 기어이 데려와 버릴걸.

언뜻 사나운 투다. 정작 눈에 잠이 그득한데도.

"좀 자. 눈에 잠이 가득해."

— 안고 싶어.

아침부터 이럼 어쩌자는 건지 모르겠다. 늘 장난스러운 말들로 일관하던 영상통화였는데 오늘은 유독 정원을 힘들게 만드는 한이였다.

그립다. 보고 싶고, 역시 안고 싶다.

그녀 역시 꼭 안고서 그의 체온을 느끼고, 심장 뛰는 소리를 듣고 싶다. 그렇게 잠들고 싶다.

고작 1년에 무슨 그런 호들갑이냐는 은환의 말에 그저 피식 웃는 걸로 답했지만, 실은 미칠 것 같았다. 고작 1년에서 겨우 두 달이 지났을 뿐이었다.

하지만 누적된 그리움은 정원의 마음을 하루하루 들볶아 댔다. 어떤 날은 그냥 LA행 비행기를 무작정 타 버리고 싶기도 했다.

"자. 나 출근 준비해야 해."

— 싫어.

어울리지 않는 투정에 정원이 픽 웃어 버리자, 컴퓨터 화면 안에서 그가 맞춘 듯 곧장 따라 웃는다.

— 출근 준비해. 잘게.

"응. 잘 자."

컴퓨터 화면에서 어느새 한이 사라졌다. 하지만 정원은 멍하니 그 화면을 쳐다보았다.

"아아. 진짜 미치겠네."

침대 위로 다시 벌렁 누워 버렸다. 미치겠다. 보고 싶고, 안고 싶고, 만지고 싶어서. 정원이 베개에 얼굴을 묻고 사납게 도리질을 쳐 대기 시작했다.

"뭐 하는데?"

빠끔히 문을 열고 들어온 은환이 어이없다는 표정으로 정원을 내려다보았다.

"시간이 너무 안 가."

"또 시작이야? 그럴 거면 영상통화를 하지 마. 괜히 얼굴 보고 나서 더 힘들지 말고."

"못 보면 더 힘들어."

"무슨, 세상 연애는 너희들만 해? 별. 얼른 일어나서 씻어."

기막힌 얼굴로 은환이 빽 쏘았다. 정원이 피식 웃으며 자리에서 일어났다.

"너라도 있어서 다행이야."

정원이 은환의 목을 끌어안으며 말했다.

"그걸 이제 알아?"

은환이 돌아보며 쌜쭉하니 대꾸했다.

하루하루를 헤아리니까 시간은 더 더딘 것만 같았다. 아침에 눈을 떠 하루가 더 지났다고 즐거워하다가 늦은 밤, 잠들 무렵엔 곧 또 하루가 더 지날 거라고 기대하다가 남은 날을 헤아리며 절망했다.

잘 참고, 잘 견디는 사람이라고 생각했는데 아니었던가 보다.

정원은 자신을 한참이나 잘못 알고 있었다는 걸 깨달았다. 한과 헤어져 있는 지금 이 순간이 되어서야.

정원의 일상은 다른 때와 별반 다르지 않았다. 다만, 오려 낸 듯 그만 없다. 순회하듯 그와 갔었던 밥집을 돌아다녔고, 찻집을 들렀다. 누가 보면 이별한 사람 같다고 하겠지만, 그렇게라도 마음을 달래고 싶었다.

"한 씨가 널 아주 바보로 만들어 놨어. 가만 보면."

맥주 캔을 따며 은환이 쯧 소리 나게 혀를 찼다.

"그럴지도."

심심하게 긍정하며 정원 역시 앞에 놓인 맥주를 들이켰다.

"V매거진 화보 찍어. 나."

"뭘 새삼스럽게. 자주 찍잖아. 왜?"

"그러게. 자주 찍던 거라 거절을 못 하겠네. 거절하면 더 우스워질 것도 같고."

은환이 한숨을 폭 내쉬었다.

"설마……."

"맞아. 그 설마가."

"윤범 씨랑은 어때?"

"갑자기 여기서 윤범 씨 얘기가 왜 나오는데?"

은환이 뾰로통하니 물었다. 뾰로통하니 나오는 걸 보아하니 무슨 의미인지는 다 알아들은 모양이지만.

"조금만 더 지난 후였더라면 웃으면서 같이 화보 촬영도 할 수 있었을 거야. 그 시간조차 주지 못할 만큼 그 녀석은 내가 아무렇

지도 않은 거지. 서러워. 이 마당에 서러운 것도 우습지만. 마음
이 그래."

"어렵네."

"그래. 어려워. 근데 오늘은 전화 안 오네?"

"연락이 안 돼. 바쁜가 봐."

"어렵네."

"어. 어려워."

자신과 같은 정원의 답에 은환이 작게 킥 소리 내어 웃었다.

"그런 생각이 들어. 그냥 같이 가 버릴걸. 막상 이렇게 헤어져
있어 보니까 가장 중요한 게 무언지 느끼게 돼."

"사랑이 그렇지. 알 것 같다가도 모르겠고, 정작 **빠졌다**고 느끼
면서도 그 상태가 어느 정도인지 꼭 당해 봐야 깨닫거든. 무감하
게 습관처럼 내가 저 남자를 사랑하고 있지 그랬는데, 막상 안 된
다고 칼같이 잘려 나가고 보니까 점점 더 죽겠는 것처럼."

은환이 쓰게 웃으며 새 맥주를 땄다.

"노력해도 안 되는 거면⋯⋯."

"노력하면 안 되는 거잖아. 이게. 노력한다고 되는 게 아니잖
아. 이건. 윤범 씨, 좋은 남자야. 알지. 알아. 근데 자꾸 미안해지
거든. 사랑하는 것 같대. 가벼운 마음으로 시작했는데, 점점 더
가볍지가 않아진대. 근데 그 말을 듣는데 난 더 미안해져 버리더
라."

"내 투정은 그냥 사치 같네. 미안."

"알면 적당히 해. 이년아."

피식 웃으며 은환이 맥주 캔을 부딪쳐 왔다. 창밖으로는 어느새 비가 내리고 있었다. 저 비가 그치고 나면 추워지겠지. 그렇게 추위가 시작되면 금방 겨울이 올 테고, 그럼 올해가 가겠지. 그렇게 시간이 흐르고 흘러 우린 행복할 수 있을까?

"누구지?"

밤 11시가 넘은 시각. 이 시간에 초인종을 누를 사람이 있을 리 없다. 느닷없는 초인종 소리에 얼큰하게 취해 소파에 기대 반쯤 누워 있던 정원과 은환이 벌떡 일어나 눈을 맞췄다.

"뭐지?"

둘은 비틀거리는 걸음으로 현관 앞까지 같이 걸어갔다. 조심조심. 살금살금. 위험한 사람이라면 초인종을 누를 리 없음에도 불구하고 술에 취한 정원과 은환은 거기까지 생각할 겨를이 없었다.

"누구세요?"

— 미안해요. 은환 씨.

이 목소리는……!

정신이 번쩍 드는 것 같았다. 놀라 커다래진 정원의 눈이 은환을 향했다. 확인하는 눈빛이다. 은환이 멍해진 얼굴로 느리게 고개를 끄덕거렸다.

— 은환…….

"……씨. 원아."

벌컥 열린 문에서 정원이 더럭 그에게로 안겨 들었다. 정원에게서 알코올 냄새가 알싸하니 묻어났다. 조바심 나게 보고팠던 사람이 제 품에 안기자 마음 깊은 곳에서부터 안정이 되어지기 시작했다. 한은 작게 한숨지었다.

"들어오시든가. 아니면 데리고 나가시든가."

현관에 몸을 기댄 채 팔짱을 낀 은환이 심드렁하게 말했다.

"뭔 연애 처음 하나."

그러다 이내 꿍얼대며 안으로 쏙 들어가 버린다.

"와아. 어떻게 된 거야? 언제 온 거야? 와도 되는 거야?"

"하나씩 물어. 어떻게 된 거냐면 보고 싶어서 도저히 안 되겠기에 왔고, 전화 끊고 더 참아지지 않아 밤 비행기 탔고, 일은 오면서 대충 급한 건 다 얘기해 놓고 왔어."

한이 다시 정원을 깊이 끌어안았다. 느껴지는 심장 소리에 안온해졌다.

스읍. 한이 냄새.

품 안에서 정원이 웅얼거렸다. 동그란 정원의 이마에 한은 입을 맞추었다.

"노선 정하고 빨리 들어오든가 나가든가 해요. 문 앞에서 그게 뭐야. 민폐라고!"

짜증 섞인 은환의 목소리에 한에게서 하하하 경쾌한 웃음이 터져 나오기 시작했다.

현관을 열자 무언가 서늘한 기운이 느껴졌다. 사람이 살지 않는 집에 온기가 없는 것은 당연했다. 한은 먼저 실내 온도를 높였다. 밖엔 비가 오는 중이었고, 그 탓에 조금 추운 날이었다.

"가끔 왔어. 당신 보고 싶을 때."

먼저 안으로 들어선 정원이 한을 향해 돌아서며 말했다. 그와 자던 침대에 누워 있다 가기도 했고, 그와 밥을 먹던 식탁에 앉아 차를 마셔 보기도 했다. 장난치며 설거지를 했던 싱크대 앞에서 찻잔을 씻기도 했고, 함께 텔레비전을 보던 소파에 앉아 멍하니 드라마를 틀어 놓기도 했다.

씩씩하게만 살기엔 추억이 너무 많았고, 그래서 더 그리웠다. 손만 뻗으면 닿을 수 있는 거리에 있던 남자가 아무리 손을 뻗어도 닿지 않을 땐, 그리고 그걸 깨달았을 땐 우울해지기 일쑤였다.

그래도 참아야지. 다독였다. 이것도 추억이지. 감사해하기도 했다. 그렇게 그가 없는 날들이 온통 그였다.

"보고 싶었어."

한은 가만히 정원을 끌어안았다. 살 것 같은 기분이 들었다. 일이 전부였던 적이 있었다. 그것만으로도 충분히 사는 게 재미있었고, 의미가 있었다. 스스로의 노력으로 창조해 낸 것들이 주는 감동은 상상 이상이었다.

하지만 그것들에 심취하면서도 순간순간 떠오르는 환영은 그를 조급하게 만들었고, 불안하게 만들었으며, 때로 견딜 수 없게 만들기도 했다.

보고 싶은 것도 즐길 수 있을 것이라고. 어차피 이것도 다 추억이라고. 우리는 다른 연인들처럼 헤어진 것이 아니라, 기다리는 것이라고. 하지만 아무리 마음을 다잡고, 다독여 보아도 보고 싶은 마음은 점점 커졌다.

그렇다. 이렇게 견디기 힘들어져 버린 것이다. 예정에도 없이 불쑥 이렇게 여기로 와 버린 건 단순히 참기가 힘들어서였다.

누군가 유난스럽다고 따진다 해도 상관없다. 결국 왔고, 지금 그 앞에는 정원이 있었으니까.

"정말 보고 싶었어. 원아."

"나도."

꼭 껴안았다. 가녀린 몸이 움직일 수조차 없게 단단하게 결박했다. 하지만 정원에게선 별다른 저항이 없다. 정원은 더 깊이 안겨 들었고, 그로 인해 안정된 듯 보였다.

한이 안은 팔을 느슨하게 풀고 정원의 입술에 입을 맞추었다. 정원이 그를 올려다보며 싱긋 웃었다. 반쯤 접힌 눈에 다시 입을 맞추었더니, 스륵 눈을 감는다.

정원이 팔을 들어 그의 목을 감았다. 손끝으로 머리칼을 살살 쓸어내렸다. 먼저 입을 맞춰 오는 정원을 보며 한 역시 눈을 감아 버렸다.

살 것 같고, 살아 있는 것 같았다.

뜨거워진 입술로 옅게 파닥이는 목덜미의 맥을 짚었다. 자연스레 정원의 목덜미가 뒤로 젖혀졌다. 한은 그런 정원의 목과 머리를 한 손으로 단단하게 받쳤다.

키스에만 열중해 있던 둘은 어느새 침대 위로 몸을 뉘였다. 커튼이 젖혀진 창엔 맹렬히 쏟아지는 빗줄기가 부딪쳐 터지듯 부서지고 있었다. 한은 조급하게 정원의 셔츠를 벗기고 있었다. 먼저 단추 하나를 풀었다. 살짝 열린 틈새로 보이는 살결에 입술을 대었다.

다시 두 번째 단추를 풀었다. 조금 더 벌어지는 셔츠 깃 사이로 소담하게 담긴 가슴이 언뜻 보이기 시작했다.

입술을 비볐다. 정원이 한의 머리를 끌어안으려고 했다. 하지만 한은 다시금 입술을 떼고 단추를 하나 더 열었다. 그러다 정원의 셔츠를 위로 밀어 올려 벗겨 버렸다. 도대체 단추 하나하나를 왜 세듯 열고 있었는지 모르겠다.

"훗."

반쯤 신경질적으로 자신의 옷을 벗기는 한을 보며 기어이 정원은 웃어 버렸다.

"웃어?"

한의 한쪽 눈썹이 기이하게 추켜올라 갔다. 큭. 정원은 다시금 웃음이 났다.

"두고 봐. 웃음 쏙 들어가게 해 줄 테니까."

다짐하듯 경고한 그가 입술을 내렸다. 가뿐히 밀어 올린 브라 아래로 하얀 가슴이 오롯이 드러났다. 번개가 쳤다. 그리고 그와 동시에 온몸이 저릿했다. 한의 입술이 닿는 곳곳마다 번개를 맞듯 저릿했다. 정원은 참지 못하고 그의 머리를 끌어안았다.

가슴에 안긴 채 온몸 가득 키스를 퍼붓는 그의 머리칼을 쓸어 내렸다. 정원은 잠깐의 틈을 두고 고개를 들어 올린 그의 머리를 재빨리 끌어 올렸다. 가파른 숨을 토해 내는 그의 입술에 입을 맞추었다. 어찔어찔 열이 올라 벅찬 숨 안으로 거친 한의 숨결이 한데 섞여 들어왔다. 심장이 터질 듯 아려 왔다. 하지만 정원은 멈추지 않았다. 이대로 마셔 버리고 싶었다.

참기 싫어.

다시 몸을 따라 미끄러지는 그의 입술을 밀어 내며 칭얼댔다.

이럼 내가 또…….

무어라 사납게 중얼거린 것 같은데 알아들을 수는 없었다. 상관없었다. 정원은 한의 몸을 제게로 당겼다. 빨리. 재촉하자 몸을 일으키고는 눈을 맞춘다. 반짝이는 눈이 꿰뚫을 듯 정원의 시선을 붙잡았다.

그리고 그는 주저 없이 그녀의 안으로 밀려들었다. 참듯 머금었던 숨결이 불시에 터져 나와 벌어진 입술 위로 흩어졌다. 온몸에 가득 들어차 포만한 느낌이었다. 정원은 질끈 감았던 눈꺼풀을 천천히 밀어 올렸다.

"키스해 줘."

망설임 없이 떨어지는 입술이 정원의 입술을 헤집어 열고, 가지런한 치열 사이로 밀려들었다. 삼켰다. 달콤한 숨결을. 뜨거운 열기를 품은 혀를. 음미했다. 데일 것 같은 뜨거움 안에 깃든 사랑스러움을.

점점 더 격하게 들썩이는 몸을 고스란히 내어 주고 온 마음을 다해 저를 내어놓는 그를 받아들였다. 다시 번개가 쳤다. 한은 그와 함께 하얗게 부서지는 정원의 눈을 바라보다 가만히 끌어안았다.

한은 사랑한다고 말했다. 정원에게선 답이 없었다. 그래서 한은 다시 말했다. 사랑한다고. 고요하게 안겨만 있던 정원이 그의 가슴에 입을 맞추며 그제야 답했다.

"사랑해."

한이 부드럽게 웃으며 정원의 머리칼을 흩뜨렸다.

하고 싶은 말은 많았지만, 정원은 그저 한에게 안겨 있었다. 한역시 나누고 싶은 말은 너무나 많았지만 이젠 고요해진 정원의숨소리에만 귀를 기울일 뿐 다른 말을 하지는 않았다. 서로에게안겨 있는 이 순간이 소중했다. 그 어떤 것보다.

"오면서 생각했어. 이렇게 와 버리면 또 몇 번을 이렇게 와 버리게 될까…… 그 생각."

한참 만에 한이 입을 떼었다.

"팀원들은 내가 변했다고들 말해. 자주, 딴생각으로 멍하다고.원래 난 시간 가는 줄도 모르고 일에 빠져 팀원들을 곤란하게 하기 일쑤였던 사람이었는데."

"그건 정말 큰일이네."

"오면서는 보쌈해 가 버려야 하나 그 생각도 했어."

픽 웃으며 한이 말하자 어이없다는 듯 정원의 입술에서도 웃음이 흘러나왔다.

"언제…… 가?"

묻고 싶지 않았는데, 물어야 했다. 마음 준비는 해야 되니까.정원이 몸을 일으켜 한의 가슴 위로 엎드렸다. 쿵쿵쿵. 안정적인심장 소리에 마음이 편안해지는 것만 같았다.

"가고 싶지 않아."

"그러지 마. 가지 말라고 할지도 몰라."

"따라간다고 할지도 모르잖아."

한이 장난스럽게 킥 소리 내어 웃었다. 다시 정원이 그를 따라 웃었다.

"가끔 그런 생각이 들어. 사랑, 뭐라고 이렇게 온통 사람 마음을 헝클어 놓을까. 그 생각. 그래서 또 가끔 난 내가 참 어이없고, 이상해."

한이 낮게 웃자, 볼을 댄 가슴이 함께 흔들렸다. 따뜻하다. 중얼거리며 정원은 얼굴을 옅게 비볐다. 한이 정원의 머리칼을 만지작거렸다. 따뜻하고 편안했다.

"영어 공부는 열심히 하고 있어?"

고저 없이 한 말에 정원이 얼굴을 들고 한을 쏘아보았다. 왜? 머리만 살짝 든 그가 정원을 향해 입술로만 묻는다.

"난 중학교 시절부터 영어는 질색했었어."

"편하게 해. 되는 대로. 부담을 가질 필요는 없어. 그렇다고 더 잘되는 것도 아니고. 아무것도 모르는 상태로 가도 막상 본토로 가면 쉽게 배워지는 경우도 있고."

"싫어. 당신 아내로 소개받는 자리에서 인형처럼 앉아 당신의 입만 쳐다보긴 죽어도 싫거든."

자신의 가슴 위로 불끈 두 주먹을 쥐는 정원이 귀여워 한이 하하하 경쾌하게 소리 내었다. 물론 정원은 그런 그를 쌜쭉한 표정으로 흘겨보긴 했지만.

"예뻐."

동그란 이마에 입을 맞추었다. 안 해도 될 노력을 자신 때문에 열심히 하고 있다는 게 기특하고 어여쁘다. 한이 부드럽게 미소 지었다.

"발음이 좋대. 칭찬받았어. 나."

"해 볼래 나랑?"

"싫어."

의기양양 턱을 치켜들었던 여자가 금세 꼬리를 감췄다.

오늘, 왜 이렇게 귀여운데?

입술 끝에 웃음을 빼물고 말하자 찰싹 소리 나게 가슴을 때린다.

"일산에 갔다가 당신 사진첩을 봤어. 뽀글뽀글 배추머리를 한 당신과 준 씨가 너무 귀엽더라. 차례차례 사진을 따라 자라는 당신을 보는 게 뭔가…… 흐뭇했어."

"뭐지? 그 엄마 같은 말은?"

"맞아. 뭔가 모성이 느껴졌다니까."

그게 맞는다는 듯 웃으며 답하는 정원을 보자 어이가 없어졌다.

"난 너에게 남자이길 바라. 죽을 때까지."

한이 엄하게 말했다.

"난 당신에게 여자도 되고, 가족도 되고, 친구도 될 거야. 가끔 당신에게서 오빠를 볼 수도 있고, 아빠를 느낄지도 모르지. 그리고 내 인생은 이전보다 더 풍요로울 거야. 흥미롭지 않아?"

정원의 말에 설득당한 그는 반박하지 못하고 두 눈만 깜빡거렸다. 귀여워. 가끔 아들을 볼 수도 있지 싶어. 정원이 머리를 쓰다

들으며 장난처럼 말하자, 한이 벌떡 일어나 위치를 바꾸었다.

"아들은 빼. 도저히 그건 들어 줄 수가 없겠다."

한이 정원의 입술에 입을 맞추며 말했다. 가벼운 웃음을 담은 숨결이 그의 입술 안으로 사라졌다.

한은 꼭 이틀 만에 다시 LA로 돌아갔다. 막상 견딜 수 없을 것만 같은 헤어짐은 그 잠깐의 재회로 충분히 견딜 만해졌다. 보고 싶어 죽을 것 같을 땐, 보면 될 것이다. 그가 와도 될 것이고, 자신이 LA로 가도 좋을 것이다. 그 간단한 걸 이제야 깨달은 것이다.

정원은 막 게이트로 들어가는 한을 향해 활짝 웃으면서 손을 흔들어 주었다. 한 역시 환하게 웃으면서 마주 흔들어 주었다.

"다음엔 내가 갈게."

혼자서 기약하는 다음이 벌써부터 기대가 되었다. 그 기대로 정원은 더 외롭지 않을 것이다. 한을 만나는 날까지 내내 기대하며 하루하루를 보내게 될 것이다. 정원은 처음 그를 보낼 때와는 다르게 경쾌한 걸음으로 인천공항을 빠져나왔다.

＃21

아담한 국화 다발을 환하게 웃고 있는 사진 옆으로 놓았다. 피붙이인 것을 의심할 수도 없게 닮은 얼굴. 이제야 그것이 보이는 건 무슨 조화일까. 잊고 싶었다. 그래서 아팠던 과거와 그 증오를 잊고 살았다. 그렇게 잊고 있었다. 나는 행복해야만 하는 사람이고, 원 없이 사랑받는 사람이고, 그래서 당신 따위는 이제 없는 사람이라고.

그러다 문득 떠올랐다. 나는 행복한데 당신은 어떤가…… 하고. 그러다 서랍 저 깊은 곳에 버리듯 구겨 넣어 둔 서류 봉투를 발견한 거였다. 열어 볼 필요도 없다고 생각했던 그 안을 그제야 확인했던 거였다. 아기였던 자신. 막 걸음마를 하던 자신. 유치원 가방을 메고 저만치 걸어가던 자신. 그리고 초등학교 입학식 날 나란히 찍은 사진까지.

문정화는 구구절절 그 어떤 말도 늘어놓지 않았다. 그저 낡고

닳은 사진 네 장과 간결한 글씨체로 미안하고 미안하다는 말을. 또 행복하라는 말을 썼을 뿐이다.

백금의 얇은 링 반지는 아마도 아버지와 나눠 꼈던 결혼반지일 것이다. 오래되어 기억나지 않았지만 아마도 그것이지 싶었다.

도대체 이걸 왜 간직했던 걸까 하는 의구심은 그저 지나쳐 버렸다. 이 반지를 돌려주지 않은 이유는 무엇이었을까 하는 생각도.

"나는 그냥 잊어요. 사는 게 그렇듯 태어나는 것에 대한 선택도 나나 당신이 할 수 있었던 건 아니니까. 그리고 나는 지금…… 그 어느 때보다 행복해요. 그러니까 잊어요. 잊는 건…… 용서할게요."

밉다. 증오한다. 그렇게 다짐했을 땐 죽을 것만 같았다. 아프고 아파서 견딜 수 없었음에도 그것밖에 할 도리가 없었다. 그렇게 불행했다. 하지만 이제 그냥 잊어야지 그 생각이다. 잊어야지. 생각하면 아플 테고, 아프면 자신의 남자가 슬퍼할 테니까. 그래서 자신은 행복해야만 하는 사람이고, 사랑받아 마땅한 사람이었다.

— 나 이제 비행기 타.

딱 맞춰 울린 휴대전화 저편으로 한의 목소리가 흘러나왔다. 무척이나 상기된.

"어. 기다릴게. 보고 싶어."

— 난 죽을 것 같은데.

칭얼거리는 듯한 음성에 웃음이 터졌다.

조금만 기다려. 곧 보자.

한이 웃으며 말했다. 반짝거리는 그의 얼굴이 손에 잡힐 듯 보이는 것만 같았다. 견디기 힘들 것 같던 1년은 시간이 늘 그렇듯 흘러갔다. 어느새 벌써. 한이 세 번 서울에 다녀갔고, 정원이 두 번 그가 있는 곳으로 갔었다. 떨어져 있는 동안 어쩌면 사랑은 더 깊어졌다. 서로의 소중함에 대해 뼈저리게 느낄 수 있었던 시간이었달까.

"선물이에요. 이건."

정원은 가방에서 꺼낸 작은 액자를 문정화의 사진 옆에 놓았다. 아직은 형태를 알아보기 힘든 전체적으로 까만 사진이었다. 그 언젠가 이것과 같은 초음파 사진을 보면서 당신은 어땠을까.

"갈게요."

정원은 옅게 웃으며 사진 속 문정화에게 눈을 맞췄다. 마치 문정화의 미소가 더 깊어지는 듯한 착각이 들었다.

✣

공항을 빠져나온 한은 마치 연예인이라도 된 듯 터지는 플래시 세례에 정신이 하나도 없었다. 대진자동차가 주최하는 토크콘서트에 응했던 것이 반년 전, 그것이 이렇게 화제가 될 줄은 그도 몰랐던 사실이었다.

윤범의 말로는 토크콘서트가 지상파를 통해 방영되던 날은 포털 실시간 검색에 온종일 1위를 기록했다고 했다. 당황스러울 정도로 쏟아지는 관심에 어안이 벙벙하던 것도 잠시, 한 달 전 경기도에서는 지능형 로봇 국제공동연구사업 연구기관으로 국내 한서대학교와 그의 연구소를 선정했고, 선정에 앞서 그에게로 직접 연락을 해 왔다. 한은 기꺼이 수락했고, 드디어 내일 업무협약을 체결하기로 되어 있었다.

지능형로봇 국제 공동연구사업은 로봇 관련 첨단기술력을 자랑하는 해외연구기관과 도내 연구기관이 공동연구를 통해 경기도의 지능형 로봇기술을 세계적 수준으로 끌어올리는데 그 목적이 있었는데, 그에 적임자가 [휴머노이드 이오]의 류한이라고, 관계자는 밝히기도 했다.

"와아. 무슨 연예인이냐?"

한이 차에 올라타자마자 윤범이 기막힌다는 얼굴로 빈정거렸다.

"그러게. 나도 무슨 내가 연예인인 줄 알았다?"

"재수 없는 자식."

윤범이 부드럽게 차를 출발하며 한을 향해 피식 웃었다.

"아니 무슨 사장님이 기사 노릇이냐고. 준이 자식은 수술 땜에 죽었다 깨어나도 안 되고, 재영이야 뭐 말할 거 있나. 월급 받아먹는 직장인이 까라면 까야 되는데. 딱 남는 게 나네?"

"우리 원인?"

"느이 원인 어제 대전 갔고, 오늘 온다더라."

"대전?"

"은환 씨 어머니 수술이셨어. 어제."

몰랐다. 정원은 출발 전 통화에서도 그 말은 하지 않았으니까.

"초기라 어려운 수술은 아니고. 얌전히 집에 가 있음 느이 원이 올 거니까 걱정하진 말고."

"은환 씨 많이 놀랐겠네."

"그랬겠지."

윤범과 은환은 반년 전 헤어졌다. 은환은 태화라는 남자를 극복하지 못했고, 윤범은 결국 먼저 손을 들었다. 텅 빈 공간에 들어가는 건 어렵지 않은데, 누군가 들어 있는 곳을 비집고 들어가는 건 죽도록 어렵다는 말과 함께.

나쁜 년. 근데, 그런데도 그 여자가 밉지 않아. 점점 더 사랑스럽지. 나도 너희들처럼 상등신이었던 모양이지. 그러니까 끼리끼리였단 말이야. 크크크.

그 많던 이별 중 단연 으뜸이었던 그 이별 후 윤범은 제 말마따나 여자를 끊었다. 그리고 아직 은환은 윤범에게 상처다. 최초의 좌절을 안겨 준 여자로.

"괜찮으냐고 묻지 마. 아직 안 괜찮아."

"누가 뭐래?"

"그러니까."

뚱하니 대꾸한 윤범이 피식피식 바람 빠지는 소리를 내며 웃어댔다.

"듣기로 느이 정원인 결혼 선물 완전 어마어마한 걸로 준비했다던데?"

"그건 어디서 나온 말인데?"

"진중연 여사님한테서. 준이가 부러워 죽으려고 했다는 후문."

"오호. 기대되는데?"

잔뜩 설레는 표정으로 한이 빙글 웃었다.

"무튼 얄미운 새끼."

제가 먼저 꺼낸 말에 괜히 퉁명스럽게 투덜대는 윤범을 보며 한이 어깨를 으쓱 올렸다 내렸다. 드디어 원일 만난다. 드디어 그리워하지 않고 늘 함께 있을 수 있는 것이다. 보고 싶을 때, 안고 싶을 때, 말하고 싶을 때, 그때마다 늘 제 곁에 있을 것이다. 정원이. 그의 여자로, 그의 아이들의 엄마로, 늘 그렇게. 한은 또 저도 모르게 히죽 웃었다. 얄미운 듯 쏘아보는 윤범을 알지 못한 채.

"한아!"

정원은 현관에서부터 뛰어와 한에게 안겼다. 소파에 앉아 텔레비전을 보던 해연이 기막히단 얼굴로 혀를 쯧 소리 나게 찼고, 준은 인상을 찌푸리면서도 피식 웃었다. 중연은 재빨리 뛰어나와 정원을 향해 한 소리 던졌다.

"너는 애가 좀 조심하라니깐."

"그 정도로 큰일 안 나. 언니는 무슨 남들 다 가지는 애를 가지고."

혀를 쯧 차며 고개를 흔들던 해연이 리모컨을 집어 드는데, 잽싸게 한의 고개가 돌아갔다.

"뭐?"

"저 입을 그냥!"

중연이 눈을 흘기며 해연에게 소리치자, 아뿔싸 해연은 어울리지 않게 혀를 빼물었다.

"그게 무슨 소리예요?"

"너 한국말 몰라?"

어리둥절한 얼굴로 해연에게서 중연에게로 시선을 돌린 한이 묻자, 준이 뭐 별일 아니라는 듯 툭 던져 물었다.

"그러니까……!"

한의 눈이 다시금 정원에게로 꽂혔다.

"저거 보라지. 아주 이글이글 타네. 누군 못 가지는 아일 저 혼자 가진 거지 그니까."

해연이 아예 텔레비전을 꺼 버리며 빈정대자, 다시금 날카로운 중연의 시선이 닿는다.

"넌 못 가졌지. 그 아이."

"뭐 어려운 일이라고."

중연의 말에 해연이 입술을 삐죽이며 웅얼거린다.

"아아. 그래? 어디 보자. 뭐 어려운 일도 아닌 그거 해낼 수나 있는지."

중연과 해연이 투덜거리거나 말거나 한은 정원에게서 눈을 떼지 못했다. 하여간. 중얼거린 준은 식사 준비 끝나면 부르라는 말과 함께 이 층으로 올라가 버렸고, 해연 역시 나도 부탁해란 말과 함께 서재로 쏙 들어가 버렸다.

"와아. 그걸 왜 말을 안 했어?"

감격스러운 얼굴로 한이 정원을 향해 물었다. 윤범이 말한 어마어마한 선물이란 게 이것이었나 보다. 심장이 뛴다. 견딜 수 없는 흥분이 온몸을 떠다녔다. 아이라니. 자신과 정원의 아이라니!
한은 참지 못하고 다시금 정원을 끌어안았다.

"거기까지만 해. 눈꼴셔 못 봐 줘."

서재로 들어가자마자 다시 나온 해연이 끌어안고 있는 한과 정
원을 향해 투덜댔다. 정원이 옅게 웃으며 대답했다. 네. 여기까지
만요. 하지만 정원의 생각과는 달리 한은 정원의 입술에 입을 맞
추었다.

"적당히 좀 해라."

커피 잔을 들고 다시 서재로 가며 해연이 눈을 흘겼다.

하하하하.

한이 큰 소리로 웃기 시작했다.

"저 왔어요!"

그때 마침 지우가 현관문을 벌컥 열고 들어왔다.

"오셨어요?"

"왔어요. 반갑네?"

"무슨 연예인인 줄 알았네요. 기사 떴던데요?"

"당황스러웠죠. 훗."

"왔니?"

중연이 식당에서 빠끔히 얼굴을 내밀며 지우를 향해 말했다.
준 씬요? 지우가 묻는데, 마침 준이 그 소리를 듣고 이 층에서 내
려왔다.

"난 여기."

"좀 앉아 있어. 거의 다 됐어. 준아. 숟가락 좀 놔 줄래?"

"제가 해요."

정원이 손을 씻고 나와선 쪼르르 식당으로 들어갔다.

"전 밥 풀까요?"

지우도 덩달아 정원을 따라 들어갔다. 한과 준의 고개가 동시에 그쪽으로 돌아간다. 똑같은 얼굴로 똑같이 웃는 그들. 그러다 마주친 시선엔 흠흠, 헛기침을 해 댄다.

"오늘은 너희들끼리 해."

"아, 왜?"

"원이랑 있을래."

"한잔하고 같이 있음 되잖아. 우리 넷도 오랜만이거든?"

"우리 아기랑은 처음이거든 내가."

"뭔 태어나지도 않은 녀석들을."

아무렇지도 않게 준이 한 말에 한이 벌떡 자리에서 일어났다.

"왜 인마?"

"녀석들?!"

"정원 씨. 이 녀석한테 쌍둥이라고 말 안 했어요?"

"깜빡했어요."

정원이 그제야 생각난 듯 한을 쳐다보았다.

"둘이야. 얘. 예쁜 손녀들이면 좋겠는데. 손자 녀석들도 나쁘진 않지만. 그래도 여자애들도 키워 보고 싶은데."

중연이 신나서 중얼거렸다.

"저도 딸이요. 근데 왠지 딸일 것 같아요. 느낌이."

지우의 말에 정원이 웃으며 답했다. 나도 그래.

"세상에."

"세상에는 무슨. 그냥 유전이거든?"

"능력이지 인마."

"개 풀 뜯어먹는 소리 한다. 유전이야, 백 퍼!"

"건 두고 보면 알 일이고."

한이 의기양양 턱을 치켜들며 준을 향해 말했다. 식당에선 세 여자가 그런 둘을 바라보며 하하하 경쾌하게 웃었다. 그 뒤로 해연이 소리친다. 아직 멀었어? 배고파!

✣

결혼식은 [소담]에서 간소하게 치러졌다. 정원을 배려해 다른 친지들은 빼고 중연과 해연 그리고 준이 가족의 다였다. 거기에 준의 약혼녀인 지우, 재영 부부와 윤범, 정원의 하객으로는 은환과 태화, 규호와 은선이 다였다. 장소가 [소담]이었던 만큼 윤범의 어머니도 함께 한과 정원의 결혼을 축하했다.

푸른 정원에서 들꽃화관을 쓴 정원은 그 어느 신부보다 아름다웠고, 한은 하객들이 바라보는 가운데 아름다운 자신의 신부에게 입을 맞추었다. 물론 사랑한다는 말도 잊지 않았다. 정원은 행복한 얼굴로 해사하게 웃었지만 조금 울었다.

중연은 그런 정원을 꼭 안아 주었다. 엄마처럼. 정원은 그날, 처음으로 중연에게 엄마라고 불렀다. 눈물이 그렁그렁한 정원을 바라보며 중연은 더없이 행복하게 미소 지었다. 결혼식은 저녁때까지 계속되었고 함께 모인 사람들은 그 어느 때보다 즐거웠다.

"나도 이런 결혼 할래. 되게 근사해. 호텔 결혼식보다 훨씬 멋져."

은선이 규호를 향해 말했다. 규호가 와인을 마시며 고개를 끄덕거렸다.

"드레스도 참 예뻐. 화려하지 않고 수수한데도 되게 예뻐. 우리 한 쌤이 이렇게까지 예쁜 줄은 몰랐는데."

규호가 부드러운 시선으로 은환과 얘기 중인 정원을 쳐다보았다.

그 언젠가 마음을 빼앗겼던 적이 있었다. 그야말로 저 혼자서 했던 짝사랑. 하지만 정원은 그쪽으로 영 차가웠고, 그 어떤 여지도 허락하지 않는 여자였다. 혼자서 쌓던 그 마음은 저 혼자의 상처로 허물어졌다.

안타까웠다. 과거에 붙들려 헤어 나오지 못하는 여자가. 저 혼자 스러진 그 마음보다 그것이 더 안타까워서 그는 고이 그 마음을 접어 주었다.

"예쁘기는 했지. 원래도."

저런 눈으로 저렇게 웃을 수 있는 여자였는데. 시린 눈으로 해준을 보던 그 얼굴이 오버랩되었다. 다행이다. 규호는 정원을 보며 활짝 웃었다.

"해준인 괜찮아?"

은환이 태화를 향해 물었다.

"괜찮지는 않겠지. 하지만 어쩔 수 없는 거고. 출장이 잡혀 차라리 다행이야. 같은 하늘 아래 있었음 더 괴로웠겠지. 감당해야지. 뭐."

태화의 말에 은환이 고개를 끄덕거렸다.

"우리 정원이 좋아 보이지?"

은환이 한을 마주 보며 웃고 있는 정원을 보며 물었다.

"어. 더없이."

태화의 얼굴이 마치 오빠의 그것처럼 흐뭇했다.

"저 자식 좋아 죽네."

"뭐 하루 이틀인가."

윤범의 부러운 시선에 준이 별일 아니라는 듯 대꾸했다.

"그건 그렇지. 처음부터 정신 빠진 새끼마냥 히죽히죽 봐 줄
수가 없긴 했지."

윤범의 말에 준이 피식 웃음을 흘렸다.

"당신 때문에 이렇게 좋은 사람들을 만났어. 감사해."

손을 잡고 거닐던 정원이 한을 올려다보며 부드럽게 웃었다.

"마찬가지."

한이 정원의 동그란 이마에 입 맞추며 속삭였다.

"더 행복하게 해 줄게. 더 웃게 해 줄게."

"사랑해. 한아."

"응."

한의 답에 정원이 그를 곱게 흘겼다.

"사랑해. 원아."

정원이 웃으며 한의 어깨에 머리를 기댔다.

정원을 고려해 신혼여행지는 강원도가 되었다. 둘만의 약혼식을 치렀던 강원도 그 별장으로. 1년 전 그 여행 때처럼 둘은 가볍게 장을 보았고, 도착하자마자 그때처럼 함께 밥을 지어 먹었다.

"행복해."

설거지를 하다 한을 향해 거품을 튀겨 대던 정원이 문득 그렇게 말했다. 그 어느 때보다 반짝이는 눈을 한 정원은 누가 보아도 행복한 여자였다. 사랑받고 있는 여자였다. 그래서 아름다운 여자였다. 그 여자의 곁에 있는 한 역시 행복했다.

그러다 처음 정원을 보았던 때가 생각났다. 무표정한 얼굴. 서늘한 눈. 주위로 장막을 두른 듯 차갑게 흐르던 기운까지. 지나치는 시선 안에 들던 여자는 마치 그녀를 위해 맞춰 놓은 듯 시선을 잡아끌기 시작했다. 그래서 맥없이 지켜보았다. 그러다 눈을 맞추었다. 그리고 바라보았다. 더 집요하게.

"사랑해."

어쩌면 사랑할 수밖에 없었던 것일지 모른다. 이미 그렇게 정해져 있던 운명 같은 거였는지도. 눈을 마주칠 때마다 정원이 그렇게 말하는 것 같았다. 나에게로 오라고. 그래서 한은 속절없이 그녀에게로 끌려 갔고, 결국 사랑할 수밖에 없었던 것이다.

"사랑한다고."

설거지통에 손을 담근 채 한은 또 말했다. 반짝. 정원의 두 눈이 더 어여쁘게 빛났다. 최고로 아름다운 여자로 만들어 줄 것이다. 사랑받아 더없이 반짝이는 그런 여자로. 그래서 그런 여자를 얻은 자신은 더 행복한 남자가 될 것이다.

"와아. 무슨 설거지하다 사랑 고백을 하지?"

정원이 눈을 동그랗게 뜬 채로 깜빡였다.

"그러니까 얼른 설거지 끝내 버리자. 그리고 사랑 고백이 어울리는 분위기로. 어? 막 야하게. 어?"

자기 엉덩이로 정원의 엉덩이를 툭툭 장난스럽게 튕기며 한이 눈을 찡긋 감았다 떴다. 못 말려. 정원이 고개를 젖히고 까르륵 소리 내어 웃었다.

"여긴 정말 하늘이 예술이야. 그치?"

한과 나란히 누운 정원이 하늘에서 쏟아질 것만 같은 별을 보며 말했다.

"나한텐 내 옆에 누운 여자가 더 예술인데."

몸을 일으켜 정원의 목덜미에 키스하며 한이 답했다. 정원이 한의 목을 당겨 끌어안았다.

"뭐. 부인 안 해."

빙글 눈을 굴리며 하는 말에 한은 웃으며 정원의 입술에 키스했다. 달콤한 숨결이 고스란히 밀려들었다. 익숙한 전개에 곧장 단전으로 힘이 몰렸다. 한은 정원의 숨결을 모조리 빼앗을 듯 집요하게 입술을 물고 혀를 깊숙이 움직였다. 정원이 그런 한을 더 깊이 당겨 안았다.

"사랑해."

사랑한단 말은 아무리 들어도 질리지 않아. 듣고 있어도 또 듣고 싶은 말이야. 당신한테 온통 나인 것 같은 느낌 들어. 그래서 죽을 것 같아. 행복해서.

"사랑해. 원아."

별이 후드득 떨어져 마치 정원의 두 눈에 박힌 듯 반짝이는 두 눈을 바라보며 한은 수없이 많은 사랑을 고백했다.

"사랑해."

이쯤 당신을 만날 걸 알고 있었더라면 기꺼이 난 내 불행을 감당해 냈을 거야. 몸부림치며 발버둥 치며 미워하고 증오하는 것으로 내 시간을 아프게 만들지 않았을 거야.

하지만 괜찮아. 아쉽지만, 그래도 지금 내 곁에는 당신이 있고, 당신으로 하여금 나는 지금 정말 생생하게 살아 있는 느낌이니까.

사랑해. 나도. 당신을.

우린 어쩌면 살면서 서로에게 상처 줄지도 모르고, 상처받을지도 모르지만. 아니. 당연히 그럴 테지만 기꺼이 견딜게. 그쯤은.

사랑해. 나도 당신을.

정원은 쏟아지는 별빛처럼 자신에게로 쏟아져 들어오는 한을 마음으로 끌어안았다.

에필로그

잘 지내지? 태화도 잘 있고?

난 외로워.

임신 때문인 건지, 아니면 벌써부터 향수병에 걸려 버린 건지 모르겠어. 그저 외롭고, 가끔 답답하고, 어떨 땐 우울해지기도 해.

한은 정신없이 바빠. 어쩌면 그래서인지도 모르겠어.

이럴까 봐 망설였고, 이럴까 봐 준비했는데, 막상 현실이 되고 보니 그 준비는 별로 도움이 안 되는 것 같아.

난 여전히 한일 의지하고 있고, 한이 아니면 아무것도 할 수가 없어.

여전히 낯설고, 여전히 겁나. 여기는.

여긴 지금 첫눈이 와. 첫눈치고는 아주 많은 양이. 벌써부터 온통 새하얀 세상이 되어 버렸어. 한국이었다면 다 팽개치고 밖으로 나갔을 텐데…….

은환아. 보고 싶어.

첫눈이 내리는데 난 혼자야. 첫눈이 내리기 전에 한인 연구소에서 온 호출을 받고 나갔어.

나가기 전엔 처음으로 큰소리치며 싸웠고. 나는 그게 아직도 믿기지가 않아.

늘 받아만 주던 한도 더 이상 나를 이해할 수 없대. 자신은 그저 평범한 남자라고 말하더라. 신이 아니라고.

귀를 틀어막은 채 듣지도 않고, 말하지도 않으면 자신이 할 수 있는 건 아무것도 없다고.

오늘, 한이 오지 않을까 봐 겁나. 이대로 하루가 지나 버릴까 봐.

한은 자정이 되어서야 집으로 돌아왔다. 갑자기 문제가 생긴 프로그램만 아니었더라면 그런 순간에 나갈 일은 없었을 것이다. 문제를 일으킨 프로그램을 복구하는 중에도 한은 혼자 있을 정원이 걱정되어 죽을 것 같았다.

임신으로 인한 호르몬 변화 때문인지 정원은 유난히 짜증을 많이 냈고, 간혹 울기도 했다. 걱정이 되어 병원에 가 볼 것을 권했지만 정원은 쓸데없는 짓이라며 화를 냈다. 자신은 멀쩡한데, 오히려 그가 예민하게 받아들이는 거라면서.

참아 주었어야 했는데, 쌓이고 쌓인 감정이 저도 모르게 폭발했다. 곧장 후회했지만, 이미 그건 돌이킬 수 없는 일이 되어 버렸다.

그가 나갔을 때, 아마도 정원은 울었겠지.

미친 새끼. 한이 쓰게 중얼거렸다.

"원아."

어둑한 실내. 정원은 아마 잠든 모양이었다. 한은 안방 문을 열고 그녀를 불렀다. 하지만 잠든 줄 알았던 그녀는 침대 위에 없었다. 그는 욕실 문을 열었다.

"원아."

역시 없다.

"원아!"

한은 마지막으로 서재 문을 열어젖혔다. 목소리는 반쯤 상기된 채였다.

정원은 컴퓨터를 켜 둔 채, 그 앞에 엎드려 잠들어 있었다. 한은 조심스럽게 정원을 안아 들었다. 정원의 눈이 번쩍 떠졌다. 한이 그녀의 이마에 입을 맞추었다. 정원이 느릿하게 눈을 감았다 다시 뜨곤 그를 올려다보았다.

"몇 시?"

"12시. 늦었어. 미안."

한이 다시 정원의 입술에 입을 맞추었다.

"눈이 와."

한이 정원을 침대 위에 내려놓았을 때, 정원이 그렇게 말했다.

"응. 첫눈이야."

정원을 향해 한이 답했다.

"기분은 어때?"

“모르겠어.”

한의 물음에 정원이 정직하게 답했다. 정말 모르겠다. 지금은. 아까는 화가 났고, 그러다 슬퍼졌고, 그다음엔 외로웠었는데. 정작 지금은 어떤 감정인지 알 수가 없다.

“미안.”

한이 정원의 곁에 앉아 그녀의 머리칼을 쓸며 나지막이 읊조렸다.

“나도. 너무 내 생각만 했어. 당신이 너무 받아 주니까 당연하게 생각했었나 봐.”

참으로 이상도 하지. 미안 그 소리에 언제 화를 냈었나 싶게 화가 풀렸다. 언제 우울하고 외로웠나 싶게 기분이 좋아지려고 한다.

“당연하게 생각해도 돼.”

그런데 이 말엔 울컥 가슴에서 무언가 솟구쳤다.

“쌍둥이들이 얼른 태어나면 좋겠어. 이러다 울보가 되고 말 것 같아.”

벌써 그렁그렁해진 눈으로 정원이 피식 웃었다.

“울보라도 괜찮아.”

어느새 장난스러운 얼굴로 한이 정원을 향해 말하자, 정원이 곧장 뾰족한 소리로 답했다.

“씻기나 해.”

“응. 금방 씻고 올게. 기다려.”

그녀의 타박에 하하 웃던 그가 엄하게 경고하듯 기다리란 말을 덧붙였다.

"자지 마."

정원이 바로 답하지 않자, 한이 그녀의 코를 쥐었다 놓으며 다시 말했다.

"절대."

한이 방으로 들어오자, 정원이 이불을 들어 올리며 그를 향해 말했다.

"이리 와."

깜찍하게도 침대 위 정원은 나신이었다.

"이렇게 나오면 내가 신사적일 수 없는데?"

"당신은 항상 신사적이지 못했어."

정원이 피식 웃으며 답했다. 한은 정원을 끌어안았다. 매끄러운 살결이 단단한 몸에 착 감기듯 달라붙었다. 오소소 소름이 돋듯 세포들이 일제히 기립했다. 목덜미에 입을 맞추었다. 파닥이는 그녀의 맥이 느껴졌다. 혀끝으로 그 자리를 다시 쓸었다. 정원이 움찔 몸을 떨었다.

"따뜻해."

정원의 두 눈을 바라보며 한이 중얼거렸다. 정원은 한의 입술에 제 입술을 느릿하게 비볐다. 자연스럽게 입술이 열리고, 기다렸다는 듯 그의 혀가 그녀의 혀를 감쌌다. 숨 막히게 부드럽고 아찔하게 달콤하다.

한은 그녀의 목덜미를 받치고, 더 깊게 키스했다. 숨결이 뒤엉

키는 만큼 맞댄 몸이 어찔어찔 열이 오르기 시작했다. 한이 그녀의 가슴을 움켜쥐었다.

"더 커졌어. 정말 신기해."

개구쟁이처럼 웃으며 한이 정원의 가슴 끝에 입을 맞추었다.

"여길 공유하긴 정말 싫을 것 같은데."

어르듯 혀끝을 굴리던 한이 아쉬운 얼굴로 중얼거린다.

그걸 말이라고.

정원이 고개를 뒤로 젖혔다. 하얀 눈빛이 창을 통해 정원의 몸 위로 쏟아졌다. 느리게 천천히 가고 싶었던 마음이 발끝으로 나동 그라졌다. 한이 몸을 일으켰다. 정원의 시선이 한의 얼굴을 따라 천천히 그의 몸을 굴렀다.

이럼 못 참잖아. 내가.

까끌까끌한 목소리로 중얼거린 한이 촉촉해진 정원의 여성을 천천히 쓸었다. 정원의 호흡이 더 가빠지기 시작했다. 한은 정원의 안으로 몸을 묻었다. 촉촉하고 뜨겁다. 이대로 가 버릴 만큼.

옅은 신음이 터지기 시작한 정원의 입술에 입을 맞춘 그는 천천히 완급 조절을 하기 시작했다. 섣불리 달리다간 정말 혼자만 그대로 가 버릴 것 같았다.

호흡을 나눴다. 느릿하게. 천천히. 조심스럽게. 정원의 손이 그의 가슴을 쓸어내리기를 반복하고 있었다.

"괜찮아?"

쌍둥이를 갖고 난 이후부터 나타난 버릇이었다. 그녀는 이제 22주째였고, 담당의에게도 특별히 과격하지만 않다면 문제가 없

다는 말도 들었다. 하지만 그는 여전히 조심스러웠고, 조금은 겁
나 했다.

"괜찮아."

천천히 심호흡하며 정원이 한을 향해 답했다. 그리고 그가 꿰
뚫듯 밀려 들어오기 시작했다.

하아!

거친 호흡이 터져 나왔다. 참을 수가 없다. 지금 내리는 눈처럼
하얗게 부서지고 말 것만 같았다.

"사랑해."

격한 움직임 속 뜨거운 호흡을 가르고서 터져 나오는 고백은
여전히 황홀하다. 정원은 한의 강인한 턱 위에 입술을 눌렀다. 그
리고 그것을 시작으로 한은 내달리기 시작했다. 거친 호흡은 한데
엉켜 어지럽게 흩어졌고, 뜨거운 열기는 둘의 몸 위를 너울거렸
다. 여전히 창밖에선 하얀 눈이 온 세상을 덮어 버릴 기세로 내리
고 있었다.

"사랑해. 한아."

자신 위로 무너진 한의 몸을 더 깊게 끌어안으며 정원은 그제
야 그의 사랑에 답했다. 한의 입술이 그녀의 목덜미에 꾸욱 짓눌
려졌다.

4개월 뒤 리틀 한과 리틀 정원이 태어났다. 그것도 두 배로. 중
연은 두 아이의 이름을 한희와 원희로 지었다. 두 번째 한과 두
번째 정원이란 뜻이란다. 쌍둥이는 중연의 바람대로 한과 정원의

어여쁜 곳만 쏙 빼어 닮은 아가씨들이었다. 정원이 출산하던 날, 중연이 만세를 불렀다는 후문이다.

한은 당분간 한국에서 머무를 예정이었다. 급하지 않은 일들은 이메일이나 화상통화로 처리했고, 그의 손이 꼭 필요한 일들이 생길 시엔 곧장 LA로 날아갔다. 임신 당시에도 극심한 우울감에 빠져 있던 정원이였기에 산후에도 혹시 모를 일이었기 때문이었다.

정원은 일산에서 중연과 함께 두 아이들을 키우며 크는 모습을 카메라에 담았다. 일이 고프지는 않았다. 아이들로 충분히 행복했고, 그 행복으로 배가 불렀으니까.

"한희야. 원희야."

활짝 팔을 벌리고 뛰듯 정원을 가로질러 오는 윤범을 확인한 한희와 원희가 아장아장 그에게로 걸어가기 시작했다. 최근 한희와 원희는 돌이 막 지났다.

"삼촌 보고 싶었지?"

윤범이 한희와 원희의 통통한 볼에 입을 맞추며 말하자 팔짝팔짝 두 팔을 흔들며 쌍둥이가 격하게 긍정했다.

"대체 저 자식은 우리 아가씨들한테 뭔 짓을 한 거지?"

준이 못마땅한 얼굴로 한을 향해 물었다.

"불가사의한 일이야. 도대체 뭐로 홀린 건진 하늘만 아시겠지."

어깨를 으쓱이며 한이 답했다.

"윤범 씨 눈 때문이에요."

정원의 말에 한과 준이 무슨 소리냐는 듯 눈썹만 기이하게 추켜올렸다. 둘이 동시에 우스꽝스러운 얼굴이 되어 버린 것도 모른 채 그들은 정원의 답이 흘러나오길 기대하는 눈치였다.

"이뻐 죽잖아. 눈이. 애들도 지들 이뻐하는 건 다 알거든. 그건 본능이잖아요."

"에이."

정원의 답이 마음에 들지 않는지 준이 고개를 절레절레 흔들었다.

"그렇담 지우 씨한테도 그래야 하는 거잖아."

"아니지. 지우 씬 쌍둥이에게 경쟁자거든."

"경쟁자?"

"예?"

한과 준이 대체 무슨 소리냐는 듯 동시에 정원을 향해 되물었다.

"제 삼촌을 빼앗겼다고 생각하는 거야."

"설마."

"그 설마가 맞아요."

어느새 준의 곁으로 다가온 지우가 정원의 말에 과격한 끄덕임과 함께 긍정했다. 지우를 따라 돌린 시선 끝에 원희가 동그란 눈을 깜빡이며 지우와 준을 번갈아 쳐다보았다. 지우가 그런 원희를 향해 활짝 웃자, 원희는 잽싸게 고개를 돌려 버린다.

"하, 하하하……."

억지웃음과 함께 지우가 폭 한숨짓자, 준이 재밌다는 듯 껄껄 웃기 시작했다. 원희와 한희가 아장아장 이쪽으로 걸어오기 시작했다.

"웃차!"

한이 원희를 안아 올렸다.

"우리 아가씨는 삼촌한테 와."

준이 한희를 안아 들었다.

"우리 아가씨들 잘들 놀았어?"

출판 때문에 잠시 외출했던 중연이 돌아왔다. 제 할머니를 보자 원희와 한희가 바르작거리며 내려 달라 용을 써 댔다. 한과 준이 쌍둥이를 바닥으로 내려놓았다.

"함미!"

"할미!"

앞서거니 뒤서거니 뒤뚱거리며 중연의 품에 안기는 원희와 한희. 한과 정원의 열굴에 환한 미소가 맺힌다. 준과 지우 역시 흐뭇한 얼굴이 되었다. 오롯이 윤범만이 팔짱을 낀 채 배신자들이라며 입술을 삐죽 내밀었다. 물론 이내 하하하 웃어 버릴 테지만.

"사진을 바꿔야 할 것 같아서 들렀어요."

나지막이 읊조리는 정원의 얼굴은 무표정했다. 더는 올 일이 없을 거라 생각했었는데, 다시 오게 된 그 마음이 왠지 어색하고 쑥스럽달까. 정원은 제가 놓았던 쌍둥이의 초음파 사진이 담긴 액자를 꺼냈다. 그리고 그 자리에 원희와 한희가 활짝 웃고 있는 돌 사진을 놓았다.

"이제 제법 걸어요. 아장아장 걸을 때마다 예뻐 죽겠어요."

자라는 아이들을 볼 때마다 엄마가 생각났다. 나도 이렇게 예뻐했을까. 품에 안으면서 이렇게 울컥 감동했을까. 그럴 때마다 가슴이 아프고, 또 안타까웠다. 다 내려놓겠다고 다짐했으면서도 불쑥불쑥 미워졌다.

"난 너무 행복해요. 여전히. 아직도. 그냥, 그렇다고."

그건 어쩔 수 없을 것이다. 평생을 그러겠지. 떠올리며 아파하고, 안타까워하고, 그렇게 또 미워할 것이다. 그건 어쩔 수가 없더라. 어떻게 되는 게 아니더라.

"기다리진 말아요. 안 와도 서운해하지도 말고. 그냥…… 걱정하지 말라고. 나는 행복하니까. 그 말이에요."

정원이 애써 미소 지으며 담담하게 말했다. 하지만 어쩔까. 역시 또 울컥 무언가 치민다. 감당해야지 하면서도 여전히 어렵다.

"정원아."

"오랜만이야. 어떻게……."

"바빠서 못 와 봤거든. 짬이 나기에."

"아아. 그랬구나."

이렇게 편안해진 얼굴로 마주할 수 있을 거라고 생각한 적이 있던가. 해준은 그저 오랜 친구를 대하듯 부드러운 얼굴로 정원을 바라보고 있었다. 정원은 조금 안심이 되었다. 기사로 접한 해준의 결혼 소식에 막연히 미안한 마음이 들던 것과는 상반되는 마음이었다.

"결혼, 축하해."

"고마워."

정략결혼. 하지만 그 어느 때보다 담담하고, 편안해 보인다고

은환은 전했다. 그리고 정원은 은환의 그 말을 이제 그대로 믿어
주려 한다.

"사진 바꾸러 왔구나?"

"응."

"너랑 판박이라더니, 정말 그러네."

"그런가 봐. 난 잘 모르겠는데."

"그래. 판박이야."

옅게 웃으며 해준이 사진을 바라보았다.

"행복하지?"

"너도 이제 행복해. 해준아."

정원의 말에 해준이 피식 웃으며 말했다.

"그러려고."

해준의 답에 정원 역시 그를 향해 미소 지었다.

그래. 그러자. 우리.

— fin

　마지막은 여전히 어렵고, 역시나 아쉽다. 첫 장을 써 내려가며 설레었던 적이 있었나 싶게 막막하다. 다른 작품을 끝냈을 때보다 더 막막한 이유는 아마도 너무 오랜 슬럼프 탓일지 모르겠다.

　2012년. '버닝'을 끝으로 손을 뗐다. 특별히 어떤 일이 있었던 것도 아니었고, 글을 쓰는 것이 무리가 되는 일상도 아니었다. 그저 스스로 쓰는 것이 버거웠고, 막막했다.

　과감하게 손을 놔 버리고 평범한 일상을 살았다. 다만 찾아보는 걸 게을리하진 않았다. 좋아하는 작가들의 신작들을 찾아보고, 좋아했던 책들을 다시 읽어 보았다. 어쩌면 문제는 그것이었는지 모르겠다. 근사한 작품에는 주눅이 들었고, 성실하게 작품을 출간하는 작가들에겐 묘하게 질투가 피어올랐다.

　취미를 표방하며 글쟁이임을 쑥스러워하던 나의 가벼운 자존감

은 한없이 추락했다. 그리고 겁났다. 더는 한 글자도 쓰지 못하게
될까 봐. 속으로 비웃기도 했다.

'무슨 대단한 작가라도 되나 보지.'

그렇게 더 쓸 수가 없었다. 썼다 지우는 그 반복이 겁났다. 그
리고 나는 더 이상 작가가 아니었다. 그럼에도 무슨 생각인지 언
제 다음 작품이 나오느냐는 물음에는 망설임 없이 답했다. 곧! 참
으로 아이러니하게도…….

어느 날, 언젠가의 그 설렘이 찾아오는 것을 느꼈다. 스르륵 한
페이지를 다 넘기도록 타자를 치는 동안 나는 깨달았다.

아! 그분이 오셨어!

시작은 경쾌했다. 생각은 넘쳐 났고, 휘휘 맴도는 생각 중 하나
를 집어내 글로 옮겼다. 그러면서 난 두렵지 않았다.

썼다 지우는 일은 글을 쓰는 사람에게는 너무나도 당연한 일임
이 절로 깨달아졌던 것이다. 이전처럼 즐거웠고, 가끔 더 써지지
않고 막힐 때도 그전처럼 겁나지 않았다.

내일 하자.

생각대로 안되면 또 그다음 날 하자.

스스로를 토닥여 주기도 했다.

그렇게 나는 다시 작가라는 이름으로 'VIEW'를 완성했다.

처음부터 끝까지 그저 나의 이야기인 또 하나의 내 거.

나는 이제 두렵지 않다. 그리고 나는 멈추지 않을 것이다.

반가워해 주셨고, 격려해 주셨고, 사랑해 주셨던, 로망님들!
당신들 덕에 내가 다시 시작할 수 있었습니다.
감사했고,
감사하고,
사랑합니다.

2016년 7월
차선희

www.bbulmedia.com

www.bbulmedia.com